LA HORDA
DEL DIABLO

LA CAZA DEL NIGROMANTE

Antonio Martín Morales

Ilustración de cubierta
Miguel Navia

CAPÍTULO 1

Sospechosa coincidencia

Cuatro de los asesinos más habilidosos de toda Vestigia fueron contratados para acudir a una pequeña aldea sureña llamada Pozo de Luna. Hasta que no se reconocieron, entre la oscuridad de una posada rústica, no tuvieron certeza de que sus misiones coincidían en ser la misma…

Remo fue el último en llegar. Arrinconado en su capa mojada, penetró en la taberna protegiéndose de la furia de los cielos. La tormenta lo había calado de frío y sus ropajes goteaban sobre la madera oscura.

Llegó a Pozo de Luna con una instrucción clara: eliminar a un brujo que se daba a conocer con el apelativo de Moga, el Nigromante. Setenta monedas de oro lo esperaban si era capaz de cumplir su cometido. Setenta monedas de oro que lo ayudarían a salir adelante durante una temporada. En aquella época, Remo ejercía como profesional, mercenario, matarife, lo que fuera para conseguir oro. El caso es que se le daba bien; planificar y llevar a cabo un asesinato requería de sangre fría y talento en el uso de armas. Él poseía ambas cosas y la vida no le ofrecía otras oportunidades…

—Si no amaina pronto, esta tormenta nos traerá problemas —comentó el posadero—. Ve junto al fuego.

No estaba solo en la posada. Tres individuos bebían cerca de la chimenea. Remo no los miró directamente. Cuando hacía trabajos de «muerte» intentaba no mirar a nadie a los ojos, salvo al desgraciado al que quitaba la vida. La capacidad para olvidar esas caras estiradas por el miedo no la otorgaban las plegarias a los dioses ni la inteligencia, solo la costumbre y el recuerdo de cómo muerde la propia carne el acero de los enemigos. Cruzó el salón y se detuvo frente a la chimenea. Necesitaba calor.

—¿Podemos saber con quién tenemos el gusto de compartir refugio? —preguntó una voz a su espalda.

Remo, que estaba absorto en las llamas, calentándose, miró por el rabillo del ojo. No contestó a la pregunta. Rápidamente fijó su vista de nuevo en el fuego. Tiró del cordel y se deshizo de la capa mojada y la colocó en un taburete. Después, viendo que los demás tenían sus armas apoyadas en la pared, fue a dejar la suya. Una espada enorme destacaba entre un arco y un hacha de guerra. No había duda, era «Silba»…, el dueño de aquella espada era un reputado asesino llamado Fulón.

—¿Remo?

Por fin se giró. Saludó con un gesto de su mano. Conocía a ese tipo.

—¡Remo acércate, menuda noche más extraordinaria!

Los otros, sentados junto a Fulón, gesticularon amistosamente. La hermosa mujer poseía una mirada felina y descaro en la sonrisa. El último, un hombre descomunal, serio e impasible, rocoso y fuerte, era de los que intimidan a simple vista…

—Te presentaré a mis amigos Remo…, no vas a creerlo, menuda coincidencia…, ella es Sala, no te dejes engañar por su belleza, sus flechas son muy cotizadas en la corte… El grandullón es Menal, no es de Vestigia, pero ya se ha ganado un nombre aquí rebanando cabezas.

—¿No es increíble? —dijo la chica con los ojos muy abiertos y un principio de sonrisa en sus labios. Vestía un jubón ceñido sobre una blusa blanca desabrochada en el principio del escote. Era ropa bien confeccionada.

—Remo…, ¿acaso tu paso por aquí es casual o…, vienes para un trabajito? —preguntaba Fulón con socarronería, sin ánimo de obtener respuestas.

No podía creerlo.

—Ahora tendremos que compartir el botín en cuatro partes —sentenció Fulón en tono paternalista.

Remo maldijo su mala suerte y al tipo que lo había contratado. Corrían malos tiempos, y los mercenarios y asesinos a sueldo debían andarse con ojo, pues en todo el reino las tropas del rey Tendón ejercían una marcialidad impostora que dejaba pocas opciones a conspirar. Los militares deseaban tener el monopolio de la muerte. Nadie quería arriesgar el cuello contratando a los profesionales ajenos al ejército. No había mucho trabajo para cuatro lobos como ellos, y desde luego era triste conseguir un encargo y comprobar que no lo tenías en exclusiva. Era humillante después de haber caminado durante días.

—Debe de haber un error… —susurró.

—Mucho me temo que no… —inquirió Sala socarrona—. ¿Acaso tú no estás aquí para matar a un viejo llamado Moga, el Nigromante?

Remo no dijo nada, pero en su cara la sorpresa estiraba sus facciones.

Los tres estallaron en risas viendo la faz hierática que poseía el rostro del recién llegado. La mente de Remo lo turbaba haciendo cábalas sobre aquel misterio. A ellos les parecía chistoso, y su buen humor lo torturaba más aún que la suerte.

—Creo, querido compañero, que poseemos el mismo grado de sorpresa que tienes tú. Pues, cada uno por su cuenta, hizo caminos distintos hasta encontrar este refugio de los cielos —comentó Fulón.

—¿Quién os contrató? —preguntó Remo.

—Eso no se dice —espetó Menal.

—No se dice…, no —sentenció Sala.

El tabernero, en ese preciso instante, hizo acto de presencia servicial con la intención de hacer negocio.

—¿En qué puedo servirles?

—Cerveza para todos —dijo animadamente Fulón.

—Yo no quiero beber, gracias —denegó él.

Remo observó a sus compañeros extravagantes. En el rostro llevaban escrita la misma realidad que lo consumía a él. Fulón, probablemente el más famoso de ellos en el gremio, padecía las mismas sombras bajo los ojos que él poseía. Seguramente llevaba días sin hacer las tres comidas… sin dormir bien, en una cama tierna, con almohada de plumas. Mucho tiempo para tener que asestar mandobles con aquella espada gigante. Menal, el más alto, moreno, disimulaba con sus músculos imponentes cualquier fatiga. Sin embargo, para Remo, los detalles pequeños como llevar el cinto raído y la capa deshilachada, con numerosos apaños, eran suficientes para evidenciar que en sus bolsillos pesaban pocas monedas de oro. Quizá Sala, la única mujer en aquella taberna, no daba la sensación de estar en apuros. Sin embargo, la experiencia de Remo le decía que, normalmente, los depredadores sedientos acaban coincidiendo en los mismos riachuelos.

El tabernero posó las jarras de cerveza en la mesa y, antes de que se retirase, Remo lo agarró por el brazo.

—¿Dónde puedo encontrar al viejo Moga? —preguntó con voz seca, áspera, mientras sus compañeros tragaban la cerveza sin recato, poseídos de sed.

—Vive cerca de aquí…, em…, saliendo de la taberna hacia dentro del pueblo. Hay que subir toda la cuesta hasta llegar a la casona del herrero, después bajar por la falda izquierda de la hacienda hasta el río, seguir su curso hasta pasar el viejo molino del panadero y tendrás su cueva a la vista a poco que dejes de ver el molino…

Remo salió disparado hacia su espada. Agarró la capa con la otra mano y dio un puntapié esparciendo las demás armas. Pilló a los demás tan de sorpresa, jarras de cerveza en mano, que pudo salir de la taberna antes de que Sala se levantase de su asiento.

—¡Escapa!

—¡Se escapa!

Entendieron velozmente que Remo deseaba cobrar toda la recompensa. Sala corrió hacia sus cosas abriendo mucho los ojos para apartar en vano la oscuridad de aquella taberna. Sintió que la agarraban por el pelo. Era el gran Menal que, una vez en pie, viendo que ella salía disparada, trató de impedir que huyera con éxito. De pronto aquella camaradería se había transformado en una carrera de supervivencia. Fulón alcanzó pronto la espada gigante y la ató a su espalda en el lugar de costumbre. Cuando se giró y vio a Menal bregando con la chica, salió corriendo en dirección a la salida. Antes de llegar a la puerta, la perdió de vista bruscamente. Un dolor horrible lo aturdía en la cabeza… Estaba en el suelo, no podía escuchar con claridad.

—No tan rápido —bramó Menal mientras se acercaba.

Cuando Fulón pudo incorporarse entendió que el gigantón le había acertado con uno de los taburetes. Ni corto ni perezoso, Fulón le abrazó una pierna con la resolución de impedir su marcha. En todo esto, el tabernero corría intentando refugiarse, gritando lastimosamente, cubriendo su cabeza de cuando en cuando, como si alguien tratase de acertarle las sienes a pedradas. Parecía una gallina asustada, con su orondo corpacho dando tumbos entorpecidos por su mala forma física.

Menal estaba dispuesto a aplastar la cabeza de Fulón, con quien había compartido hacía solo un momento mesa y mantel. Con la pierna en el aire apuntó. Una flecha silbó a su izquierda y le mordió en su pierna sesgándole el gemelo que había izado. Las temidas flechas de Sala.

—¡Quietos! —gritó la chica.

—¡Quietos, sí, quietos! —suplicó también el tabernero.

Menal se tambaleó aullando de dolor. Fulón, viendo que el gigante podía desplomarse, le soltó la otra pierna y rodó aparatosamente con la espada incomodándole los giros.

—¡Quietos! ¡Le mentí…, le mentí…! El viejo Nigromante no vive donde le dije a su compañero. En esa cueva no habita nadie ya. El Nigromante reside en otro lugar. ¡Por los dioses, no se peleen, me están destrozando la taberna!

—Si no quieres que de ella no quede ni un solo madero sin muesca, dinos dónde encontrar a Moga el Nigromante, o por los dioses que, desde este mismo día, te apodarán «el despojado» y, de tener trabajo y negocio, solo ruina y sufrimiento llenarán tus días —amenazó Fulón con palabras esmeradas.

CAPÍTULO 2

La cueva de barro

Remo corría imaginando la pelea que había dejado atrás en la taberna. Necesitaba ese dinero íntegro, sin particiones. No había caminado durante días, gastando el poco oro que poseía, para después tener que compartir el precio. Se sentía engañado. Imaginaba que la persona que lo contrató era peón de otros y que, desde luego, no confiaba en exceso en su éxito en solitario. La situación era fastidiosa y humillante, sin embargo, cotidiana en los últimos años en los que muy de lejos Remo apreciaba antiguos ideales de honor y lealtad, franqueza y honradez. Pese a la mugre de los tiempos, lo incomodaba en exceso recurrir a bajezas como poner zancadillas a sus compañeros de profesión. Era consciente de que acababa de crearse tres enemigos en el gremio; gente peligrosa que infundiría calumnias sobre él; enemigos capaces de llevar a cabo una venganza.

Repetía, en la noche silenciosa de aquel pueblo, con voz queda, la ruta que le había indicado el posadero.

—A la derecha de la taberna, subir la loma hasta la herrería, después hacia el río, junto al molino del panadero —decía mientras el vaho le hacía caricias sordas.

Remo corría con todas sus fuerzas. Le dolía la cabeza, tenía frío, pero ya se imaginaba el peso de la bolsa llena de oro. Imaginaba noches cálidas, de descanso. Comidas copiosas para aplacar al malhumorado hambriento en que se había convertido. Sobre todas las cosas, aquel dinero le vendría muy bien para enrolarse en otro barco, continuar su búsqueda...

La herrería no tardó en aparecer loma arriba, tal y como había descrito aquel desgraciado. Imaginaba a sus perseguidores orientándose tras él. Sala, la bella y deletérea arquera, habría salido primero aprovechando su cuerpo bien torneado. Era la más rápida, teniendo en cuenta el tamaño de Menal y la espada incómoda de Fulón. No sentía el más mínimo arrepentimiento sobre lo acontecido. Siempre trabajaba solo y su confianza en las personas era nula. Si conseguía llegar antes y acabar el trabajo, lo perseguirían, pero al menos había evitado la pelea de los carroñeros. Jamás se podría fiar de unos asesinos como aquellos, precisamente, porque no se dedicaban a ayudar a la gente. Compartía su oficio sí..., pero Remo había conocido otra vida...

En la taberna había silencio. El viejo recuperaba el orden y los asesinos esperaban impacientes una respuesta.

—¡Vamos, no tenemos toda la noche! Dinos dónde está el viejo —apremió Fulón, quizá temeroso de que Remo cumpliese su objetivo pese a estar mal informado.

—El Nigromante vive en la Ciénaga Nublada —en el rostro del tabernero se demostraba cierta veneración al pronunciar ese nombre—. Hacia el sureste, a la salida de este pueblo se divisa. Está cerca, pero… no es un lugar muy recomendable para ir a visitarlo. Si queréis encontrar a Moga, mejor esperad a la luna nueva. En la luna nueva viene al pueblo para hacer acopio de víveres y… para su trabajo. Posee tanta fama y fortuna por sus predicciones que le apañan casas de visitas en todos los pueblos costeros; aquí tiene una, en Pozo de Luna. Sus rituales calan profundamente en sus creyentes. En luna nueva los sacrificios de sangre manifestarán su poder y la nigromancia le otorgará luz para sus…

—Ya has visto la urgencia de nuestro colega por cobrar la recompensa él solo —interrumpió Fulón, que no parecía estar interesado en conocer los pormenores del oficio de su víctima—. No podemos esperar… Para la luna nueva faltan aún tres días como poco. Iremos a la Ciénaga. ¿Por qué mentiste a nuestro amigo?

—No me gusta la gente que pide sin haber consumido nada…, ni siquiera un maldito mendrugo de pan de ayer. Son tiempos precarios en estas tierras, hay mucha oscuridad, los viajeros no ocupan mis habitaciones. En el viento, en el clima, con estas tormentas repentinas, fuera de lugar… hay malos presagios. Los forasteros, perdónenme ustedes, no son bienvenidos si no traen oro consigo; un poco de abrigo y seguridad para la gente humilde de aquí.

—¿Mucha oscuridad? —preguntó Menal.

—Oscuridad…, malos presagios… —aclaraba Sala, más perspicaz que el grandullón—, cuando un Nigromante prospera suele ser porque es tiempo de hambruna, de supersticiones. Si pudiésemos confiar en Remo…, esperaríamos a que el brujo acuda al pueblo. Ese estúpido nos va a obligar a ir a la Ciénaga. Sería más sencillo hacer el trabajo aquí.

—Niña… —dijo el viejo con voz más débil. Parecía adularles—. Niña…, ¿por qué queréis matar a Moga, el Nigromante? Ese hombre es extraño, a mí me da miedo…, pero ayuda a las pobres gentes de esta región con algunas predicciones…, y nos colma de donativos; es… un hombre…, es un hombre peligroso…, un brujo con mucho poder. Creo que matarlo no es una buena idea. Tiene el pueblo a su favor, tejiendo para él sus túnicas.

—No se preocupe…, nosotros somos peligrosos también. Háblenos de esa Ciénaga Nublada. ¿Por qué no nos recomienda ir allí?

—Serpientes, vapores venenosos, arenas movedizas, arañas topo…; ese lugar está maldito. En los tiempos antiguos era una ruta de los ejércitos, un atajo que antes se usaba para llegar a la costa más rápido. Pero dejó de usarse cuando se inundó, convirtiéndose en un pantanal gigante. Se ha vuelto tan peligrosa que ya nadie pasa por allí. No recuerdo ni un solo viajero que tomase esa ruta en años. Hay leyendas que hablan de espíritus, de fantasmas, de criaturas antiguas que se ocultan en sus agujeros y charcas, en el barro acostado, en la ribera de sus lagos, en los árboles antiguos. Tan solo Moga y sus sirvientes moran esos lugares con el favor de la diosa Senitra, la dama oscura…

—Conozco esas historias… —dijo Fulón.

—¿Has estado allí? —se interesó Sala.

—No. Pero conozco ese atajo. Al principio de la Gran Guerra, tras la primera ocupación, cuando las tropas de nuestro rey perseguían a los nurales en su huída hacia el mar, esas ciénagas y su leyenda nos fueron de gran utilidad. Las tropas enemigas, batidas en retirada desde la batalla en los campos de Firena, corrían arracimadas sin organización hacia el sur, intentando llegar a las naves que el señor de Nuralia había apostado en los Puertos Azules, en Mesolia, para intentar rescatarlos. La persecución duró días. Yo estaba en un destacamento que se apostó en la entrada de la Ciénaga Nublada. Perdimos a un explorador, pero otro nos aseguró que no habían tomado el atajo, así que no tuvimos que atravesarlas nosotros tampoco. No me creo nada de esas historias…, pero los nurales sí debían de creerlas, pues se arriesgaron a rodear el lugar. El explorador que volvió aseguraba que nuestro hombre había muerto por temerario, no por espíritus ni nada de eso.

—El caso es que nuestro objetivo habita en la Ciénaga Nublada, y ahora comienza a tener sentido el porqué pagar a cuatro asesinos para matar a un hombre —dijo de pronto Menal, a quien parecían animarlo aquellas historias. Lejos de tener miedo, se veía con energías renovadas.

Fulón recordaba el momento en que el Jefe de Armas de los Cuchilleros, su confidente, le había ofrecido el trabajo. La información no había sido del todo correcta...

—Un curandero..., ya sabes, el típico charlatán que ve el futuro, el pasado y el presente... Difunde calumnias contra nuestro Rey, sobre su derrocamiento. No quiero que ese charlatán siga infundiendo esa clase de rumores..., son tiempos de hambre y pena para nuestro reino y esos ardides son peor que un ejército. Nadie lo echará en falta, vive en el sur, en un pueblo muy alejado, en Pozo de Luna, cerca de la costa. Cada vez posee más adeptos.

La noche parecía ser más tormenta que noche. Mientras departían los tres al calor del fuego de la chimenea, la lluvia se comía el suelo, dispersaba los terruños levantados por los tres corceles más lujosos que pisaran tan humilde paraje en días. Los charcos nacían como abrevaderos ocasionales. Había algo extraño en aquella misión que contagiaba incluso a la tormenta, inusual en aquellas fechas. Helados de frío, los habitantes de Pozo de Luna no retaban los cielos y se habían parapetado en sus chozas y casas.

Fulón contemplaba esa lluvia mirando el ventanuco de la taberna.

—Creo que es un suicidio ir a una ciénaga con esta tormenta y de noche. Así que deberíamos partir al alba. Espero que nadie haya informado a Remo del paradero de Moga. De todas formas, si se adentra solo en la Ciénaga, en esta noche de tempestad…, morirá.

—Estoy de acuerdo —dijo Menal, que andaba atareado vendándose la herida de flecha en su pierna.

—¿Podrás andar?

—Sala, te excediste bastante con lo de la flecha —dijo Fulón.

—¿Se te olvida que ha estado a punto de aplastarte la cabeza de un pisotón? Lo siento Menal, pero…

—No te disculpes. Creo que en este extraño grupo, todos sabemos qué le puede pasar al que nos traicione.

Menal lo dijo a modo de advertencia. Sin vacilar. Su corpachón, agrupado para atender su pierna, imponía respeto, mostrando ángulos en la espalda, musculatura insospechada.

Remo se encontró con un agujero barroso; vacío. No había ni rastro de aquel viejo Nigromante, ni siquiera indicios de un lugar habitado. Era una cueva sin acondicionamientos. La lluvia no se colaba allí, así que decidió que esperaría dentro a que cesara. ¿Por qué le había mentido el posadero? ¿Para qué se usaba la cueva, si no era la vivienda del Nigromante? Si hubiese conocido la respuesta a esas preguntas se habría alejado de la cueva inmediatamente…

No poseía antorcha y la oscuridad del agujero lo angustiaba. Buscó una madera que pudiera servirle. En aquel lugar había muchas raíces, debía de haber alguna suelta, algún despojo seco. Finalmente desenvainó su espada y sesgó a ciegas una raíz voluminosa de un tajo. Con la mano tiró hacia sí para separarla de la tierra y, con un nuevo golpe de su espada, logró cortar un trozo de raíz semejante en tamaño a uno de sus brazos. Eso serviría. De su zurrón extrajo una bolsita. Con paciencia espolvoreó su contenido sobre la punta de la raíz. Después, con la mano, extendió el polvo blanco por todo el contorno de aquella extremidad del palo. Más tarde buscó una piedra. Había encendido fuegos de símil en muchas ocasiones y no tuvo problemas para reconocer el tipo de piedra que debía usar, pese a la oscuridad. Después de golpearla con el filo de la espada, el chispazo contagió al polvo y, por fin, una llama blanca coronó la raíz. El símil no era fuego destructivo. Sus propiedades lumínicas no abrasaban como el fuego convencional, así que era perfecto para iluminar recintos durante horas, sin peligro de propagar las llamas. Estaba caliente, quemaba la madera, pero podría durar días antes de calcinarla. Aquellos polvos costaban cinco monedas de oro en la tienda de hechicería y remedios del barrio mestizo en Venteria, capital de Vestigia. A él se los había regalado un cliente satisfecho, en tierras lejanas… Un lujo fascinante para condimentar las fiestas de la nobleza, útil contra la oscuridad de las cuevas y los bosques, las mazmorras y toda suerte de agujeros donde solía conducirlo la vida nómada que acarreaba desde hacía diez años…

Echó un vistazo a la cueva. Nada llamaba su atención excepto ciertas huellas, probablemente de otros viajeros, que se dirigían al interior de la caverna. Así pues, con la espada desenvainada, siguió la galería hacia lo profundo. El ruido de la lluvia se amortiguaba a medida que avanzaba al interior de la tierra.

Remo necesitaba descansar, dormir, pero no podía permitírselo. Desde que había vendido su caballo, sus viajes eran siempre penosos, teniendo que gastar dinero en carruajes o hacer largas caminatas. Pero la venta de su caballo le había permitido vivir sin tener que trabajar durante algunos meses. No es que odiase su trabajo, pero no le gustaba matar por matar. Nunca aceptaba trabajos en los que tuviera que liquidar gentes humildes, niños o mujeres. Tenía cierta ética y, eso hacía que perdiese la oportunidad de prosperar.

Había sido maestro de espada en muchos pueblos, furtivamente, pues el rey, tras el fin de la guerra, prohibió los adiestramientos privados para cumplir el tratado de paz firmado con Nuralia. La pobreza del reino tras la Gran Guerra hacía imposible encontrar un oficio rentable. Los aprendices de herreros o los oficios en carpintería recibían como mucho la comida y el dormitorio como jornal. Las mujeres colmaban con sueldos bajos los campos de recolección, y Remo no tenía más formación que la militar. Él había sido soldado toda su vida. Muertos sus padres, lo primero que hizo, en respuesta a lo que siempre soñó, fue enrolarse en el ejército. En Vestigia el ejército era profesional, sin trabas para ascender, ni necesidad de alta cuna o títulos nobiliarios. El rey Tendón, previendo los conflictos con Nuralia, había adoptado la profesionalidad de los ejércitos como medida para fundar órdenes militares renovadas y configurar un ejército poderoso y motivado, destripando el poder y la influencia nobiliaria. En su juventud, el rey tuvo que aplacar revueltas de algunos señores disconformes con la profesionalización. Tendón, por entonces un rey joven, ambicioso y cabal, aplacó con mano dura a los disidentes. Logró un ejército extenso y libre de mafias y protagonismos inútiles. De no haber sido así, habría sucumbido a la posterior contienda contra sus vecinos del norte. Gentes sin títulos nobiliarios se enrolaban buscando futuro en las tropas, haciendo del esquema militar su medio de vida. Así lo hizo Remo a pronta edad. La desdicha se cebaría años más tarde, siendo expulsado de su orden militar…

Prefería no pensar en su pasado, en su desgracia, dejarlo escurrirse en su cabeza como las gotas de lluvia.

Exiliado de Venteria, Remo consiguió un puesto en una herrería, pero no cuajó porque el herrero no le pagaba. También se empleó como matarife de reses, pero el dueño quiso casarlo con una prima suya, y Remo, tras conocerla, habría preferido quitarse la vida antes que aceptarla como esposa. Cuando se lo comunicó al rico carnicero, dueño del negocio, lo echaron. Hasta de panadero fue aprendiz, especializándose en el transporte de grano. Lo acusaron de la falta de varias sacas de trigo y, aunque nunca quedó demostrado, su pasado oscuro lo colocaba como principal sospechoso. Al final, matar por dinero, proteger bandidos, llevar contrabando, en definitiva, ser mercenario, había sido la única salida para reunir dinero. Metales para su causa…

Apoyó su espalda sobre la pared rocosa, pretendiendo simplemente descansar un poco. Cerró los ojos para dejarse llevar por un sueño controlado, una vigilia premeditada de la que pudiera salir brevemente. Solo necesitaba un respiro.

Fue el cansancio lo que provocó que Remo no advirtiera los pasos de los intrusos en la cueva. Un palo se estrelló en su cabeza, despertándolo bruscamente con un dolor exagerado. La desorientación era total mientras recibía más golpes.

—¡Qué demonios!

No le dieron tiempo de agarrar su espada. Tres figuras negras lo apaleaban sin tregua. Remo tardó poco en despertar del todo. Al principio temió que fuesen los tres de la taberna, pero entre los golpes pudo ver que sus ropajes no correspondían. No era la primera paliza que recibía en su vida. Se agazapó enroscado lo más que pudo, confiando en que sus músculos protegiesen sus huesos, en que la piel curtida protegiese sus músculos, y que, a esta, los dioses se ocuparan de enviar suerte, pues más protección que su propio cuerpo no poseía. Cerró los ojos. Se concentró mientras el dolor le venía por todas partes, como dentelladas de una fiera en la oscuridad. Fingió un desmayo, sin dejar de protegerse, pero mostrando su rostro dormido. Tentó a la suerte descubriéndose, para dejar evidente su inconsciencia. El castigo duró algunos instantes más… y pararon. Remo mentalmente hizo examen de daños. Le dolía mucho la cabeza del primer golpe con el que lo habían sorprendido. También el brazo con el que había protegido el cuello, así como una pierna y el costado. Había temido que le rompieran el cráneo a golpes, pero aquellos tipos creyeron en su desmayo.

—¿Lo has matado? —preguntó uno de aquellos bestias.

—No…, no creo…, estará desmayado.

Remo encajó una patada muy cercana a su trasero, en el muslo. No hizo el menor gesto de dolor. Un puño le aplastó ahora la cara. Tampoco se inmutó. Con mucha paciencia, separó un poco los labios para que la sangre no le inundase la boca; le habían partido un labio.

Percibió cómo lo despojaban de su cinto y escuchó su espada siendo empuñada por manos ajenas. Cargaron con él entre los tres. En volandas lo condujeron hacia la boca de la cueva. Remo se relajó mientras era transportado. Le dolían las heridas, pero tenía la calma suficiente para no intentar en esos momentos una venganza dudosa. Por la orientación, se dirigían hacia el pueblo. La lluvia le lavaba un poco los dolores pero intensificaba el frío. Trató de calmar la tiritera.

A veces se preguntaba por qué le había tocado a él una vida tan dura, una existencia llena de violencia y estragos, de trabajos y aventuras que siempre lo mantenían alejado de la posibilidad de guarecerse de las tormentas en una casa propia, al calor de un hogar estable. Hacía años que su alma no tenía descanso…

En una callejuela del pueblo, los tipos se detuvieron. Remo apostaría que era la parte de atrás de la posada donde había conocido a los asesinos. Lo condujeron a un sótano, a una especie de mazmorra.

—¡Enciérrale! Pesa mucho el condenado. Dile al posadero que tendrá lo acordado por sus favores.

Dos de los agresores lo soltaron en el suelo, dejando la tarea del encierro al tercero, que lo arrastró por las piernas hacia una celda. Remo ahora sí que miraba con detenimiento. Irguió un poco la cabeza para no chocar contra el piso y poder girarla. Necesitaba ver dónde ponían su espada. La vio apilada junto con otros enseres de lo más variado. La espada de Remo no llamaba mucho la atención. Con el puño de cuero, el único adorno que poseía era una piedra oscura, fea y mal pulida que adornaba la cruceta. La hoja necesitaba reparaciones, pareciéndose más a una sierra que a un filo mortífero. Remo se había prometido repararla después de matar al Nigromante. No debieron de considerar que aquella espada tuviera valor, a juzgar por el lugar donde la abandonaron.

Remo se dejó llevar a la celda.

—¡Apartaos, aquí tenéis otro compañero!

Una vez dentro, el tipo aseguró la cerradura. Acto seguido se largó silbando torpemente. Remo seguía con los ojos cerrados. Esperó la reacción de los que lo acompañaban en la celda. Nadie parecía tener intención siquiera de hablar. Olía mal, a sudor y calamidades, a orina y óxido. Con parsimonia, se movió.

—Está despierto —dijo una voz vieja.

Remo comprobó que era un anciano. Se arrastró fingiendo encontrarse mucho peor de lo que estaba. Enfadado consigo mismo por haberse dejado atrapar de aquella manera, tomó todas las precauciones que estimó oportunas hasta conocer mejor a sus compañeros de celda. Cuando estuvo apoyado en la pared de ladrillos, comprendió que no debía temer nada de aquellos desgraciados. Un anciano, dos niños y tres mujeres, a cual más sucio y famélico, lo miraban con pánico en los ojos, como si fuese un lobo enjaulado con gallinas.

Remo miró a su alrededor. Aquello parecía una bodega acondicionada para ser celda. Las paredes eran de adobe y el suelo descuidado, de tierra apisonada, en el que crecía alguna que otra mata de mala hierba. La cancela de hierro que les encerraba parecía pesada.

—¿Qué delito habéis cometido vosotros? —preguntó Remo antes de dormir. Porque lo que Remo había decidido hacer era dormir.

—Nada, señor… —dijo una chica joven, de ropajes raídos.

Estaba tan sucia que Remo pensaba que jamás podría volver a ser bella, teniendo en cuenta que, tras lo podrido, se le averiguaba cierto atractivo juvenil.

—Somos la ofrenda al Nigromante —explicó la chica.

—¿La ofrenda?

—El Nigromante necesita sacrificios para hacer sus predicciones…; somos gente pobre. Ellos dicen que, aunque nuestra muerte sea horrible, el Nigromante siempre envía a sus víctimas a la contemplación de los dioses. Es el don que la diosa Senitra le concede en sus sacrificios.

—¿Eso dicen…? —preguntó Remo, mientras buscaba la postura para dormir. Aquellos desgraciados parecían creerse la estupidez del sacrificio.

—Sí… Toda mi vida he sido una hambrienta…, quizá es la mejor muerte que puedo tener.

—¿Cuál es tu nombre?

—Fige…

—Fige…, necesito dormir un rato, pero no quiero dormir hasta el alba. Despiértame antes del amanecer.

—¿Y para qué iba yo a hacer eso?

Remo ya no la miraba, parecía estar durmiéndose; sin embargo, contestó la pregunta de la joven sin abrir los ojos:

—Fige… ¿acaso tienes otra cosa mejor que hacer? Ayúdame… y yo te ayudaré.

Dicho esto, Remo durmió.

CAPÍTULO 3
La invasión de Aligua

Los sueños de Remo siempre versaban sobre el mismo tema desde hacía diez largos años: la Gran Guerra entre Vestigia y Nuralia, tiempos azarosos para Remo; sin duda, una etapa feliz. La guerra le dio prestigio y la vida militar le era grata. Siempre soñaba con aquellos años rojizos, fecundos y plenos, para despertarse en la pena gris y gélida de su presente.

Remo entonces, pertenecía a la famosa «Horda del Diablo», un destacamento especial del ejército de Vestigia, comandado por el general Rosellón y sus cuatro capitanes. En concreto, a Remo le acudía el recuerdo de una noche concreta…

La guerra estaba estancada en una tregua endeble y el rey de Vestigia, Tendón, quería provocar a Nuralia, pues según sus espías daba muestras de agotamiento. La Horda fue enviada a invadir Aligua, un pueblo costero de Nuralia, con objeto de romper la tregua, provocando así la que sería la última fase de la contienda. Ocho barcos se acercaban con la noche y el viento de aliados a las aguas nurales.

La madera enmohecida rechinaba y crujía en el vaivén de las olas. El olor a sal resecaba las aletas de la nariz y los labios. Era una noche de viento fresco, denso y poderoso, que empujaba en la dirección correcta, alentando las almas de los guerreros. Las velas hinchadas parecían querer escapar, ansiosas, ávidas por tomar tierra. La noche se precipitaba hacia la costa cercana. Lo que no veían sus ojos, lo contemplaban con detalle sus ilusiones. Así lo revivía Remo cada vez que su memoria se anclaba en aquella noche de sangre y redención.

Bajo el peto metálico de Remo, tras la cota de malla, debajo de su piel, latía en las entrañas el ardor de la juventud justiciera. Un corazón virgen de amores, lleno de emoción, fuerte y vigoroso. Latía su inquietud ante lo desconocido, la esperanza de victoria, la sed de aventura. Sus ojos brillaban escrutando la noche desde la cubierta del barco. Miraba a sus compañeros, sintiéndose parte de un grupo. Sus hermanos de sangre, sus amigos, sus cimientos, eran todos esos hombres armados de orgullo y valor. Su miedo se convertía en espuma cuando giraba su cabeza y contemplaba cómo los demás barcos les seguían como en un cortejo. No había miedo en el puño que formaban. La mayoría ya habían luchado antes juntos, y sabían de qué eran capaces. El ansia por repetir victoria poseía a los que, como Remo, conocían la guerra en primera línea, después de años de adiestramiento, de aventuras y suertes, de batallas cruentas. El hambre de gloria parecía elevar el barco dos o tres palmos por entre las cimas de las olas.

—¡Caballeros de la Horda! —gritó con fiereza el capitán, y hasta la mar parecía silenciarse.

Remo lo miró sumiso en el respeto. Un respeto más que ganado por él. A muchos como a Remo los arrancó de la miseria. Los convirtió en guerreros profesionales. Hombres de provecho, bien alimentados.

—Ahora, cuando atraquemos, avanzaremos en fila de a dos, en silencio. No esperan nuestra visita. ¡Tened valor, hermanos míos…, confiadme vuestras vidas, que la mía os pertenece! —gritó el capitán Arkane. Remo sentía tanto afecto por el capitán que no hubiera dudado en dar su vida por él.

El barco atracó por fin y pareció como si les quitasen una cadena del cuello. Rápido se tendieron las pasarelas y los hombres pudieron ir bajando. Remo se tiró por la borda con otros tres, agarrando un cabo para descolgarse después. En su pecho ya no cabía más espera. El agua fresca lo reconfortó. Una carcajada lo hizo tragar agua cuando comprobó que muchos había a su lado que los siguieron, deseando llegar cuanto antes a la orilla y estar en los primeros puestos en esa columna. Con el peto y la cota, les costó mucho avanzar los metros escasos hasta el rompeolas. Por fin en tierra, se unieron a la fila. Lorkun, el Lince, lo acompañaba como tantas otras veces. Con una antorcha cada diez hombres, comenzaron a avanzar siguiendo al capitán. En tierra, la brisa era más cálida. La luna asomaba por entre los nubarrones y hacía relucir las armaduras. El grupo avanzó hacia el interior del acantilado. El sonido de las olas fue alejándose engullido en la lejanía por un silencio estático sin el vaivén de los mares.

El capitán los llevó a un ritmo intermedio, hacia la cima de los acantilados. Las demás embarcaciones atracaron y las otras compañías de la Horda siguieron sus huellas hacia una reagrupación en la cumbre.

—Arkane reserva nuestras fuerzas para la batalla —dijo Lorkun en susurros. Como todos en la compañía, gustaba de reconocer la agudeza del capitán. Cualquier otro loco gastaría las energías de los hombres corriendo en una marcha inútil.

El camino se angostó y les llegó la orden de abandonar la formación de dos y hacer una fila. Lorkun quedó detrás de Remo, pudiendo este escuchar sus pisadas. Remo miró hacia la playa y vio el navío que los había traído a las costas enemigas, pequeño, levemente iluminado por el reflejo de la luna en el mar y las antorchas de la guardia que lo vigilaba. Le recordaba a los juguetes de los niños ricos que probaban en el río mientras los niños pobres tan solo podían imitarlos vagamente con pedazos de corteza, palitos y tela raída. Aquella juventud huérfana ahora no le pesaba, se fundía en el fuego de su corazón, en las ganas de ascender y evolucionar en la compañía.

Remo miró al cielo, que parecía estar abriéndose, como si las nubes huyeran de la contienda. Tal vez los dioses las apartaban para contemplar mejor.

En la cima, siguiendo la orden del capitán, apagaron las antorchas y avanzaron hacia un bosque. Sin vereda, volvieron a la fila de a dos. El bosque no era muy denso, y antes de llegar a su linde ya divisaron el objetivo. La ciudad de Aligua, abajo, a lo lejos, parecía dormir plácidamente con párpados pesados en la bahía pacífica. Era una ciudad importante para el comercio, pues en su puerto se desembarcaba la mitad del pescado de los plúbeos, que viajaba para las tierras del Norte y para la propia Vestigia. No tenía castillo. El señor de Aligua debía de dormir ajeno al asalto, en el centro de la ciudad. Nadie podía imaginar que el ejército de Vestigia se tomase revancha por los incidentes de la frontera. En un caserón, un palacete de estilo costero, los estandartes indicaban claramente su ubicación. En cientos de años los tratados siempre habían protegido esa ciudad por su importancia económica. Durante la Gran Guerra jamás se había contemplado atacarla. La situación debía de ser límite para que el rey de Vestigia quisiera asestar un golpe tan bajo. Arkane ordenó cuerpo a tierra. Todos los soldados se tendieron sobre la hierba. Tenía que esperar a los demás capitanes de la Horda.

—Hace una noche espléndida, mira —Lorkun era muy hablador, no podía resistir la espera sin más. Su apodo, el

Lince, se lo tenía ganado por su destreza para lanzar cuchillos, debía de tener el don de los dioses posado en los ojos.

Remo se desplazó hacia el capitán. Lorkun lo siguió. A rastras se acercaron hacia las posiciones cercanas a Arkane. Pronto los capitanes decidirían la estrategia y Remo quería enterarse, quería escuchar cómo pensaban sus mandos. Por fin, el resto de compañías alcanzaron el punto de organización. Los demás capitanes se acercaron a Arkane. El general Rosellón, el fundador de la «Horda del Diablo», tomó la palabra.

—Veamos… Según el encargo de nuestro rey —comenzó a decir el general—, hemos de capturar al señor de Aligua y arrasar la ciudad. Lo segundo sería bien fácil sin lo primero. No hay muchos soldados en esa ciudad. Pero nuestro rey lo quiere vivo. Así pues, nos aseguraremos de que ese infeliz no huya al escuchar nuestra incursión. Arkane, tu destacamento es el experto en sigilo… ¿Qué propones?

Arkane no parecía prestar atención al dirigente. Su mirada estaba presa de las luces lejanas de la ciudad.

—Una avanzada compuesta por cuatro de mis hombres, que yo capitanearé, capturará al señor de Aligua; los demás esperaréis aquí una señal de fuego en los tejados del palacete.

El general asintió.

—Está bien, Arkane, escoge a tu gente. Los demás, esperad la señal. Las órdenes de nuestro rey son claras. Esta misión ha sido encargada a la Horda para causar terror, para provocar el temor hacia Vestigia. Arrasad la ciudad por completo. Después agruparemos a los prisioneros en la plaza central del pueblo. Espero que al amanecer estemos ya en nuestros barcos disfrutando de cerveza y bellas mujeres.

Todos rieron el comentario del general. Todos menos Arkane. Él simplemente se separó de aquel consejo dirigente y se acercó adonde Remo estaba.

—Selprum, en pie… Remo, en pie… Trento, en pie… Uro Glaner, en pie. Vendréis conmigo a la ciudad. Los demás quedáis bajo el mando de Gorcebal.

Arkane, apodado el Felino, famoso por su maestría con los cuchillos voladores y los asaltos con sigilo, capitán por méritos propios de la «Horda del Diablo», era un hombre de mediana estatura, muy delgado, de mirada intensa. Su destreza y su habilidad para la instrucción le hicieron cosechar fama.

—Señor… —dijo Selprum, el alumno aventajado de Arkane—, ¿para qué una espada lenta en una misión de sigilo?

Arkane no respondió, ni tan siquiera parecía oír lo que acaba de decir su subordinado. Se estaba quitando todas las protecciones. Después parecía repasar la colocación de los cuchillos que poseía por todo el cuerpo. A Remo no le sorprendió aquella queja de Selprum, siempre deseando promocionar a sus amigos en detrimento de los demás.

«Una espada lenta» era la definición que para Selprum tenía Remo. Mientras que casi todos los caballeros de Arkane poseían el dominio de los cuchillos voladores, Remo se había especializado en la espada. Para muchos como Selprum era indigno de la división de Arkane y mucho menos del rango de caballero. En la Horda se podía ser soldado, ascender a caballero, maestre de grupo o maestre de adiestramiento. Remo había conseguido ser caballero y Selprum se temía que pudiera convertirse en maestre, rango que él ostentaba. Lo menospreciaba desde el mismo día de su ingreso en la división de cuchilleros, por el hecho de que Remo no era bueno con los cuchillos, característicos de la orden.

—Si nos pones en peligro, yo mismo acabaré contigo —le advirtió Selprum a Remo.

—Sel, un día, de tanto buscarme, me encontrarás…, y ese día respetarás mi espada lenta.

Todos imitaron al capitán y se despojaron de las armaduras para ser más silenciosos. Remo fue el único que conservó la espada. Después Arkane comenzó a correr colina abajo, hacia la noche serena, que por momentos parecía demasiado quieta. Remo corría tras él, pero pronto fue adelantado por Selprum que daba zancadas espectaculares.

Arkane se movía como una fiera. Era capaz de usar cualquier apoyo para catapultarse aún más hacia delante. A veces saltaba rodando a favor de la pendiente hecho un ovillo, para después, con una pirueta, volver a saltar propulsado y cayendo en posición óptima para seguir corriendo. Remo intentaba imitar su estilo desde que había llegado a la Horda, pero sabía que jamás podría tener esa flexibilidad y esa capacidad para concentrar la fuerza. Era más corpulento que el capitán, más tosco y torpe. Remo jamás lanzaría cuchillos como Arkane, incluso jamás tendría la puntería de su amigo Lorkun; probablemente, de los seleccionados, podría ser un estorbo, pero a sus veinte años Remo se había ganado el respetable rango de caballero, desterrando todas las pamplinas que tuvo siempre en contra de gente como Selprum, que siempre intentaron recordarle que un miserable huérfano de campesinos jamás podría llegar a formar parte de un cuerpo de élite. Remo estaba dispuesto a morir en aquella misión, estaba dispuesto a dar la vida cada día que iba a la guerra, y eso marcaba la diferencia. A pulso de espada y acero, de sangre y dolor, se había hecho un hueco en la división.

Junto a unas granjas, los cuchilleros esperaron a Remo, que se había rezagado ligeramente.

—¿Te pesa el culo, Remo?

Selprum parecía dispuesto a dejarlo en evidencia siempre que tuviera oportunidad.

—A partir de ahora, más silencio —dijo Arkane.

No dio tiempo a Remo a interpretar sus palabras, ni a discernir cierto apoyo frente a Selprum, porque directamente el capitán volvió a salir corriendo si cabe con más tenacidad que antes. Ligero como una gacela, saltaba las vallas a veces sin necesitar apoyo. A través de las sandalias de cuero, Remo percibía de cuando en cuando el frescor extraño de la hierba. Porque hasta la hierba era distinta, enemiga, en aquel territorio que usurpaban. Se sentía observado por la misma naturaleza. El corazón lo tenía contenido, pinchando las entrañas con nervios.

El objetivo era una casa muy alta, de cuatro pisos. Podía verse desde las primeras callejuelas, cómo superaba los tejados de las viviendas que la cercaban. Selprum avanzó hacia una calle, miró a uno y otro lado, les hizo una señal, y así fueron sorteando callejas angostas. Las avenidas principales tenían antorchas salpicadas que iluminaban lúgubres las fachadas amarillentas. Ya habían esquivado un par de transeúntes sin tener que matarlos. Uno era un soldado bien armado que al parecer iba inmerso en profundos pensamientos, con la cabeza gacha. El otro era un borracho, que igual ahora permanecía durmiendo en la misma calle donde lo divisaron. Pronto, tras la victoria, podrían ellos también emborracharse de aguamiel, cerveza y hartarse de carne asada.

Selprum los condujo a la calle anterior a la fachada trasera del caserón. Arkane se adelantó entonces ordenándoles un alto para echar un vistazo. En esas casas dormían los infelices a los que la invasión iba a sorprender. Arkane volvió de su reconocimiento.

—Hay un centinela en cada esquina de la casa y en la puerta de atrás hay dos. Están bastante frescos, por lo que pienso que acaban de cambiar el turno de guardia. Hay que matarlos sin hacer el menor ruido. Seguidme.

Así lo hicieron. Remo sintió cierto temblor incontrolable en parte de su pierna derecha. Trató de serenarse pero aquel temblor no cesaba. Arkane, agazapado, asomó la cabeza por la esquina de la última casa de la calle. De repente avanzó con una frialdad temeraria, exponiéndose a ser visto. «Esperad mi señal», dijo simplemente antes de partir. Lo vieron caminar erguido hacia la entrada. Los soldados, hablando entre sí, aún no advertían su presencia. Su objetivo era ganar los metros suficientes. Llevaba las manos a la espalda. Remo pudo ver el destello de los cuchillos mortíferos que sujetaba. Andaba despacio, con la punta de los pies. Remo admiraba la agilidad de ese hombre. Uno de los soldados se giró casualmente. Arkane reaccionó. Lanzó sus manos hacia delante mientras se agachaba flexionando las piernas. Los cuchillos silbaron en la noche. Al que había girado la cabeza le acertó en su ojo derecho. Al otro se lo clavó en la sien. Ambos se desplomaron.

Remo, ante el estruendo de los cuerpos inertes golpeando el suelo, cerró los puños, como tratando de atrapar el sonido. Arkane no parecía preocupado. Miró a uno y otro lado, con dos nuevos cuchillos preparados, previendo que en las esquinas los soldados a lo lejos se hubieran percatado de su actuación. Viendo que no era así, corrió hacia la entrada y se giró apoyando su cuerpo de espaldas a la puerta de madera oscura. Después hizo una señal para que Selprum y los demás cruzasen también.

Maravillado aún por la limpieza del crimen de Arkane, avanzó aturdido, pensando con todas sus fuerzas que no sería visto por nadie, como si el pensarlo fuese a otorgarle la invisibilidad. Se colocaron a ambos lados de Arkane en su misma postura. Se oía cómo el capitán forzaba la cerradura con una de sus afiladas armas. Remo miró su cinturón, repleto de esas cuchillas mortales. Al cabo de unos instantes se escuchó la concesión de la cerradura. Arkane era un maestro.

Estaban ocultos en un jardín interior, de amplitud considerable. Sentía el peligro acompañarlo como su sombra. No se oía más que el rumor del agua que fluía de una fuente en el centro del jardín. Arkane avanzaba hacia el extremo del jardín, donde otra puerta de madera los debía de conducir al interior. El silencio parecía delator. Tan absoluto, tan hermético, que parecía así mismo frágil.

Llegaron a un pasillo que los condujo hacia unas escaleras. La habitación del señor de Aligua debía de estar situada en la última planta.

La escalinata de caracol recorría los tres pisos. Todos imitaban a Arkane, que iba escondiéndose de posibles miradas, ascendiendo pegado a la pared. Iban directamente al tercer piso. La escalera continuaba hacia arriba, por lo que dedujeron que llevaba a la terraza superior desde donde tendrían que hacer la señal a las tropas.

El corredor era muy largo, con diez habitaciones, iluminado por tres grandes pebeteros con brasas incandesdentes. Cada cuarto tenía una estatua de mármol en la puerta. Ninguna de las habitaciones destacaba entre las demás como posible dormitorio del señor de la ciudad. Remo pensó que se estaban equivocando… De repente se escuchó un fuerte chasquido. Todos siguieron a Arkane que, instintivamente, se lanzó en pos de la primera habitación. Con el mismo artilugio con el que abrió las otras puertas, abrió también esta y se precipitó al interior. Todos entraron en la total oscuridad. Fuera, en el pasillo, se escuchó un nuevo chasquido, y una puerta chirrió al abrirse. Se acercaban pasos. Arkane cerró la puerta del cuarto donde estaban metidos.

Un golpe seco y un chispazo. Selprum encendió así una vela llorona que colocó en el interior de una lámpara. Estaban en un almacén…, solos. En cajones de madera había apilados multitud de objetos, desde la más vulgar vasija hasta cuchillos y espadas, utensilios femeninos e incluso pinturas y acicates.

—Ya puedes tirar esa espada fea y tener un arma decente… —comentó Selprum mientras asía una de las armas con la empuñadura dorada.

Remo jamás habría cambiado su espada por cualquier otra…

—Antes de cerrar la puerta he visto a un soldado caminando hacia el fondo del pasillo. Creo que salió de la quinta habitación, pero no estoy seguro. Llevaba en una de sus manos un rollo de pergamino…, debe de ser alguna orden dada por el señor de la ciudad. Ese es el paradero más probable. Haremos lo siguiente: Selprum y yo entraremos en esa, los demás entrad en las de alrededor. Si fueseis vosotros los que acertáis, no dudéis en gritar para que vayamos en vuestra ayuda. Si veis que no es la habitación correcta, salid de inmediato a ayudar a los demás. Si os ve alguien, matadlo, sea quien sea, rápido y lo más silenciosamente que podáis. Tomad estas ganzúas para abrir sin ruido las puertas. ¡Suerte, hermanos!

Con sigilo, volvieron al pasillo. Remo se encargó de la habitación contigua al almacén. Frente a la puerta, vigilado por la estatua de una hermosa mujer, intentando abrirla, Remo trataba de acordarse de los consejos que los instructores le daban para abrir rápido una cerradura. Notó cómo cedía el cerrojo…, había conseguido su objetivo incluso antes que el capitán, que todavía luchaba contra el cerrojo de la suya. Abrió con sigilo. La puerta estaba bien engrasada y no hizo el más mínimo ruido.

Había luz dentro, aunque tan tenue que parecía a punto de extinguirse. Cuando ya hubo espacio para pasar su cuerpo, Remo metió la cabeza. Había un aroma dulce flotando, un perfume tan ligero como la luz de la estancia. Lo primero que vio fue una especie de recibidor, una antesala a otra habitación de la que provenía la ligera luminiscencia. Nada se movía. Entró cerrando tras de sí.

Apareció en un recibidor que estaba repleto de cortinas de seda. Avanzó apartándolas con lentitud. En el suelo vio dos escalones descendentes. Las sedas disimulaban el paso hacia otra estancia. Las telas inofensivas supondrían un engorro si encontraba enemigos allí dentro. Estaba ya cansado de apartarlas. Remo se detuvo frente a la última de las telas que transparentaba ya toda la habitación.

Había una chimenea a la derecha, en la que no acababan de dormirse las ascuas. Remo sintió calor. A la izquierda se encontraba una cama, bastante grande y pomposa, con edredones multicolores. Algo se movió entre la cama y la chimenea… Era la belleza.

La belleza era una mujer.

Hasta ese día Remo no se había detenido a apreciar lo bello. Tenía delante de sí la mejor de las esencias, la nota musical más centrada, el agua más nítida que anida en el interior de un lago límpido. Se le paró el corazón partido en dos. Su alma fue robada. Le quemaban los pulmones. Su boca se entreabrió admirando por sí misma la hermosura de esa mujer.

Desnuda, con paso lento, fragante, se acercaba al poco fuego que le quedaba a la chimenea. Después, apoyando su mano frágil en el frontón de la misma, se agachó hacia unos maderos para alcanzar un tronco. Sus pechos se movieron…, su vaivén hacia delante al agacharse incendió el corazón del guerrero que la observaba. Actuaba ajena al intruso y su gracia era pura, sin maquillajes ni ademanes falsos para agradar. El madero parecía horrible tras su mano de mantequilla, deforme y grotesco al colocarse junto al cuerpo esbelto. Su piel en la penumbra parecía el resultado de quemar azúcar. Con los lametones del fuego se doraban sus redondeces, adquiriendo un tono moreno tendente al rosado. Su melena, como una cortina, se ondulaba con cada movimiento.

Remo la miró de espaldas, tratando de amortiguar su respiración para no alertarla. De repente le parecía un crimen estar mirando esa parcela de intimidad, esa tranquilidad en la que ella, desnuda, preparaba el fuego del hogar para seguir durmiendo apaciblemente rodeada de mantas cálidas. Remo miró la cama buscando varón, mas nadie acompañaba a la mujer. Debía de sentirse reconfortada en su soledad avivando el calor del fuego. Remo tuvo la tentación de dar media vuelta e irse por donde había venido sin alertarla. Pero entonces recordó para lo que había entrado a ese dormitorio, como si hubiesen pasado años desde que habían desembarcado, como si cada mirada que había posado en ese cuerpo pudiese haberlo trastornado durante días. Remo estaba allí para secuestrar al señor de la ciudad. Aquella no era su habitación, debería de salir de allí con presteza. Arkane y los demás podían necesitar su ayuda en otras habitaciones.

Entonces entendió que no podía irse sin más y abandonarla. Se imaginaba a los hacheros de la Horda entrando en tropel en el palacio, destruyendo, prendiendo fuego a aquellas cortinas y dando muerte a aquel cuerpo. Tal vez cosas peores. Nadie podría sentir la ternura que él sentía, ni comprender que no se debiera dañar la delicadeza de esa muchacha. Ellos venían a despachar enemigos y sacar provecho. De repente se sintió monstruoso, incivilizado y brutal.

Remo jamás había imaginado que aquellas canciones que entonaban los bardos en las plazas, los poemas de los trovadores cuando hablaban de amor, aquellas poesías que había escuchado, pintasen con tanta fidelidad un sentimiento como el que ahora mismo él poseía, arrebatada su alma en aquella visión.

Un intruso. Remo era un intruso; a poco que hiciese ruido y ella se percatase, con toda seguridad gritaría. La joven se dio la vuelta y se encaminó con el semblante soñoliento hacia la cama. Su belleza parecía evolucionar con cada nueva perspectiva. Sus ojos amplios, seducidos por el sueño, sus labios rosados entreabiertos hermanos de la pulpa de fresas... Remo volaba en un abismo. ¿No podía sacarla de allí, ofrecerle un destino distinto del que esa noche aplastaría la ciudad? Nada más cruzar la puerta con ella... ¿cómo explicaría a Arkane su compañía? Se imaginaba a Selprum matándola para fastidiarlo. No podría salir de allí con ella..., definitivamente no. Pero jamás podría volver a dormir en paz con los dioses sabiendo que la había dejado a su suerte. Los dioses habían distorsionado su patria y su deber desde el instante en que habían permitido a su corazón latir en respuesta a la contemplación de la joven. Ese descubrimiento de la belleza, en cierto modo, le inspiraba una obligación de protección, como si fuese un signo celestial. ¡Qué astuto era su corazón que ahora le proponía designios místicos! Qué miserable la desdicha que lo perseguiría si volvía su rostro y se marchaba. Decidió arriesgarse.

—Mujer… —Remo habló susurrando mientras apartaba el último velo para ser totalmente visible a los ojos de la joven. Ella parecía dormida. La veía aun mejor sin la tela de por medio, y confirmaba con pavor que era esclavo de solucionar su destino.

—Mujer.

Esta vez la chica abrió los ojos.

—Shhh…

—¿Quién?… ¿Qué hacéis vos aquí?

—Mi señora… —Remo estaba desesperado. El pánico de la chica parecía imposible de controlar. Remo desenvainó su espada y ella emitió un gemido. Quedó paralizada mirando en dirección a la chimenea.

—Por favor, caballero, no me hagáis daño, pues nada valgo…, por favor, os suplico que no me hagáis daño.

La mujer gemía con mucho esfuerzo intentando que su voz no sonase alta. Parecía entender que el intruso no quería hacer mucho ruido. Lejos estaba ella de comprender que tenía a Remo a sus pies. No descifraba en la mirada del hombre la ternura y la rendición.

—Señora, quiero que me escuchéis y después me marcharé. Juro que no os haré daño. Juro por los dioses, por los que nunca he jurado y hoy juro, que no os dañaría, mi señora.

La chica lo miró a la cara durante un instante y luego, temerosa, volvió a la chimenea su vista. Encontró que el intruso estaba de rodillas abrazando el puño de su espada apuntalada en el suelo.

—Escuchadme —continuó Remo—: está a punto de acontecer una invasión a esta ciudad. Yo pertenezco a la avanzadilla. Si queréis salvar la vida, haced justo lo que yo os diga…, y por los dioses hacedme caso…

Remo metió la hoja de su espada en el fuego. Tenía un plan.

—Señor, yo solo soy una dama de compañía de la hija del caudillo de Aligua. No tengo riqueza ni…

—Cuando lleguen los soldados, intentad por todos los medios que os capturen viva. Decid que sois cocinera de Jor, gritadlo si es preciso… —Remo comprobó la punta de la espada y volvió a insertarla entre las brasas, no había mucho tiempo—. Las cocineras de Jor nunca son asesinadas en la guerra, porque son más valiosas que el oro. Se las disputan en las cocinas de los grandes señores. Os capturarán y os llevarán a la plaza del pueblo.

—Una esclava… ¿Y mi padre, mi madre y mis hermanas?

—No lo sé… ¿Cuál es tu nombre?

—Lania.

—Lania, las cocineras de Jor llevan un tatuaje, debéis confiar en mí.

Remo sacó la espada que ya tenía la punta incandescente.

—¡No, por favor! —dijo Lania, pero parecía aceptar con resignación aquel plan de salvación, pues se irguió mostrando su hombro desnudo entre las mantas.

—Iré a buscarte en la plaza. Allí os reunirán a todos los prisioneros. Debéis decir que el tatuaje se os infectó antaño y que no se ha curado. Intentaré hacerlo rápido.

Remo agarró la espada por la hoja. Quemaba pero asumía el dolor pensando que ella sufriría más. Se sentó en la cama y con delicadeza colocó a la mujer en la posición más óptima para poder marcarla. Ella se dejó hacer. Remo trazó una pequeña «J» sobre la piel de su hombro izquierdo. La chica hundió la cabeza en la almohada para amortiguar el grito.

—Ya está…

La joven se incorporó gimoteando. De sus ojos pendían dos estandartes de agua que acabaron por rendirse. Lloraba. Remo no sabía si lloraba por el dolor de la herida que acababa de hacerle, por la invasión, por el temor hacia su propia presencia, si lloraba por su familia, que seguramente acabaría muerta, o por su futuro incierto. El caso es que aquellas lágrimas a Remo se le quedaron grabadas para siempre.

—¿Cómo te llamas tú, guerrero?

—Remo.

—¿Cómo?

—Remo… Remo… Remoooooo.

—Remo… soy Fige. Me pediste que te despertase antes del amanecer…

Remo, en la celda, volvió a sentir la pérdida. Todas las mañanas cuando despertaba sentía de nuevo la desolación de abandonar a Lania en su despertar. Nada tenía que ver aquella pobre mugrienta llamada Fige con el rostro diáfano de su amada. Aquella joven que lo conmovió en la invasión de Aligua y que acabaría compartiendo con él dos largos años de su vida, que para Remo ahora se sumían en sueños, retazos de una felicidad tan abrumadora que acaso le parecía ilusoria… Ahora, despierto, muy lejos, en su presente le surgía la misma inquietud con la que había tenido que convivir aquellos años. La pena intensa de la ausencia de Lania.

Se estiró despejando de su mente el pasado. Había llegado el momento de salir de aquella prisión. Ya había dormido suficiente como para un par de jornadas. Sentía vigor y ganas de compensar el mal comienzo que había tenido su misión.

CAPÍTULO 4
La Ciénaga Nublada

La Ciénaga Nublada se cernía entre un portal de montañas, un bosque antiguo que, por debajo del nivel del mar, estaba anegado de barrizales y charcos, de lagos fantasmales y poseído por una neblina densa que, desde el amanecer hasta que el sol caía, desmenuzaba los colores unificando su aspecto hacia un verdoso fango.

Cuando Fulón, desde un remonte, la divisó, no pudo evitar hacer un comentario.

—Creo que entrar ahí a caballo es desear perder la montura.

Quería confirmar que sus acompañantes apoyaban la iniciativa que tuvo de viajar sin caballos. El tabernero les había advertido de que allí los corceles se convertían en una carga, pues la mayor parte del tiempo el avance era penoso y solían experimentar miedo y continuos berrinches. Luego estaba el riesgo de que podían quebrarse una pata para tener que ser sacrificados allí mismo. Acordaron con el tabernero que en la cuadra de su posada podrían quedarse bien alimentados pagando veinte monedas de plata entre todos.

—Deberíamos alcanzar aquella colina. Allí podríamos montar nuestra base de operaciones. Debe de dominarse toda la Ciénaga Nublada en su cima.

Sala se había colocado junto a Fulón y escudriñaba el paraje que se les avecinaba.

—Sí, pues debemos darnos prisa, el sol va siempre con ventaja.

La colina se divisaba por entre la niebla y las copas de los árboles. No era muy alta. Aparecía como el último reducto exento de aquella nube densa. Con rapidez, les sobraría tiempo para hacer un buen asado, siempre y cuando no tuviesen dificultades imprevistas en la Ciénaga.

Los tres viajeros descendieron de la ladera donde habían planificado la primera etapa y, con rapidez, se acercaron a las inmediaciones de la Ciénaga. Pronto percibieron que la temperatura descendía y que una niebla densa se iba apoderando de las arboledas que más tarde tendrían que atravesar. El suelo iba adquiriendo un tono más negro, sin hierba, salpicado de musgos resbaladizos. Ya comenzaban a aparecer charcas y lodos.

Menal lió sus pies con unas vendas para así proteger sus sandalias y fabricarse unas botas improvisadas. Nadie le había advertido de que acabarían buscando al Nigromante en un cenagal. Sala no tuvo ese problema porque ella sí que llevaba unas botas de cuero, aunque le fastidió tener que ensuciarlas con aquel lodo negro.

El frío aumentaba y pronto pisar suelo totalmente seco parecía solo posible apoyándose en rocas o troncos caídos. El barro era espeso y cada vez exigía a los aventureros más fuerza en las piernas para conseguir soltarse de su besuqueo viscoso. Una brisa helada repasaba los troncos pelados y emitía un silbido tétrico. La niebla desorientaba mucho, pues solo se tenía la referencia de unos veinte metros delante.

Sala tuvo que trepar a los árboles para divisar la colina y ver si la dirección que tomaban era la correcta. El sol parecía avanzar rápido hacia una noche que se presentaba temible en aquellos parajes.

—Nos hemos desviado hacia el sur. La colina está más al este, debemos ir en aquella dirección.

Era complicado seguir una ruta. El tamaño de los charcos crecía, y seguir un rumbo fijo era imposible si no rodeaban los pequeños lagos que encontraban en su avance.

—Woooooooooorrrrrr.

Traído entre las sedas del viento frío, vino un alarido que a todos les detuvo el paso y la respiración. No hacía falta preguntarse unos a otros si lo habían escuchado. Un mugido como de vaca al principio, aunque mucho más potente, que poco a poco se volvía grave y terminaba cercano al ronroneo de un león.

—¿Habíais escuchado algo así antes? —preguntó Sala en un susurro.

—No.

Todos estaban petrificados.

—Creo que sé lo que es —dijo Menal mientras descolgaba su hacha enorme de la espalda, preparado para usarla en cualquier momento.

—¿Y qué es? —preguntó Sala con la voz encogida.

—Tiene toda la pinta de ser un mugrón —dijo Menal.

—¿Un mugrón? —preguntó Fulón algo incrédulo—. Eso es imposible. No hay mugrones en estos parajes.

—Allí de donde yo vengo, años atrás, siendo un crío, habitaban en los bosques. Su lugar favorito son los pantanos. De noche, en el pueblo, solíamos escuchar alaridos como ese. Es un mugrón que, además, no anda muy lejos de aquí.

—A ver… chicos, yo soy de ciudad, así que haced el favor de explicarme qué demonios es un mugrón.

—No le hagas caso…, no es un mugrón. Habrá sido el viento. Esas bestias se fueron de este reino hace cientos de años. Menal viene de las Islas del Sur. Allí dicen que queda alguno…, pero yo personalmente no lo creo.

—Ya te lo estoy contando. No miento. Quedan mugrones…

—Bueno, no discutamos; sea lo que sea, si alcanzamos la colina, estaremos más seguros que aquí.

—¡Aaaaaaaaaah! —gritó Sala de repente.

La mujer cayó al suelo y comenzó a separarse de ellos a rastras a gran velocidad. Algo tiraba de ella que resbalaba patinando en el barro. Rápidamente Fulón corrió en esa dirección.

—¡Trata de agarrarte a algún sitio!

Sala sacó un cuchillo y lo clavó en el suelo, pero la superficie era tan viscosa que no podía hacer tracción suficiente para evitar aquella fuerza que tiraba de su pierna. Sí le sirvió para erguirse un poco y saber qué era lo que la estaba remolcando, aferrado a su pie. Una cuerda…, nada de monstruos horribles.

—¡Alguien tira de mí desde allí, en la niebla, esto es una cuerda!

Fulón la alcanzó y la sujetó de los brazos. La fuerza con la que braceaba quien quiera que estuviese al otro lado del cabo parecía inhumana. Ni siquiera Fulón lograba detener totalmente el avance.

—Me va a arrancar la pierna…

Entonces llegó Menal. En lugar de impedir el movimiento de Fulón, les sobrepasó y asió con sus brazos enormes la cuerda, liberando el pie de la chica al instante. Después Menal acometió el cable negro y lodoso con toda su fuerza. Sus músculos se tensaron y, por primera vez, aquella cuerda cambió de dirección. Menal era un hueso duro de roer.

—¿Quién eres? —Gritó Menal, con la cara sufriendo mientras ganaba una brazada más de aquella cuerda. De unos árboles, dos figuras oscuras se movieron. De pronto Menal se encontró sin oposición a su empuje y, venciendo el pulso, cayó al suelo sobre sus posaderas. Habían soltado el otro extremo.

Los tres siguieron la soga hasta un árbol donde encontraron la explicación.

—Era una vulgar trampa con horca —dijo Fulón mirando el carrete oculto en un árbol. Con unas poleas y una manivela, hasta un niño hubiera puesto en dificultades a Sala con aquel mecanismo—. Este árbol era una caña de pescar hombres.

—¿Sería el Nigromante? —preguntó Sala.

—No creo…, pero ahora estamos seguros de que sabe que estamos aquí. Debe de tener gente que lo protege.

—Y un mugrón de invitado en sus dominios.

Menal ayudó a Sala, ahora con la mitad del cuerpo embarrada, a subir a un tronco. La chica trepó sin dificultad.

—La colina está en esa dirección —dijo después de bajar del árbol.

Los tres continuaron su camino ahora con más precaución y mirando bien el suelo que pisaban. El bosque se anegaba cada vez más, pareciendo una plantación de arroz donde hubiesen crecido árboles. El agua les llegaba por encima del tobillo y los troncos de los árboles parecían volar sobre la cortina de agua. El ruido que hacían al avanzar era fastidioso, porque el viento había cesado y les delataba un vacío expectante en el que se adentraban en la profundidad de la Ciénaga. De cuando en cuando tenían que cambiar de ruta porque había desniveles donde el suelo se hacía más profundo.

—Esperemos que no llueva…

—¡No te muevas, Fulón! —gritó Sala.

—Vamos, preciosa, no me asustes…

Sala se acercó por la espalda a Fulón. Del estuche de flechas extrajo una. Sin cargarla en el arco asestó una estocada en la espalda de Fulón en un rápido ademán de su brazo.

—¡Ey, eso ha dolido!

Fulón se giró y su mueca resultó llena de asco y no de queja cuando contempló que, ensartada en la punta de la flecha de la mujer, una araña gigante agonizaba. Sala sacudió la flecha y la araña aterrizó sobre el agua.

—Este lugar es horrible.

—¡Mirad! —gritó Menal señalando con su dedo en la dirección hacia la que se dirigían.

—Dioses…, ¿qué demonios pasa en este bosque?

Sobre la capa de agua serena, una turbulencia se acercaba como si fuese una pequeña ola. A simple vista, a esa distancia de unos diez metros, no se apreciaba qué era lo que se estaba aproximando a los viajeros. Pero pronto pudieron distinguir miles de patas bregando por avanzar.

—¡Son arañas!

Las hermanas de la víctima de Sala les estaban rodeando.

—¡Corred!

Fulón comenzó a retroceder pensando qué podían hacer contra tanto bicho. Mientras corría miraba de reojo el avance de aquella marea negra. Ellos corrían ligeramente más rápido así que quizá podrían rodearlas…

—Intentemos rodear las arañas…, seguidme.

Sus dos amigos siguieron la carrera. Fulón miraba el agua tratando de averiguar qué extensión tenía la plaga. La anchura de la ola de arañas parecía suficiente como para no poder llevar a buen puerto su plan. Les cogerían si no tomaban otro remedio.

—¿Subimos a un árbol?

—Las arañas pueden subir a cualquier árbol sin problemas.

—Pero mirad…, no están subiendo a los árboles. Mirad los troncos de los árboles por los que pasan. Si no están subiendo a los árboles…, no nos seguirán.

Siguiendo el consejo de Fulón, Sala escogió un árbol que permitía una escalada fácil. Ella tardó poco en ascender a las ramas altas. En dos saltos ya estaba ayudando a Fulón. Menal, con mucha sangre fría, esperó sin inmutarse abajo mientras ellos se acomodaban. Las arañas se le acercaban y de poco le serviría su hacha contra ellas.

—¡Dame la mano, Menal!

Fulón hizo acopio de toda su fuerza para lograr que Menal tuviese un buen punto de apoyo. El gigante trepó quedando un poco más bajo que ellos.

—Espero que funcione tu plan, Fulón…

Sin embargo el plan de Fulón no funcionó.

Cuando la ola de arañas cubrió el suelo acuoso donde estaba el árbol, ellos pensaron que lo habían conseguido. Sin embargo, las arañas no se subieron a ningún tronco…, excepto al que ellos escogieron para huir de ellas. No todas, pues la gran mayoría pasaron de largo con la marea. Pero una cantidad considerable, comenzó a trepar por el tronco, formando cinco o seis hileras negras.

—¡Están subiendo! —gritó Menal, que fue el que primero advirtió el avance vertical de aquellas bestias—. Son enormes…

—Tengo una idea… Menal, colócate allí y usa tu hacha. ¿Podrías cortar el tronco?

—Desde esta posición…, tardaría demasiado.

—Es nuestra única opción… Si el tronco cae hacia allá, estaremos a salvo.

Menal asestó un primer hachazo y Sala entendió por qué usaba esa herramienta como arma. El árbol pareció estremecerse. Algunas de sus perseguidoras cayeron al agua, con el golpe de Menal perdiendo su apoyo gracias al temblor del tronco. Menal asestó otro golpe desprendiendo una cuña de madera, dejando aparecer el tono dorado de una madera bastante noble, pese a la sombría apariencia del árbol raquítico.

—¡Date prisa!

Menal no golpeaba rápido porque tenía que parar a quitarse las arañas que ya recorrían su cuerpo.

—Menal, tienes que golpear de nuevo o nos comerán.

Menal, de pronto, dejó de quitarse arañas de encima y dio un golpe de especial violencia al tronco, al que siguió una retahíla de cortes que desprendieron esquirlas de madera por doquier. Mientras tanto, Sala y Fulón luchaban contra las arañas que ya habían llegado hasta su posición. Al principio, con reparos y asco, Sala las pisaba o las trinchaba con su daga. Después, cuando recibió las primeras mordeduras, la chica las destrozaba con los dedos. En su cabeza, alguna había distraída por el tacto familiar de las hebras de su cabello y no parecían dispuestas a picarle, así que las dejó para el final, quitándose las que le subían por las piernas.

—¡Menal, por los dioses!

Menal parecía a punto de desfallecer por las picaduras cuando, de repente, gritando, asestó un porrazo tremendo. El tronco tembló y se escuchó cómo la madera comenzaba a crujir.

—¡Todos a esa rama! —gritó Menal que se golpeaba por todo el cuerpo para eliminar arañas—. ¡El tronco cederá si vamos todos a aquella rama!

Con lentitud, ajeno a la urgencia de los tres humanos, el árbol poco a poco cedió.

—¡Agarraos fuerte! —gritó Menal.

Con el abatimiento del tronco caído, el único que consiguió seguir asido al árbol fue Menal. Fulón y Sala cayeron al suelo desde cierta altura. Afortunadamente el agua que cubría el área amortiguó la caída. En aquella zona la ola de arañas había pasado ya, y parecía totalmente exenta de bichos. Menal, al comprobarlo, se tiró también al agua con la esperanza de que muchas de aquellas criaturas huyesen o lo soltaran. Los tres comenzaron un baile de ademanes retorcidos, de escorzos y gritos de furia mientras poco a poco iban machacando a las supervivientes.

—No te muevas —dijo Fulón a Sala.

—¡Ahhh!…, odio las malditas arañas —dijo la mujer.

Fulón alargó sus manos y del cabello de la chica extrajo dos ejemplares de tamaño obsceno. Después, harto ya de matar a sus hermanas, no tuvo reparos en destrozarlas con las palmas de las manos.

—Creo que jamás volveré a mirar a estos bichos de igual forma… ¿Qué tal estás tú, Menal? ¡Menal!

El grandullón yacía en el suelo preso de la inconsciencia. El agua le cubría todo el cuerpo. Sala y Fulón mataron las arañas que encontraron rodeándole y después cargaron con sus brazos, ayudados por el peso disminuido que tenía en el agua, buscando una zona seca para curarle.

—¿Sientes mareos? —preguntó Fulón a Sala.

—No…, ¿y tú?

—Tampoco. A Menal deben de haberle picado muchas. ¿Qué remedios tienes?

—Para las picaduras masivas de arañas no tengo nada —dijo con cierta ironía—, pero creo que sí tengo un ungüento que puede al menos aliviarnos y evitar hinchazones.

Tardaron un mundo en atravesar aquella zona encharcada hasta la colina. La noche comenzó cuando consiguieron que Menal despertase.

—Grandullón..., despierta... Te hemos traído hasta el pie de la colina... pero no podremos arrastrarte hasta arriba... ¿Qué tal te encuentras?

—Como si me hubiesen apuñalado en cada músculo.

Sala, con una paleta de madera en la mano, terminaba la labor de barnizado del cuerpo de Menal.

—Espero que esto te ayude.

Intentó incorporarse. Se quejaba con resoplidos, pero ni tan siquiera emitía susurros de dolor. Con la ayuda de Fulón se puso en pie.

—¿Podrás cargar con mi hacha? —preguntó a Sala.

—Seguro que sí.

Sala la descolgó de la espalda de Menal y comprobó que sería un desafío aguantarla. Ya era noche cerrada cuando llegaron a la cima de la colina. Las nubes cubrían el cielo y tapaban el brillo de la luna creciente, así que no pudieron divisar la extensión de la Ciénaga Nublada.

—Wwwoooooooooorrrrrrrrr.

Otra vez el alarido.

—Wwoooooooorrrrrrr.

—Wwoooooorrrrrrrr. Wwwaaaaarrrrrrroooorrrrrrr.

Desde la cima de la colina, los alaridos les llegaron provenientes del oeste. Parecían más lejanos que aquel primero que escuchasen inmersos en la Ciénaga. Sin embargo, venían acompañados de desgarros, del crujir de la madera.

—¡Por todos los dioses! Esos… esos gritos o lo que sean… no son del viento, Fulón.

Fulón acababa de encender una fogata y estaba recolocando los troncos para conseguir más calor. Después, empujando con sus hombros su capa para abrigarse más, se sentó junto a los demás. Corría un halo neblinoso que congelaba la hierba.

—Es un mugrón… y además está cabreado —dijo Menal.

—Eso parece… —admitió por fin Fulón—. De todas formas, con un poco de suerte, lo evitaremos y no tendremos problemas con él. Nosotros vamos hacia el sur.

—¿Qué es un mugrón? ¡Explicádmelo de una vez! ¿No sería mejor apagar la fogata?

—Si apagamos la fogata enfermaremos. Bastante tenemos con el veneno de las arañas como para constiparnos.

—Pero el mu… la cosa esa podrá ver el fuego o el humo…

—Desde la Ciénaga no podíamos ver la colina, así que intenta ser más positiva. Seguramente el mugrón tampoco podrá vernos. Que yo sepa, un mugrón no trepa a los árboles.

—¿Qué es un mugrón?

—Que te lo diga Menal, que seguro te lo puede explicar mejor.

—Es una bestia antigua, un ser viejo y desdichado.

En la oscuridad, el rostro algo desfigurado de Menal a causa de las picaduras de las arañas adquiría sombras terroríficas. Sala pensaba que un mugrón podría tener un rostro parecido al que ahora tenía su amigo.

—Las leyendas dicen que los dioses crearon a los mugrones antes que a los humanos, como superiores al resto de animales —Menal hablaba en susurros—. Sin embargo, cuando los dioses en su divina intención creadora parieron a los humanos, se encapricharon de ellos, porque eran unas criaturas mucho más bellas que los mugrones. Los humanos habían sido agraciados de más virtudes, siendo más similares a los dioses, dotados para el canto y las artes, para el diálogo… Los mugrones, entonces, se sintieron abandonados y lucharon en las guerras antiguas contra los humanos. Pero la superioridad intelectual de los nuevos hijos predilectos hizo sucumbir a los mugrones. Al principio, ellos habían esclavizado a los primeros humanos, pero pronto se multiplicaron y se fueron de los bosques. Los humanos trabajaban la tierra, conseguían alimentos, inventaban artilugios, armas… El tiempo de los mugrones llegó a su fin. Muchos acabaron como bestias de carga o trabajo de los humanos. La mayoría murieron perseguidos. Su extinción es un hecho; sin embargo, quedan regiones inhóspitas, islas, donde aún habitan. Te aseguro que existen. Viven amargados porque piensan que los dioses los abandonaron a su suerte y los relegaron al mero papel de animales.

Sala no sabía si hacer o no la pregunta…

—¿Qué aspecto tienen?

—Tranquila, si te topas con uno en esta ciénaga, no tendrás ninguna duda de lo que es.

—Vamos, por lo que dices son grandes… ¿No?

—Un mugrón es parecido a un toro, pero caminan con pies humanos. Su cara no es tan alargada como la de las vacas. Tiene cuernos poderosos, dependiendo de la casta y la edad, más o menos largos y resistentes. Tienen brazos y piernas y, aunque algo más lentos que nosotros, su movilidad es normal. Son descomunales… Yo he visto uno muerto de al menos dos metros y medio de altura, pero se habla de que pueden llegar a medir hasta cuatro.

—¡Cuatro metros!

—Son omnívoros como nosotros, pero les gusta sobre todo comer ramas secas, troncos de árboles…, madera en general. Los peores son los que han probado la carne humana… Les crea adicción.

CAPÍTULO 5

A sangre fría

Remo se quitó la camisa, manchada con algunas gotas de su propia sangre. Sentado en el mismo lugar donde había dormido, era el centro de atención de las miradas de los demás presos. Con parsimonia, rompió su camisa por las costuras, en sonoras retahílas. Después hizo tiras de tela, tratando de hacerlas lo más largas posibles.

—¿Eres militar? —preguntó uno de los presos mirando sus tatuajes.

Remo no le contestó.

Al cabo de un rato salió el sol. La luz se colaba por la puerta de entrada a la mazmorra, a través de un ventanuco con barrotes. Remo esperaba la visita de sus carceleros. La mañana avanzaba y parecían haber olvidado que tenían presos. Remo comenzaba a desesperarse. Fulón y los demás debían de estar ya festejando su mala suerte. Rondando el medio día, apareció uno de aquellos bellacos.

—Saludos y respetos, carroña.

El tipo traía consigo una manzana a la que daba mordiscos ostentosos.

—¿Le habéis contado ya al nuevo lo que le espera?

—Cuéntamelo tú —dijo Remo desafiándole.

—Parece que el nuevo tiene más ganas de golpes... No te preocupes, porque pronto tendrás tu merecido.

—Ven a pegarme tú solo, escoria.

El tipo parecía divertirse con la bravuconería de Remo, pero distaba de parecer ofendido.

—Cuando el Nigromante te raje con un cuchillo y saque tus entrañas al frío de la noche, cuando estés agonizando medio muerto, no reirás tanto.

—Vuestro Nigro..., el brujito ese..., ¿de veras te crees su magia? Ese tipo es un farsante.

—Habla idiota, habla... ¿Por qué crees que todos en esta aldea lo veneramos? Ese hombre es más que un brujo... Sus palabras son el aliento de los dioses. Hasta el mismo rey ha venido muchas veces a escuchar sus predicciones.

Remo se quedó pensativo. El rey...

—Sí, claro, el rey en persona... Y estuvo, seguro, cenando en tu casa.

—¡Lo juro por mis ancestros que el mismísimo rey Tendón de Vestigia vino a escuchar al Nigromante!

—¿Y crees que eso a mí me impresiona? El rey es igual de tonto que tú, tan imbécil o más que estos pobres desgraciados. Sois estúpidos aquí en esta aldea. ¿A qué

crees que vinieron mis amigos? Van a matar a tu Nigromante.

—Esos tres caerán igual que has caído tú. Nadie puede
salir vivo de la Ciénaga Nublada sin el consentimiento del
Nigromante. Con suerte acabarán en las jaulas de Moga, si
consiguen sortear los peligros de la Ciénaga.

Remo se animó…, así que han ido a la Ciénaga… Allí se
encontraba el paradero del brujo. Enlazó mentalmente la
relación que seguramente tendrían los secuestradores con
aquel tabernero mentiroso.

—¿Sabes? Aquí me han dicho que tu mujer regala sus
favores al tabernero.

—Calla, desgraciado; tengo orden de no matarte ni a ti
ni a ellos, pero si sigues por ahí…

—Seguro que odia estar casada con un idiota como tú.
Un inútil que para lo único que sirve es para lamer el culo
del tabernero. Eres un cornudo seguro, me apuesto mi
caballo.

—Tú no tienes caballo —dijo en tono serio el carcelero.

—Ni tú tienes esposa fiel.

—¡Maldito!

Los demás presos se agruparon al fondo de la celda
para eludir la pelea que seguro estaba a punto de producirse. El guardián descolgó un látigo de la pared. Trató de
golpearle con él, pero el látigo chocaba contra los barrotes
sin éxito.

—Tu látigo no funciona.

El carcelero encolerizado desenvainó su espada. Con ella en ristre fue hacia la posición de Remo, que estaba muy cerca de los barrotes. Remo lo miró de la cabeza a los pies. Tenía una sonrisa en la cara. En ese momento, y tratando de sorprender al preso, el guardián lanzó una estocada. Remo se escabulló en el último instante. La hoja de la espada apareció entre los barrotes y, en el momento justo en que el agresor la estaba retirando, Remo la agarró con la mano. El tipo puso cara de sorpresa. Remo había liado su mano con la tela rota de la camisa y parecía no cortarse. Demostrando su fuerza, Remo tiró de la espada enemiga hacia dentro de la celda. El hombretón no podía hacer nada, y su estupefacción era superlativa contemplando cómo el preso lo arrimaba hacia los barrotes. No quería perder la espada, e intentó asirla con la otra mano para tratar de contrarrestar la fuerza de Remo.

De repente, algo cayó rodeando el cuello del carcelero. Parecida a una cuerda, en forma de soga, la tela de los ropajes de Remo apareció de la nada. En ese momento el pobre desgraciado comprendió el plan del prisionero que, de golpe, soltó la espada y tiró de la cuerda con violencia. El nudo de la soga se cerró y la cabeza del carcelero acabó estrellándose contra los barrotes.

—Ahora, si eres tan amable, dame las llaves de la jaula.

El hombre, que comenzaba a tener la cara amoratada, no parecía dispuesto a ceder, mientras trataba sin éxito de aliviar la atadura de su cuello. Remo lo agarró del pelo y lo volvió a golpear contra los barrotes. Aquel arrebato hizo que el carcelero se clavase de rodillas. Remo entonces lo estranguló con más fuerza tirando de la cuerda.

—¡Fige, coge las llaves de su cinto!

La chica parecía no haberlo escuchado.

—¡Fige dame las llaves que tiene en el cinto! —tronaba Remo.

La joven se acercó por fin y rebuscó en el cinto. Dio a Remo las llaves. En ese momento, Remo soltó al carcelero.

—¡No lo sueltes! —gritaron los presos.

Remo hizo caso omiso de sus advertencias. Abrió la cerradura de la jaula con parsimonia, usando la llave sustraída brutalmente al desdichado. El carcelero estaba agonizante tratando de quitarse la soga que lo estrangulaba, rodando por el suelo.

Remo salió sin prestarle atención. Fue directo hacia donde recordaba que habían guardado su espada. Tiró al suelo cuanto había ocultándola y, por fin, la encontró. La empuñó y se dirigió hacia el guardián.

—¡No, por favor!

Remo hundió su espada en el pecho del vigilante sin vacilar. Con su pulgar, limpió el polvo de la gema negra que estaba engarzada en la empuñadura. El hombre agonizaba.

—Mi señor… mi señor Moga… acabará contigo…

Remo miraba la gema. Poco a poco, una luz débil creció en su textura negra. La luz era roja y despertó en Remo una sonrisa. El hombre murió. Remo recuperó su espada de las entrañas del cuerpo y se dirigió a la salida de la mazmorra, pero antes rebuscó entre el desorden y encontró su capa. Se rodeó con ella y se colocó el cinto. Después alzó la espada mirando fijamente la empuñadura. Remo respiró hondo como recopilando un aroma dulce en el ambiente. Más tarde, y de una patada, arrancó el portón pesado inundando la estancia de luz. Una vez en plena calle, hizo un gesto a Fige y los demás presos para que huyesen. No había nadie amenazante en la calle.

Remo entró por la puerta principal de la taberna, con tranquilidad. Había cuatro hombres junto al tabernero, en lo que parecía una reunión.

—¡Mirad, se ha escapado!

Los hombres desenvainaron sus espadas y se lanzaron en pos de Remo. Ninguno percibió el tono enrojecido de los ojos del recién llegado. Dando una patada a un taburete, Remo neutralizó al primero de los que se le acercaban, que recibió un impacto tan poderoso que la madera se destrozó con el choque derribando al hombre. Remo lanzó su espada volando como un cuchillo, que aterrizó sobre pecho del más grande de los que allí se defendían. La fuerza de la espada era tal, que no solo detuvo el avance del hombre, sino que lo levantó del suelo y lo hizo caer sobre una mesa atestada de platos.

Los dos que quedaban rodearon a Remo y lo atacaron a la vez. Con agilidad esquivó sus lances y al primero lo agarró del cuello con su mano derecha. El otro intentó un nuevo ataque mientras su compañero parecía estar asfixiándose por la tenaza del fugitivo. Remo golpeó el canto de la espada de su adversario con la palma de la mano en un ademán exacto al de una bofetada, y esta salió despedida por el suelo de la taberna. Después tomó impulso y lanzó al que tenía asido por el cuello hacia una ventana. El tipo, y la misma ventana, salieron fuera de la taberna.

—¿Quién demonios eres tú? —preguntó horrorizado el tabernero.

—Remo es mi nombre. Ahora me responderás tú a algunas preguntas.

Se acercó al hombre que había sufrido el envite de su espada. Miró la gema de la empuñadura, todavía estaba oscura, así que esperó a recuperar su espada del aquel cuerpo.

—Tabernero, salva tu vida. Dime por qué vino el rey a ver al Nigromante.

—¡Eres un demonio! ¡A mí la guardia! ¡Avisad al alguacil! —gritó el tabernero pidiendo ayuda por la ventana recién destruida.

—Contéstame o te juro que pondré tus tripas a secar en esa fogata…

—El rey vino para lo que vienen todos: para que Moga viese su futuro. Vino con siete esclavas, se las ofreció a

Moga para averiguar sus designios. Moga sacrificó a la primera y vio una guerra.

—¿Tu brujo ve cosas cuando muere gente?

—Es Moga el Nigromante. Los nigromantes tienen visiones con los cadáveres. Moga puede ver el futuro, el pasado y el presente con las entrañas de las personas que acaban de morir.

Remo despreció como nunca a aquel tipo. Valerse de la ignorancia de la gente era despreciable, pero ingeniar una forma tan terrible de hacerlo sólo era propio de un loco.

—Sigue… ¿Qué pasa con esa guerra?

—Era una guerra del pasado. El rey no quería ver el pasado. Moga sacrificó a la segunda esclava y vio un crimen, el asesinato del heredero. El rey se enfureció con Moga. El monarca mató él mismo a las demás esclavas y exigió de Moga otra predicción. El Gran Moga predijo la caída del reino de Vestigia… y la muerte del mismísimo rey y el advenimiento de un reino de oscuridad…

—¿Por eso quiere matarle el rey? No tiene sentido… Si quiere matarle, podría haberlo matado en ese mismo momento.

—El rey sintió miedo de Moga: contempló sus poderes y se marchó despavorido con su séquito.

—¿Cuándo sucedió eso?

—No hace ni dos lunas.

—No tiene sentido. ¡Mientes!

—¡Señor, se lo suplico…! ¡Digo la verdad…!

—¿Dónde están mis compañeros?

—Los muy locos han ido a la Ciénaga Nublada para matar a mi señor Moga.

—¿Es allí donde está el brujo? —preguntó Remo de mal humor. Después recuperó su espada. Esta vez sí estaba la joya iluminada de una tímida luz roja.

—Sí. Allí habita desde hace años… Seguramente morirán antes de llegar a su guarida.

—¿Y la cueva dónde me enviaste a mí?

Remo agarró al tabernero del delantal.

—Dijiste que viviría…, por favor, señor…, por favor…

—Te mentí —dicho esto Remo clavó su espada en el estómago del tabernero—. Tú mentiste cuando me guiaste a la cueva, mentiste a esos pobres diablos que tenías encerrados en tu sótano para servir de cebo para vuestras locuras. No imagino a cuántos más habrás atrapado para ese desequilibrado, a cuántas muchachas… Había niños… Prepárate porque los dioses te tienen reservado seguro un lugar adecuado y estás a punto de descubrirlo.

Remo quería partir cuanto antes a la Ciénaga Nublada. Fulón y los demás le sacaban ya demasiada ventaja. No creía en los adivinadores, ni en la mayoría de las leyendas sobre magia, pero tenía la certeza de la existencia de lo inexplicable, de la esencia de los dioses. En numerosas aventuras se había topado con fuerzas y seres de naturaleza mitológica como para desconfiar, pero ganaban en número aquellos que fingían poderes, y a cambio de dinero pretendían velar por el espíritu de las personas, curarlos de sus enfermedades o darles luz sobre sus designios. Sí, abundaban mucho más los ruines aprovechadores de miedo y Moga parecía experto en conjurar esos miedos. Daría muerte a ese timador sin remordimientos.

Antes de perseguir al brujo, debía comprar provisiones. Salió de la taberna rápidamente, vaciando antes las monedas que tenía el difunto en un cajón. Estaba seguro de que lo acusarían de matar al tabernero. Le daba en la nariz que la misma guardia del pueblo también servía a Moga. En la plaza principal del pueblo entró en la tienda de alimentos.

—Dos kilos de carne curada, una bota de vino y dos de agua. Dame también aquella bolsa de viaje.

—Está… manchado de sangre.

Remo no se había percatado de que su aspecto no era precisamente ejemplar. La sangre de sus víctimas recientes le decoraba prácticamente todo el cuerpo con salpicaduras. La dependienta, una mujer poderosa en hechuras y de voz chirriante, parecía sofocada.

—Tranquila… —Remo depositó en el mostrador todas las monedas que había conseguido en la taberna.

—Espere.

Remo se temía lo peor. La mujer se fue dentro. Él mismo alcanzó las provisiones que deseaba. Solo faltaba la carne curada, que Remo esperaba fuese el motivo de la ausencia de la mujer.

—Aquí tiene.

—Ya he cogido yo las botas de agua y vino.

Lo guardó todo en la bolsa de viaje que se colgó como bandolera a la espalda. Estaba listo para desaparecer de la maldita aldea cuando dos tipos armados aparecieron en la puerta de la tienda.

—¡Alto ahí!

Esta vez eran guardias del alguacil de la zona. Maldición. Remo desenvainó su espada. La alzó y miró la luz roja que habitaba dentro de la piedra de la empuñadura. Sus ojos enrojecieron un instante.

—Será mejor que me dejéis marchar y me iré de este pueblo.

—¡Tú no vas a ninguna parte, delincuente, estás detenido! Tienes que explicarnos de quién es esa sangre, guarda tu espada.

Remo obedeció. Guardó su espada. Los hombres se le aproximaron. A una velocidad inabarcable para aquellos infames, se lanzó con el hombro en ristre. Chocó con el primer guardia que salió despedido fuera de la tienda. Después Remo pateó el peto del segundo, de lado. El tipo salió literalmente volando para aterrizar contra las estanterías de la tienda, destrozando varios tarros de conservas y los bazares que las contenían. No remató a los guardias del pueblo, simplemente salió corriendo.

Su velocidad le permitió salir de Pozo de Luna sin que nadie pudiera seguirlo. Siguió corriendo hacia un remonte desde el cual poder divisar la localización exacta de la Ciénaga Nublada. Allí pudo ver la enorme extensión putrefacta que se engalanaba de bacanales de humo sedoso y blanco. Estaba contento, no había tenido que matar a aquellos guardias y llamar más la atención de lo que ya lo había hecho en la aldea. Tenía la pista de sus adversarios y, ahora que la energía de la piedra lo inundaba, podría correr más veloz.

CAPÍTULO 6
Sombras en la niebla

Fulón Sala y Menal descendieron de la colina al amanecer. El aspecto de la Ciénaga a esas horas era más siniestro si cabe que en la noche. La niebla era más densa y el agua de los charcos más fría. Caminaban nerviosos, alerta ante cualquier agresión. Escogían las sendas que iban a pisar con sumo cuidado. Las picaduras de las arañas molestaban con un dolor punzante que palpitaba sobre los músculos y provocaban picores contagiosos. La Ciénaga se convertía en un lugar impredecible y cualquier ruido o chapoteo lejano les hacía detenerse y preparar sus armas. El sonido de sus respiraciones se confundía a veces con jadeos espectrales…

Desconocían el número de secuaces que tenía Moga pero ahora no despreciaban la valía de sus trampas. La Ciénaga se volvía cada vez más fantasmal, alternando zonas de gran densidad de árboles con claros donde las lagunas reflejaban un cielo ceniciento que plateaba sus superficies con un tono parecido al metal.

Se preguntaban dónde estaría Remo. Desde el momento en que se vieron atacados por las arañas, y con la soga que atrapó a Sala, dieron por sentado que Remo no había entrado en la Ciénaga. Al menos no antes que ellos. ¿Era posible que él hubiese esquivado esos ardides?

Menal no dejaba de buscar huellas de mugrón por todas partes, temiendo que ese fuese el siguiente escollo al que debieran enfrentarse. Fulón le restaba crédito y Sala prefería pensar también que el grandullón se equivocaba…, pero no olvidaba ni un solo instante los alaridos de la otra noche.

—¿Habéis oído eso? —preguntó Sala.

En ese momento algo crujió sobre sus cabezas. Casi al mismo tiempo alzaron su vista. Ramas desnudas de árboles, grisáceas, se perdían en la opacidad de la niebla. Todo quieto y, a la vez, extrañamente agitado. Algo se aproximaba indefinido en el trasfondo algodonado de la muralla blanca. Al principio no acertaron a ver el origen de cierto siseo que sí que llegó a sus oídos. Escuchaban esa rasgadura pero, más allá del muro blanco de la niebla, no podían distinguir el origen de aquel ruido. Entonces en la bruma apareció una sombra extraña. Surgió entre dos árboles de ramas esqueléticas, suspendida en el aire y, poco a poco se hacía más grande.

—¿Qué demonios es eso? —preguntó Sala mientras extraía una flecha de su aljaba. Fuese lo que fuese no era algo natural.

Una silueta negra se aproximaba… volando. Los ropajes negros, con el viento, se ondulaban, y una capucha enorme ocultaba la identidad de la figura tenebrosa. Atónitos no daban crédito a lo que veían.

Distraídos con la terrorífica aparición, una red cayó sobre ellos mientras observaban cómo la figura voladora comenzaba a descender. Sala y Fulón se zafaron de la red, pero Menal no pudo evitarla y andaba liado en ella bregando por destrozarla. Al menos diez hombres armados con espadas los rodearon. Fulón desenvainó a «Silba» y lanzó un par de mandobles al enemigo más cercano. La espada de su oponente se partió en dos al intentar detener una de esas acometidas. El ruido del metal fracturándose amedrentó a los demás rivales. Los centinelas de Moga comenzaron a dudar, hasta que uno de ellos, ataviado con una cota de malla pasó a vanguardia para enfrentarse a Fulón.

—Vamos, valiente…, serás el primero en morir —amenazó Fulón, y en su tono de voz se le veía seguro, nada intimidado por el número de oponentes.

Sala cargó la flecha en su arco y apuntó a la tenebrosa figura que había aparecido volando. Suponía que era Moga. Por el rabillo del ojo inspeccionaba el combate de Fulón. Se concentró y su primera flecha acertó de lleno en Moga…, sin embargo, no pareció ni tambalearse siquiera, tampoco había pretendido esquivarla. Algo sucedió muy rápido a su izquierda, mientras ella cargaba otra vez su arco. Las espadas chocaban en el fragor del duelo. Cuando volvió a mirar hacia el brujo… había dos. Dos figuras envueltas en una capa de largos faldones, con capucha negra, de estatura parecida. ¿Quién de los dos era Moga? La nueva aparición desconcertó a la mujer pero finalmente Sala disparó al que no tenía flecha en su pecho. Esta vez, el supuesto Moga recibió la flecha en su brazo, protegiendo su cabeza de la fina puntería de la mujer.

Sala entonces miró hacia Fulón y, aterrada, contempló cómo el tipo de la cota de malla había atravesado la garganta de su amigo con la punta de la espada. Fulón resoplaba quieto y mermado en una mueca agónica, herido de muerte. La sangre salía a borbotones. Menal era apaleado en ese instante por los demás esbirros, preso de la pesada red que lo había trabado. Sala gritó con una rabia ensordecedora. Deseaba matar a ese hombre, vengarse por su amigo. Fue a cargar una flecha para matar al asesino que había eliminado a Fulón.

Entonces todo se nubló en su vista. Nada de lo que después escuchó o acertó a ver tuvo racionalidad. Se deslizó por una oscuridad amarillenta maloliente y agria, sintió un mareo tan fuerte que pareció estar dando volteretas después de saltar desde un precipicio…

CAPÍTULO 7
La criatura de la Ciénaga

Entrada la tarde, Remo penetró en la Ciénaga Nublada.

Desde sus primeros pasos percibió algo estremecedor en aquella atmósfera cargada. El olor era fuerte, ácido. La brisa helada y la niebla suspendida, sin rumbo, flotando rebelde sin perseguir las rutas del viento, lo amedrentaban congelando su ímpetu, haciendo sospechar que la naturaleza en aquellos parajes podía contemplarlo. A cada paso, más fango pegajoso, más dificultad entre árboles perpetuamente invernales, alfombrados de musgos nacidos sin respetar norte alguno. Remo esfumó la prisa de sus prioridades. Cesó su avance y comenzó a pensar analizando aquellos parajes.

Acarició los árboles clavando sus dedos en la corteza, desprendiéndola para oler debajo. Se arrodilló en el suelo y tocó el barro. Era muy espeso, nauseabundo. Buscó piedras de tamaño menudo y sólo encontraba enormes rocas que servían de macetero para árboles con raíces retorcidas. Comenzó a bordear la Ciénaga en lugar de avanzar hacia su centro. Se sentía todavía muy fuerte, así que a buen paso recorrió un par de kilómetros rodeándola. Después decidió a internarse más. En su caminar comenzaron las dificultades. Los charcos se ensanchaban y los árboles parecían acecharlo cada vez más retorcidos y de ramaje más bajo. Remo pisó los charcos. No tenían mucha profundidad.

Recordaba las lecciones del capitán Arkane cuando lo instruía sobre cómo abordar la supervivencia en bosques y todo tipo de parajes, cómo esconderse y fundir su espíritu con el del paisaje. Siempre insistía sobre un buen consejo el capitán de los cuchilleros de la Horda: «Pierde el miedo al lugar, a sus oscuridades y a sus peligros, y llevarás ventaja sobre tus adversarios».

Remo se lanzó al barro, se cubrió entero de él. Se bañó después en los lagos misteriosos. Buceó hasta tocar su fondo lleno de vegetales marinos. Se arrastró por los lodos, se acostumbró a su frío gelatinoso. Negro como la ciénaga después de toda suerte de revuelques, Remo se sentía ahora a gusto en aquel lugar. Alcanzó su espada y miró la piedra sin gastar energía. En el interior aún quedaba un poco de luz roja, muy escasa, pero tenía la esperanza de no necesitar más para acabar con el brujo.

La noche se cerró y Remo caminaba entre lagos. La soledad ahora lo inquietaba; de noche el lugar más tenebroso del mundo, con abundante oscuridad, no se diferenciaba mucho de un palacio…, sin embargo, en aquel cenagal, la oscuridad era la justa para proferir a la vegetación siluetas afiladas, como de zarpa, y los ruidos y chasquidos de alimañas se multiplicaban. Infinidad de criaturas tenían gusto por la luz de la luna y el peligro de no ver lo que pisaba incrementaba su inquietud. Si había caminado en lugares donde se pudiera sentir miedo de noche, ese era de los más terroríficos en los que se había adentrado.

Intentaba no pensar en las acostumbradas desdichas que solían amargarle la existencia. Los recuerdos del pasado. Desenvainó su espada. Con el arma en la mano se sentía seguro. Respiraba un aire cargado y, por momentos, la visibilidad era más escasa. Observaba una diferencia que no alcanzaba a explicarse: hacía calor.

Fue en ese momento cuando Remo se topó de bruces con el mugrón.

Al principio no supo qué era. Remo avanzaba en la noche evitando estruendos, con premura y pasos ligeros, casi sin dejar huella. Sin hacer ruido. La niebla se había espesado y daba la sensación de ser cálida. En un claro del bosque, la humareda manaba del agua… Entendió que se trataba de una poza de aguas termales. Observó que en el centro había una roca, así que se dirigió hacia allí con el objetivo de descansar apoyando su espalda en la piedra. A juzgar por su anchura, tal vez podría tumbarse arriba. Adoraba el tacto de las piedras y estaba convencido de que aquella roca estaría caliente. Medía unos tres metros de altura. Remo entró en el claro y al pisar el agua sintió bastante relax. En efecto, la temperatura era cálida. Conforme se acercaba al centro, donde estaba la piedra, el agua estaba cada vez más caliente. Sintió que se sofocaba un poco cuando percibió que la profundidad de algunas partes lo sumergía hasta por encima de las rodillas.

Alcanzó la roca y se subió arriba para acostarse en ella. Estaba cerca de coger la postura adecuada, disfrutando del calor de la roca y de los vapores que lo rodeaban, cuando de repente escuchó unas pisadas profundas. De pronto se escuchó chapotear el agua con cavernosa gravedad, como si dos piedras de tamaño considerable se hubiesen zambullido, primero una, después la otra, a escasos metros de donde él se encontraba. Se incorporó a tiempo de ver en la oscuridad de aquella noche, por entre los fantasmas de vapor de agua, una silueta demoníaca.

La bestia apareció lentamente; Remo casi sufrió un infarto cuando comprobó el tamaño de aquel ser. Al principio no supo de qué se trataba. Cuando divisó los dos pitones comprendió que era un mugrón. Uno enorme. No era la primera vez que veía a una criatura de esa raza antigua. Recordó aquel incidente en la Isla de Lorna muchos años atrás… Se quedó inmóvil, confiando en que el mugrón estuviese de paso y no reparase en él. La mole gigantesca pisó las aguas termales y emitió un gorgoteo gutural horrible. Remo supuso que el agua caliente debía de estar aliviando los pies del mugrón, tal y como le había pasado a él. El mugrón hizo algo bastante infantil: se dejó caer literalmente en el agua. El ruido de la bestia estrellándose contra la poza de agua caliente fue exagerado. Había encontrado un oasis en medio de un desierto de frío y terribles penurias. Remo perseguía la quietud de una estatua, bregando por contener incluso la respiración. El mugrón se irguió y, con movimientos más rápidos, se acercó a la piedra. Iba directo hacia Remo.

—Woooorrrrrrrr... —mugió al verlo, abriendo mucho una boca desfigurada por los labios gomosos, torcida y enorme en comparación a la nariz casi inexistente. Sus ojos tristones se arrugaron hasta mostrar una agresividad que parecía imposible antes, cuando estaba disfrutando del baño.

Remo alzó su espada y miró la gema. Si aquella bestia le daba un manotazo...

—Lárgate de aquí —ordenó Remo después de haber contemplado la joya.

El mugrón pareció incrédulo. Remo saltó hacia él con la espada en alto. La trayectoria del salto fue perfecta. Asiendo con las dos manos su espada, la clavó en el pecho de la bestia y la fuerza de su impulso consiguió hacer que el monstruo se tambalease. Remo había entrado varios palmos dentro del cuerpo del monstruo y, de repente, percibió que la espada se doblaba al soportar su peso. La espada terminó por romperse desplomándose Remo en el suelo acuoso. En la caída perdió la empuñadura y aterrizó palmeando el agua con las manos vacías.

—Wooooooooorrrrrrr… —mugió el mugrón a causa del dolor, intentando sacar la espada de sus entrañas. La hoja partida de Remo le provocó una hemorragia inmediata.

Los gritos de la bestia vinieron acompañados de un terrible pisotón. Remo habría muerto debajo de aquel pie sino fuese por el agua que lo acunaba y la fuerza añadida de la invocación del poder de la piedra. Maltrecho por el pisotón, Remo se incorporó.

—Wooooooorrrrrr…

El hombre golpeó con sus puños el costado del monstruo, como quien llama a un portón pesado de un castillo. Su fuerza se escapaba, pero aún tenía la suficiente como para hacer daño al mugrón.

—Grrrrrrllll… —gemía el gigante.

Abrazó una de las piernas del mugrón y, reuniendo toda la fuerza que pudo, tiró hacia arriba. La criatura cayó hacia atrás. Remo saltó en su pecho y agarró con las dos manos el trozo de espada que había dejado inserta en las entrañas del gigantesco animal. Extrajo la hoja desenterrándola del cuerpo. Sabía que le quedaba poco tiempo antes de perder las cualidades que le otorgaba la piedra. Un chorro de sangre negra en aquella noche tapada acompañó a la hoja y el mugrón volvió a chillar. Remo hizo cortes en los brazos de la bestia para que los apartase y dejase vía libre hasta su cabeza. Después hundió con todas sus fuerzas la hoja en la garganta del mugrón.

—Worgg…

El animal parecía perder el aliento. Remo descendió de la criatura de un salto y comenzó a buscar la empuñadura de su espada a ciegas por las aguas termales. No tenía idea de dónde había caído. Andaba tan desesperado buscándola que no volvió a mirar a la bestia, presumiendo que estaba ya sentenciada. Pero el monstruo se irguió moribundo y logró verlo.

—Woooorrrrr…

Remo se dio la vuelta hacia él y entonces salió volando. El mugrón le había pegado una patada. El hombre voló por los aires más de quince metros, se estrelló inconsciente contra un tronco y se golpeó la cabeza en la madera nudosa de un árbol viejo recubierto de vellosidades vegetales. Sólo tuvo consciencia suficiente para escuchar cómo se acercaban a él unas pisadas profundas que hacían salpicaduras explosivas en las aguas de la terma.

CAPÍTULO 8

Lania

El joven Remo había quedado distinto, hechizado después de contemplar a la joven Lania en sus dependencias. Tras hacerle el tatuaje de esclava de Jor, le entregó una daga envainada y antes de abandonar la estancia le suplicó que no opusiera resistencia a los intrusos. Rogó a la chica que se vistiese con ropas blancas y las tiznara de ceniza y carbón de la chimenea. Que mostrase su hombro a sus captores. Le indicó que aporrearía la puerta con sus nudillos cuando sus compañeros abandonasen el pasillo en dirección a la azotea. Tras esa señal ella debería descender a las cocinas. Rezó a los dioses para que todo saliera bien.

En el pasillo se encontró con sus compañeros, que traían maniatado a un hombre. Selprum tenía el pecho manchado con sangre.

—¿Has rebanado ya algún cuello, Remo? Yo ya he matado a tres —decía Selprum riéndose.

—Vamos arriba, a dar la señal; guardad silencio, puede haber más guardias.

—Yo cubriré vuestras espaldas —dijo Remo.

Todos se dirigieron hacia las escaleras. Remo aprovechó la confusión y aporreó la puerta tal y como advirtiera a Lania. Después apretó el paso hasta llegar a sus compañeros. En la azotea Selprum volvió a matar. Un arquero que estaba dormido en su guardia sufrió sus cuchillos. Remo veía la sangre distinta, más roja, más atroz. Aquella chica lo estaba volviendo loco. Pensó que tan solo unos metros debajo de sus pies estaría ella descendiendo a las cocinas, con sigilo. Rezó para que así fuese. La incursión de la Horda del Diablo en la ciudad portuaria de Aligua estaba a punto de comenzar. Una invasión para la que se había preparado a conciencia, a la que vino con energías, teniendo muy claro qué estaba bien y qué estaba mal, con la seguridad de que hacer su deber era lo correcto. Ahora, después de salvar a aquella mujer, dejándose empapar de su tragedia, descubría Remo animadversión hacia su deber, sospechas de sí mismo y de su integridad.

Arkane extrajo unas varas que llevaba acopladas al cuerpo y montó un arco. Después de tensar la cuerda prendió fuego en la punta de la flecha que portaba Trento. Disparó la señal. Ya venía la Horda del Diablo rugiendo a pisar las flores, a destrozar los caminos.

Desde la azotea contemplaron la incursión de sus compañeros. Las divisiones de lanzas y los cuchilleros fueron los primeros en llegar al templete donde ellos aguardaban. Remo buscaba en la calle el séquito de prisioneros que seguro evacuarían. Los gritos, los incendios que por doquier creaban caos en la ciudad, poco a poco, se acercaban y le hacían más difícil controlar el perfil del edificio. Las columnas de humo negro se multiplicaban hacia el puerto. Oleadas de habitantes salían a las calles intentando comprender lo que sucedía, y un rumor sobre horrores y sangre se extendió y provocó el pánico en la multitud que intentaba esquivar a las guarniciones mortíferas de la Horda.

—¿Qué te pasa, Remo? Tranquilo, está todo controlado. Nadie esperaba ni podía sospechar que invadiríamos esta ciudad —dijo Trento, que lo veía inquieto.

—Esperemos que nuestro rey haya obrado con inteligencia. Los plúbeos también tienen intereses aquí —afirmó Arkane con los ojos perdidos en el fragor que se vivía en las calles, pero mirando más allá, contemplando razones y motivos que ahora Remo tampoco comprendía.

—¡Este pueblo es nural y lo hemos tomado! ¡Mirad a los hacheros allí! —gritaba como un loco sádico Selprum, contemplando cómo los hacheros hacían añicos un carro que intentaba huir. Mataron a los pasajeros sin contemplaciones. Remo pensó que no eran soldados, que no se debería obrar así. Los desdichados intentaron defenderse con cuchillos y garrotes y terminaron muertos, desmembrados por las acometidas de las pesadas hachas de guerra.

—Señor, pido permiso para entrar en batalla. Quiero ayudar a mis hermanos.

—¿Por qué, Remo? Ya has cumplido tu parte del plan… Ahora toca esperar. Cada cual tiene su función.

—Vamos, Arkane, déjanos la diversión… —suplicó Selprum, que misteriosamente parecía estar de acuerdo con Remo.

—Como queráis… Nos vemos en la plaza central para el recuento y la retirada.

Remo salió disparado escaleras abajo. Selprum lo seguía, cuestión que lo inquietaba pues de sobra conocía sus métodos sanguinarios. Dentro del palacio había mucho alboroto; la gente, cuando los vio bajar las escaleras, trató de huir a pisos inferiores colapsando las escaleras. Remo no divisaba a Lania. Confiaba en que la chica estuviese abajo en las cocinas, que hubiese tomado en alta consideración sus recomendaciones. Selprum comenzó a lanzar cuchillos a diestro y siniestro provocando pánico. Remo, viéndolo entretenido, siguió escaleras abajo sin hacer daño a nadie, mientras sus enemigos le abrían paso atemorizados por la amenaza de su arma desenvainada. La mayoría de las personas no eran militares, pero cuando encontraba algún soldado, este solía arrodillarse deponiendo las armas para recibir clemencia… Remo sabía que sus colegas no tendrían condescendencia con ellos.

—Si queréis vivir, quitaos las armaduras, solo así tendréis una oportunidad —aconsejó Remo en un ataque de misericordia.

Corrió preguntando en todos los pisos por las cocinas. En los sótanos de la hacienda las encontró. Allí los hacheros hacían su agosto despachando sacos de trigo, cargándolos en carretillas. Había muertos por todas partes, gente desmayada por doquier, ensangrentando la madera pálida del suelo. Remo temía lo peor.

—¿Qué buscas?

—¿Y los prisioneros?

—De aquí nos hemos llevado pocos…, irán camino de la plaza.

Tardaría en llegar a la plaza bastante porque se vio inmiscuido en varias refriegas. Los nativos luchaban en algunas casas defendiendo familiares y posesiones. El rey Tendón no había pedido una ocupación, había ordenado la destrucción de la ciudad. Por eso había enviado al general Rosellón. Entró en batalla en una calle donde la defensa local estaba complicándoles las cosas a un grupo de lanceros. La cuestión acabó pronto porque rodearon a la resistencia por ambos flancos y subieron cuchilleros a los tejados, y desde allí lanzaron al grueso de los que resistían todo su arsenal de proyectiles, diezmando las columnas defensivas. Remo participó en la última justa con su espada, ayudando a un grupo de lanceros, pero no remató a los que huían hacia dentro de las casas. Él tenía otro objetivo.

Por fin en la plaza, casi dos horas después del inicio de la invasión, Remo logró encontrar el séquito de prisioneros. Las risotadas de los custodios que proferían burlas a los capturados, indignaron a Remo.

—¡Soldados, silencio! —tronó Remo.

Cuando reconocieron su rango de caballero, los soldados lo saludaron y guardaron el debido respeto marcial. Remo, al otro lado de la plaza, divisó a los capitanes departiendo con Rosellón, contemplando los alrededores entre un séquito de guerreros atareados. Remo buscó entre los prisioneros, desesperado. Temía pasar por alto un rostro que había visto a media luz, que quizás ahora estuviese deformado por el miedo y la angustia o por alguna herida. La mayoría de prisioneras tenían la cabeza gacha por el horror. De repente la vio, agazapada entre dos mujeres gordas, con una desesperación en la mirada propia de un animalillo acorralado. Remo se acercó al grupo de prisioneros donde estaba. Tal y como él le aconsejase, vestía un camisón mugriento de tizne con los hombros al aire. El problema era que constituía el botín de un maestre de los hacheros.

—¡Eh tú, esos prisioneros son míos! —gruñó Pales, viendo cómo Remo se acercaba a su grupo de rehenes.

Lania alzó su mirada del suelo y lo miró directamente. Su mirada lo atravesó. La muchacha pronunciaba palabras con el color difuminado de sus ojos grandes, con la mueca desesperada de sus labios carnosos. El sutil dibujo de su mandíbula que pendía de su cuello esbelto y delicado. Parecía increíble que los hacheros no la hubiesen tomado por una princesa, y que la tizne y la marca del hombro los hubiera conseguido desviar de la hermosura que poseía. La habían capturado como simple mercadería.

Remo sabía que no podría convencer a Pales de que le entregase a Lania. No tenía moneda de cambio y jamás creería Pales que Remo le pagaría a la vuelta del viaje. Ella lo miraba suplicante y él no podía arrancar de aquella locura y cumplir su promesa de salvación. Por fin llegó Arkane. Remo se alejó para hablar con él, mientras Lania lo seguía con la mirada. Sentía urgencia por sosegarla, por perder de su rostro la inseguridad y la humillación. Varios hacheros a las órdenes de Pales comenzaban a manosear a varias rehenes y Lania tenía motivos para sentir pánico después de contemplar el río de sangre que se había derramado en aquella noche.

—Arkane… mi capitán, necesito pedirle un favor. Aquella muchacha…, quiero que me entreguen a esa chica.

—¿Quién?

Arkane se acercó junto a Remo al lugar donde se repartían los prisioneros. Al llegar el capitán, todos se cuadraron inmediatamente.

—Maestre Pales, esa chica de ahí se la quiero regalar a Remo por su valentía en la incursión sigilosa.

—Mi capitán, esa chica es una cocinera de Jor, están muy cotizadas. ¿No le podría satisfacer otra a su pupilo?

Arkane miró a Remo. Él negó con la cabeza y rápidamente volvió a mirar los ojos de Lania tratando de comunicarle compasión y alivio.

—Esa es la elegida por Remo. Vive solo, querrá quien le cocine.

—Mi señor, hasta que lleguemos a Vestigia el botín es del rey. Si no me autoriza el capitán de mi orden, no entregaré a esa mujer a nadie —negó Pales.

Remo sintió un mareo leve. No estaba seguro de la forma de proceder y tampoco quería meter a Arkane en un problema, pues la Ley estaba de parte de Pales.

Arkane en ese momento se acercó a la fila de futuros esclavos y cogió de la muñeca a la mujer. Con un cuchillo cortó la soga que la ataba al grupo. Diligentemente, y como si no hubiese escuchado las palabras del maestre, la entregó a Remo. Cuando tuvo en su mano el pequeño antebrazo terso de Lania sintió que había esperanza, que su plan de rescate podía salir bien. Nadie osó rechistarle al capitán. Sin embargo a Remo le cerraron el paso dos hacheros cuando quiso abandonar el lugar llevándose a la muchacha del brazo. Miró a Arkane.

—¡Idiotas, dejad pasar al nuevo maestre de la Horda, Remo, hijo de Reco! Si tienes algún problema conmigo, Pales, dile a tu capitán que venga a verme y te aseguro que acabarás de soldado raso.

Ahora el sorprendido fue Remo. Arkane lo acababa de ascender. Maestre. Los soldados hacheros le dejaron pasar mostrándole respeto militar y él sacó a Lania de la ciudad. La condujo por los senderos hacia la costa.

—Daos prisa, Lania, no quiero estar en boca de algunos compañeros.

—Perdonad, mi señor, pero estoy exhausta y mi alma arde con las ruinas de esta ciudad…

Remo se compungía escuchándola. Prefería no mirarla fijamente a los ojos, prefería centrarse en el camino para poder pensar y no cometer errores. Tenía la sensación de haber descendido una estrella del cielo y estar caminando con ella, tratando de ocultar su brillo a los ojos de los demás. No se atrevía a tirar de su brazo delgado con fuerza mientras la animaba a correr y, cuando estaba cerca de ella, sentía la proximidad de su cuerpo como si en su interior un hambre atroz le reclamase saciedad. De cuando en cuando descansaban para que la joven pudiera tomar aliento, y en uno de esos descansos descubrió a Lania llorando, con la mirada prendada en las lejanas luces de los incendios de Aligua. Remo estaba destrozado viéndola sufrir, pero no podía hacer más.

—Mi señora…

—No me llame así —susurró ella—. Lania está bien.

—Pues yo prefiero Remo… No sé qué puedo hacer o decir para aliviar tu dolor.

—Has hecho más que cualquiera. Me has salvado la vida.

Por fin llegaron a la costa. Remo inspeccionó los alrededores del barco en la noche calma. Salvo algún centinela no divisó muchos ojos que pudieran avistarlos. Advirtió que podrían colarse por una pasarela si eran rápidos. El abordaje fue de maravilla y por fin Remo pudo esconderla en su pequeño camarote.

—Bien Lania…, ahora me iré a buscarte algo para comer.

—Remo…

No pudo aguantarle la mirada, sus ojos grandes perfilados por unas cejas muy expresivas, exquisitamente simétricas, parecían desear decirle algo muy profundo y no ser capaz de expresarlo, fuese por miedo o por vergüenza, mientras él permanecía aterrado cavilando sobre los pensamientos de ella.

—Dime qué necesitas y lo traeré… —susurró él mirando el suelo.

De pronto ella lo abrazó. Lo agarraba con fuerza pero al mismo tiempo con un respeto incómodo difícil de expresar.

—Remo has arriesgado tu vida y tu posición por mí…, ahora te pertenezco como esclava, y tú me tratas como a una hija de noble… Eres un buen hombre y no tengo cómo agradecerte este milagro.

Remo no dijo nada. Apenas si podía asimilar que esa noche dormiría en la misma habitación que la diosa que había visto en el palacio de Aligua. Estaba contento y a la vez se sentía inseguro, muy inquieto pensando en el futuro inmediato.

Horas más tarde, cuando ya estaba la Horda de regreso, Remo participó en la fiesta de la victoria. Brindó junto a los maestres de los cuchilleros como nuevo integrante del rango y departió con su amigo Lorkun a propósito de la batalla. Decidió que no le contaría lo de Lania hasta llegar a Vestigia. A cierta distancia, descubrió que Selprum no le quitaba ojo. Cuando Remo iba de un lado para otro, el maestre lo seguía con la mirada y esto le provocaba cierta inquietud…, parecida a la que le inspiró ver a los hacheros festejar exhibiendo esclavas ante sus compañeros. Agradecía que el capitán Arkane estuviese allí. No era hombre de tolerar ciertos abusos a los prisioneros. Remo vigilaba quién abandonaba la fiesta para ir a los camarotes y tenía mucho cuidado de no perder de vista a los hacheros a los que había arrebatado a Lania.

Cuando por fin atravesó la puerta y comprobó que Lania seguía acurrucada en una esquina del pequeño habitáculo, respiró hondo. El barco ahora crujía porque ya estaban navegando de vuelta a casa.

—Acuéstate aquí… —susurró él estirando pieles en el catre.

Lania se puso en pie y obedeció a Remo, que había colocado frutas sobre el colchón. Su paseo elegante, la forma de inclinarse en la pequeña cama, cada ademán, cada gesto femenino inundaba de perfume la mirada de Remo que comenzaba a sufrir un peso en los pulmones, una angustia ante la imposibilidad de retener la idea básica de que esa mujer le pertenecía. Ella no probó nada, parecía nerviosa, expectante, como si Remo de pronto pudiera cambiar su actitud educada; él no cesaba en pequeñas demostraciones de respeto, tratando de infundir en ella seguridad. Decidió dormir en el suelo para darle espacio.

—El hombre que me ha salvado la vida no debe incomodarse por mí, por una esclava.

—Lania —Remo agarró sus manos en un acto de valentía, de vencimiento del respeto que le infundía ella—. Lania, pocos días habrán de pasar hasta que consiga que seáis de nuevo una mujer libre.

Finalmente se tumbaron juntos. No durmieron porque eran demasiadas las circunstancias que les robaban los pensamientos sosegados. Ella se acordaba de cuando en cuando de su familia y lloraba en silencio, él repasaba una y otra vez los rostros de quienes habían sido testigos de su divino botín de guerra.

No sabía Remo que Selprum había visto en primera persona la dádiva de Arkane en la plaza, el regalo de la esclava y el ascenso a maestre en una incursión en la que Remo había sido mero espectador. Su odio, alentado por una envidia irremediable hacia él, se incrementaría hasta un futuro terrible…

CAPÍTULO 9

Habladurías y testigos

—Señor, Moga acaba de entrar en el pueblo… y quiere verlo.

—Me lo imaginaba.

El alguacil de Pozo de Luna había sido informado de los acontecimientos de los últimos días. Los forasteros, el asesinato de los hombres del tabernero, y el hombre ensangrentado que agredió a sus guardias. Maniel era un hombre sin coraje. Un hombre humilde encargado del orden en un pueblo pequeño, una aldea de gente pacífica, que últimamente se había llenado de oscuridad y crímenes. Maniel jamás había matado a un hombre, ni tenía en mente hacerlo. De vez en cuando arrestaba a algún ladrón, pero ocultaba a sus superiores las actividades de Moga el Nigromante, tal y como hacían los demás alguaciles de los pueblos vecinos. El Nigromante le inspiraba terror. Odiaba sus visitas constantes al pueblo, pero no se atrevía a impedirle sus ceremonias. Sospechaba incluso que algunos de sus hombres estaban a su servicio. La gente del pueblo acudía en masa para sus consejos y predicciones. Se había convertido en una institución.

Por la puerta, acompañado de uno de sus dos esbirros, Moga apareció sonriente. Maniel fingió desinterés.

—Saludos, alguacil.

Maniel levantó su mano a modo de saludo.

—He oído rumores sobre crímenes, sobre forasteros que han sembrado el terror en el pueblo —decía Moga a la par que se acercaba, enjuagando su boca con palabras amables.

Moga tomó asiento sin que Maniel le hubiese dado permiso. Sus hombres salieron de la habitación, haciendo guardia en la puerta. Maniel no podía mirar a los ojos de aquel hombre. Temía encantamientos o peor aún, que el brujo detectase el miedo atroz que le infundía.

—¿Te encuentras bien, querido amigo?

«Yo no soy tú amigo», pensó Maniel. Pero no lo pronunció con sus labios.

—Sé que no eres mi amigo. Pero lo finges porque me tienes miedo, y tanto miedo, en realidad, es fe y devoción, Maniel. Sabes que la diosa oscura Senitra me asiste…

Maniel guardó silencio sumiso ante el poder del brujo, tratando de no pensar en nada impertinente, por si aquel mago era capaz de atracarle los pensamientos.

—Háblame de los forasteros.

—Según tengo entendido, eran cuatro.

—¿Cuatro? En la taberna solo hay tres caballos.

—Me han relatado que eran cuatro.

—¿Quién te contó?

—Eso no importa. El caso es que eran cuatro. Se dividieron. No he vuelto a saber nada de ellos. Sé que son los responsables de la muerte del tabernero y varios hombres.

—Dejémonos de formalidades, Maniel. Sé que tú sabes perfectamente para qué usaba yo la taberna. La mazmorra que tengo en ella para ocultar a los «hombres sagrados», sé que estás al tanto de todo…

Maniel intentaba no pensar en el sentido de «sagrado». Aquellas personas eran sacrificadas en los ritos de Moga. Maniel lo sabía y miraba para otro lado. Fingía no enterarse de esos rituales. Intentaba ausentarse del pueblo siempre que el brujo venía con intenciones de ejecutarlos. Ahora Moga se mofaba de él y de su pánico, le exponía claramente la situación, como retándole a impedírselo, a usar el poder que le confería el cargo de alguacil. Moga presuponía que Maniel seguiría sin oponérsele.

—No estoy de acuerdo con tus actividades, Moga.

Moga sonrió.

—Maniel, eres un buen hombre, no te compliques la vida ni se la compliques a tus seres queridos…

Maniel volvió su vista al suelo.

—Maniel, quiero saberlo todo sobre esos hombres. Dime qué testigos tienes…

—Una de tus prisioneras fue la que nos contó todo sobre el cuarto hombre. Vino a alertarnos sobre las mazmorras de la taberna y, bueno, nos contó que un hombre había matado a uno de tus centinelas…

—Quiero hablar con ella.

—Moga, es solo una niña…

—Traedla a mi presencia —dijo Moga levantándose—, estaré en la taberna.

Maniel acompañó personalmente a la pequeña Fige a la taberna. Junto a la chimenea, el viejo Moga parecía hipnotizado por las llamas. La niña estaba muy asustada. Cuando vio al Nigromante junto al fuego se detuvo.

—Acércate más… ¿Cómo te llamas? —preguntó Moga con un tono agradable en su voz.

—Fige.

Maniel acercó a la niña empujándola suavemente con sus brazos. La niña se colocó enfrente del brujo, manteniéndole la mirada como jamás podría hacerlo Maniel. El miedo parecía haberse extinguido en sus preciosos ojos, parecía haber sido robado por una extraña inspiración.

—Fige, háblame de ese hombre, aquel que escapó de la celda.

—Tú eres Moga…

Ahora Moga parecía contrariado por aquella afirmación. La niña parecía tener un mensaje para él.

—Sí, Moga el Nigromante me llaman.

—He conocido al enviado de los dioses para acabar contigo, Moga, la mirada del fuego, mi señor Remo.

En la taberna se hizo el silencio. Las llamas y algunas chispas dentro de la chimenea lejos de enturbiarlo lo ahuecaban más, un silencio colmado de violencia. Moga, contrariado, se inclinó hacia la joven. De repente le cogió la cara a la niña de forma brusca, abultando sus mofletes escuálidos por la presión de sus dedos.

—¡Niña, qué dices!

—Mi señor Remo acabará contigo.

—¡Lleváosla a la mazmorra!

—No podréis soportar su mirada. Moriréis… —decía la niña mientras los secuaces de Moga la llevaban a rastras hacia la mazmorra.

—¡Maniel! ¿No vas a dar aviso para que detengan a ese hombre?

—Moga, es una niña…, no sabe lo que dice. Dos de mis hombres…

—¿Qué?

—Dos de mis hombres lucharon contra ese Remo. Bueno, él salió corriendo…, no es un guerrero valiente, un rival al que debáis temer… Ni esa niña es culpable de su locura.

Maniel sabía que nada podría hacer por la niña. En Moga había sed de venganza. Venganza por el tabernero, por aquella amenaza de muerte… La niña había sido sentenciada.

—¡Trae a tus hombres!

Maniel hizo pasar a sus soldados. Ellos se arrodillaron delante de Moga como si fuese un monarca. Aquel gesto pareció gustar a Moga. Maniel intuía que aquella veneración fastuosa escondía una relación de servidumbre.

—Decidme, amigos, ¿qué pasó con el forastero?

—Andábamos patrullando cuando la tendera nos avisó de que había un hombre manchado de sangre en su tienda. Entramos y, bueno, debió de asustarse, porque salió corriendo.

Moga respiró hondo y se acercó a los hombres.

—¿Tú qué dices? ¿Fue así como dice tu compañero?

El tipo temblaba.

—Sí, mi señor Moga, así fue.

Moga, encolerizado, agarró el cuello del que primero había hablado.

—¿No se te olvida ningún detalle? Háblame de su mirada…

El soldado pareció sorprendido por la pregunta.

—Mi señor, ese hombre llevaba el infierno preso en sus ojos. La verdad es que intentamos apresarlo pero él se deshizo de nosotros sin esfuerzo. No pudimos ni seguirlo, pues corría con zancadas enormes, muy rápido. Cargó contra mí y fue como si un muro se me cayese encima. Si estamos vivos es porque él quiso que mantuviésemos el aliento.

Moga lo soltó.

—Mata a los hombres de la taberna, al centinela… pero no mata a los soldados en la tienda: ¿qué es eso de que tenía el infierno preso en sus ojos?

—Esos ojos no eran humanos, mi señor. Rojos…, y su mirada parecía estar quitándonos la vida.

Moga quedó pensativo. Con un gesto de su mano indicó a los guardias que se marcharan. A solas con el alguacil, el hechicero murmuraba paseándose de un lado para otro. Su sombra sobre las paredes, proyectada gracias al fuego del hogar, se alargaba y retorcía adquiriendo formas grotescas.

—Por supuesto que he dado orden a mis hombres para que los capturen a todos —dijo el alguacil.

—Pues céntrate en ese Remo; de los demás ya me he encargado yo personalmente.

El brujo se marchó de la taberna. Paseando hizo un gesto de su mano y uno de sus encapuchados se acercó.

—Señor…

—Avisad a Bécquer —dijo Moga con severidad.

CAPÍTULO 10

La sombra de un rey

El palacio del rey de Vestigia tenía poca actividad. Era día de descanso para muchos de los que trabajaban en el castillo, pues las fiestas populares del vino implicaban a la mayoría de habitantes de la capital. El rey había abierto sus arcas para contentar a un pueblo hambriento y, durante tres días, los festejos mantendrían a la mayoría de sus súbditos en Venteria con el estómago lleno, entretenidos en competiciones absurdas y celebraciones paganas. Así, las voces susurrantes, los murmullos de la política íntima en los salones reales provocaban un eco mucho más tenebroso.

Frente a una gran chimenea, el monarca acogía a sus cuatro generales después de un almuerzo copioso. Repasaron asuntos tan dispares como la recaudación de impuestos, las relaciones con los reinos vecinos, el cumplimiento de los tratados de paz con el norte y, por supuesto, varios encargos personales del rey. El monarca se mostraba sombrío, silencioso, apesadumbrado. Así solía comportarse en privado en los últimos tiempos, en los que las malas lenguas decían que había perdido el brillo mental suficiente como para gobernar un pueblo carcomido por la pobreza.

—¿Qué hay del brujo Moga? ¿Tenéis alguna noticia?

El general Gonilier miró a sus compañeros sin entender de qué iba el asunto.

—¿Quién es ese Moga? —preguntó al monarca que parecía hechizado por las llamas de la chimenea.

—Moga… —la voz del monarca tembló—; Moga fue el que predijo lo que yo creía imposible, mi desgracia más profunda. No lo creí, no creí que los dioses fuesen a darme de lado después de tanto tiempo y ahora la miseria crece a la vez que su sombra en mis sueños.

El silencio se apoderó de la sala. La chimenea crepitaba angustiosamente como queriendo herir la oquedad y llenar la estancia de algo más cálido que la desolación de un gobernante amargado.

—De esa cuestión se ocupó el general Selprum, si no me equivoco… —comentó otro de los caudillos.

—¿Y bien, Selprum? Eres el más joven de mis generales. Esta tarea que se te encomendó es importante, aunque tenga apariencia nimia.

Selprum era un recién llegado, el general más joven de la historia del ejército de Vestigia. Proveniente de la Horda del Diablo, su carrera fue meteórica. El viejo general Rosellón delegó su cargo para retirarse a cazar y mantener sus fincas, tras una vida llena de guerra y méritos. Antes de marcharse, propuso a Selprum como sucesor. Esto levantó envidias entre los nobles, los políticos y terratenientes, pero Selprum aplacó las polémicas con mano dura.

—Todavía no tengo información de mi jefe de armas. Él fue quien contrató a los asesinos; sé que hay cuatro especialistas con el encargo de acabar con Moga, así que pronto recibiremos noticias —dijo Selprum mientras acariciaba el pelo de su capa de general del Ejército. Su mirada parecía perdida en el fuego que consumía los maderos dentro de la chimenea.

—Para ese brujo… no sé si con cuatro asesinos será suficiente.

—Señor, tal y como usted ordenó, contratamos a los asesinos porque su majestad no deseaba que se le relacionara con la muerte de Moga para no ganarse la enemistad de los pueblos del sur, donde el brujo posee adeptos y es querido entre las gentes.

—Mi rey —comenzó a decir el general Gonilier—, ¿qué daño hizo ese curandero? Todos los brujos son meros charlatanes…

—¡Ese cretino merece morir! —gritó el rey y después continuó en tono más sosegado—, pero creo que con cuatro asesinos no es suficiente… ese hombre… Ese hombre tiene poderes que escapan a nuestra comprensión. Un pacto con los infiernos. Es amado en la región, donde tiene esclavizada la voluntad de los hombres. Ya es hora de que esa costa olvidada recuerde a quién debe rendir pleitesía. Esos poblados se castigaron mucho tras la invasión y retirada de los nurales en la primera parte de la Gran Guerra.

—Es un adivinador más afortunado que otros, pero no se preocupe, señor —dijo Selprum—, morirá…, aunque tenga que ir yo personalmente a matarlo con la Horda.

—Esperemos que no sea necesario. Si tus asesinos cumplen su cometido, incluso tendremos chivos expiatorios a quien adjudicar el crimen. Tenme bien informado. Si esos profesionales fracasan… entonces, ya veremos…

—¿Tan peligroso ve el rey de Vestigia, vencedor de la Gran Guerra, a un simple mago? —preguntó Gonilier elogiando sobradamente a su monarca, alegando una dudosa victoria de la que seguro también se jactarían los grandes señores nurales en conversaciones privadas con su rey.

—¡Ese maldito pronosticó mi caída, rebeliones, dijo que mi estirpe moriría pronto! No voy a consentir que siga vivo. Me faltó al respeto.

Selprum se retiró a sus aposentos pensativo. Era un invitado del rey y poseía una habitación en el castillo, con vistas a la gran plaza de la ciudadela. Sentado en un sillón frente al ventanal, contempló la fiesta, los bailes, el jolgorio apropiado que se vivía en las fiestas del vino. Estaba pensativo después de aquellas palabras de Tendón.

El general Rosellón entró en sus aposentos. Estaba de paso en las festividades, para comprar esclavos y contratar jornaleros.

—¿Qué te ha dicho nuestro justo rey?

—Me ha vuelto a preguntar por lo de Moga. Está obsesionado con el brujo. Piensa que las predicciones que le hizo pueden cumplirse.

—Creo que está amargado, incapaz de resolver la crisis económica. Vestigia es una flor, es fértil y sin embargo tiene problemas comerciales muy graves a causa de una política exterior errónea y las enemistades de nuestro monarca… Es, y siempre lo fue, un hombre orgulloso en exceso. Su superstición hará veraces las locuras de ese Nigromante.

—¿Cuánto tiempo os quedaréis, Rosellón?

—Hasta mañana. Acudiré a la cena esta noche. Selprum, cumplid bien ese encargo real, en ocasiones es en las pequeñas tareas donde se reciben más recompensas. Aunque te parezcan delirios de un loco. Tendón está viejo y cansado de la vida palaciega; ahora, enfermo según dicen, sólo desea solucionar sus pesadillas, sus supersticiones; estoy seguro de que será la misión por la que más te alabará y quizás te otorgue privilegios y riquezas…

—De las que yo siempre os haré partícipe, Rosellón —dijo Selprum inclinando la cabeza.

Mandó llamar a su jefe de armas. Quería saber si se tenía alguna noticia de los asesinos; en concreto, quería saber si había nuevas de Remo.

Selprum odiaba a Remo. Lo había envidiado desde siempre. Desde que el difunto capitán Arkane le tuviese aquel afecto. Cuando vivía el capitán, fueron tiempos de gloria para la Horda, pero muy desafortunados para Selprum. Por suerte, el general, al que siempre había sabido acercarse Selprum, detestaba el individualismo, el orgullo y el respeto escrupuloso de valores dudosos para la vida militar de Arkane. Aborrecía el carácter rebelde de Remo, que sólo parecía respetar a su capitán como ejemplo a seguir. Rosellón vio en Selprum el cambio que quería para el destacamento de cuchilleros de la Horda. No le importó saltarse la Ley del Ejército para conseguirlo…

Jamás había vuelto a ver a Remo cara a cara. Según había oído, tras su degradación y exilio de la capital, se sumió en la miseria. Tuvo noticias de que intentó enrolarse en algún barco. Todo acabó en un naufragio, una tormenta y mucho ron. Finalmente, mendigando, perseguido por gente a la que debía dinero, su suerte iba a peor. Según tenía entendido, comenzó a trabajar de asesino para pagar deudas. No tenía ni montura cuando ordenó que lo contrataran. Por supuesto Remo no tenía ni idea de que estaba trabajando para él. Selprum se lo dejó muy claro al jefe de armas. Remo no debía saber la procedencia del encargo porque seguramente rechazaría el trabajo por más que necesitase la recompensa. Si de algo estaba seguro Selprum, era de que el odio que él albergaba hacia Remo era leve en comparación al que debía de sentir el desgraciado con respecto a su suerte.

Selprum podría haberlo matado entonces, cuando no era más que un pordiosero. Quizá por el orgullo propio de pensar que nada debía temer de un maldito, por demostrarse a sí mismo que había superado la sensación alienante de haber cometido injusticias, incluso, de cierto temor que tenía a la destreza de Remo como guerrero, lo dejó vivir. Nada debía temer; mucho menos cuando lo elevaron al rango de general…

Un aporreo en la puerta de sus aposentos lo sacó de sus cavilaciones.

—Pasa.

Era su jefe de armas.

—Mi señor, ¿me había mandado llamar…?

—¿Qué sabemos de la escoria que contrataste para matar a Moga?

—Todavía nada…

—¿A quién encargaste la tarea?

—Tal y como usted ordenó: a Fulón, Menal, Sala y a Remo. Les contraté por medio de otros, como es habitual.

—Bien. Si regresan Fulón, Menal o Sala, quiero que los detengáis inmediatamente con el cargo de asesinato. Si es Remo quien regresa, matadlo sin contemplaciones.

Ya estaba hecho. Selprum aquella noche durmió plácidamente.

CAPÍTULO 11
La guarida del Nigromante

Remo, antes de abrir los ojos, sintió calor. Volvió en sí, sospechando que se encontraba en alguna puerta del Infierno. Se incorporó y todo era vapor ardiente, agua del color de la sangre y unos árboles que parecían gigantes asomados a una fuente. Era de día. Un día de luz asfixiante, fulminando los rayos de sol los resquicios por entre las ramas de los árboles.

Se incorporó con un mareo notable en la cabeza. Registró su cabello y encontró costras débiles de heridas recientes, pero no sangraba. La primera cosa que descubrió familiar y que le trajo a colación lo sucedido fue la gran piedra central de las aguas termales. Tambaleándose, acabó cayendo sobre sus rodillas desorientado. Los pulmones lo asfixiaban. Estaba deseando salir de aquella poza cálida. Sudando, aquel calor le parecía insoportable ya. Recordó entonces al mugrón. Miró a su alrededor por si aparecía para rematarlo. Se tocó el costado y advirtió que le dolía. Seguramente alguna costilla no soportó los golpes. Recordó que su espada se había partido. Antes de cualquier otra cosa, debía recuperar su empuñadura. Comenzó a registrar a ciegas hundiendo sus manos en el agua rojiza, repasando palmo a palmo toda el área. Bordeando la piedra, descubrió el cadáver del mugrón.

Había caído muerto allí mismo, en el borde de la poza de aguas termales, desangrándose, tintando el agua de un rojo denso. Se hallaba en la parte más profunda de la poza. Remo recordaba el sonido de salpicaduras de agua después de estrellarse contra el árbol. Él había pensado, instantes antes de su desmayo, que venía a rematarlo, sin embargo, lo que escuchó fue el chapoteo brutal de haberse desplomado muerto.

Trataba de recordar dónde había caído la empuñadura, pero no lograba encontrarla. Después de registrar palmo a palmo la poza, estaba a punto de darse por vencido cuando tuvo la ocurrencia de que tal vez estaba bajo el cadáver del monstruo. Remo estaba débil, le dolía cada parte del cuerpo y aquel mugrón maldito pesaba demasiado. Aun así, apretó las mandíbulas y se dedicó a la tarea de mover al mugrón. Primero desplazó las piernas y comprobó que la empuñadura no estaba en el área que habían ocupado; tuvo que descansar después de haber removido las extremidades. El paso siguiente requeriría toda su fuerza, y desde luego no la tenía disponible. Fue a base de coraje, de empeño, que Remo consiguió, tirando de un brazo de aquella bestia, voltearle el cuerpo. Lo frustrante fue que bajo el cuerpo, sangrante aún, no había más que un hedor tremebundo a sudor y muerte.

—¡Nunca os he rezado, dioses, pero ayudadme esta vez a encontrar mi espada! —gritó al cielo.

Para hacerlo había levantado la cabeza y entonces comprendió que un lugar no había sido comprobado en su registro. Entre sus ojos quedó la piedra central de la poza. Remo, agitado por la intuición, hizo caso omiso al dolor de sus músculos y a la presión en sus pulmones que le reclamaban salir a zonas más frescas y se adentró de nuevo en el agua hasta llegar a la roca. Trepó aupándose hasta la superficie; allí en el borde del altar natural, la empuñadura descansaba a punto de haberse caído a las aguas coloradas. Remo la alcanzó y comprobó la piedra. Estaba negra como un tizón.

—¡Gracias, dioses! Podríais haberle dado color a esta piedra… —dijo irónicamente mientras apretaba en su mano la empuñadura que tantas batallas le había otorgado.

Saltó, y en pocos pasos huyó de aquel calor. Curiosamente, los lodos negros, la terrible atmósfera de la Ciénaga Nublada, por primera vez, le eran propicios, y fueron un verdadero paraíso para él alejándose del calor y la peste de la terma.

Corría con dificultad, dolorido, pero no estaba dispuesto a concederse más respiros. El día parecía avanzado; tenía la intuición de que había estado mucho tiempo inconsciente. Algunos rayos de sol atravesaban los árboles y la niebla en algunos lugares. Debía de rondar el medio día. Fulón, Sala y Menal, si no habían tenido dificultades, seguro que ya estarían enfrentándose al brujo.

Subió al cerro para orientarse. Allí descubrió los restos de la fogata de los asesinos. Sin detenerse, de su bandolera extrajo una pieza de carne curada y la rebanó con un cuchillo. El agua y el vino estaban calientes después de haberse caldeado en las aguas termales. La carne sudaba, seguramente tendría mal aspecto en breve, así que decidió comerla.

Desde el cerro había divisado una columna de humo delgada, nada llamativa, pero decidió que era el mejor indicio humano de la localización de la guarida del brujo. Podía equivocarse, pero no tenía otra dirección para probar. Algo aturdido aún por el contraste entre calor y frío, con la mente confusa, rezagada a su voluntad, Remo corría por una zona empantanada. El agua le llegaba hasta los tobillos como baldosa perpetua de aquellos parajes. Era siniestro el reflejo de los troncos retorcidos, de las ramas como zarpas, sumidas en aquella niebla fantasmal. Cuando hollaba con sus pasos el agua y hacía bailar los reflejos, parecía que estaba desarrollando un conjuro sobre aquella naturaleza muerta. Remo estaba convencido de que un hombre podía volverse loco habitando un lugar así. También estaba convencido de que sería un hombre maldito, macabro. Con la veneración que despertaba en los pueblos costeros, mantener su residencia en la Ciénaga debía de ser parte de su parafernalia, parte del halo del que se rodeaba para hacer más creíble su ponzoña, la supuesta magia con la que adivinaba el futuro. Remo no creía en los adivinadores. Sabía que existían en el mundo misterios para los que no había más explicación que la magia y poderes ocultos, como el de la joya de su espada, que acercaban a los hombres a los dioses. Sin embargo, ni un solo charlatán de cuantos había encontrado en sus viajes había dicho jamás cosa coherente que justificase las monedas que pedía por sus palabras. Remo sabía de la existencia de los dioses pero también conocía lo caros que eran sus dones.

Se acercaba a la guarida del Nigromante, no cabía duda. Ante sí se extendía un panorama desolador. En un claro de bosque sin árboles, sin agua, un campo de lodo, había un sembrado peculiar. Cientos de cadáveres empalados configuraban una huerta nauseabunda que avisaba de la cercanía del hogar de quien se dedicaba a averiguar cosas hurgando en los muertos. Remo miró la empuñadura de su espada. Se habría sentido más seguro si luciese una luz roja allí en el misterioso negro acristalado de la piedra. También se habría sentido mucho más seguro teniendo la espada completa. La hoja partida no se alargaba más allá del puño que dos palmos de acero.

Avanzó por entre los muertos, con la idea de improvisar cuando tuviese delante de sí al peligro. ¿Y si Fulón y los demás habían acabado ya el trabajo? Tendría que volverse con las manos vacías, empezar otra vez de cero con cualquier otro encargo.

El humo que divisara desde la cima de la colina nacía justo del final del sembrado de cadáveres. Remo vio una chimenea, una cabaña. Cambió su trayectoria y comenzó a dar un rodeo para inspeccionar más la zona. Divisó tres hombres cortando leña junto a la cabaña. Vestían capas negras muy sucias; tenían apariencia tosca, ruda, y maneras poco refinadas. Tres o cuatro árboles enormes parecían servir al brujo para colgar telas oscuras que bailaban como espectros, despacio, sopladas por la brisa. El aspecto de esos árboles y de la cabaña era tenebroso, con aquella decoración fúnebre.

Remo no veía por ninguna parte a Fulón y los demás. De la bolsa de cuero sacó el cuchillo. Con él podría matar a uno de los tres cortadores de leña a una buena distancia, pero las hachas de los otros serían un problema sin su espada. Buscó una piedra y encontró varias al pie de una de las varas del sembrado de cadáveres. Con la piedra pretendía captar la atención de los hombres del brujo hacia un lugar alejado. Lanzó la piedra.

—Maldición —susurró Remo, que no escuchó sonido alguno después de lanzar la piedra. Toda la zona era de terruño húmedo, el eterno lodo del cenagal. Sería complicado que la piedra hiciese ruido suficiente como para cumplir su objetivo.

La puerta de la cabaña se abrió justo cuando Remo iba a protagonizar otro intento. Inmediatamente se tiró al suelo, se arrastró hacia la derecha y trató de erguirse lo justo para poder observar lo que sucedía. De la cabaña habían surgido tres hombres más. Uno de ellos, más viejo y no tan corpulento, parecía sin duda el gran Moga. Su atuendo, una capa con capucha decorada con hilos de oro y plata, le confería un estatus superior a las capas sucias y de tejido menos refinado de los otros. De su cuello colgaba algo parecido a un cuerno. Moga hablaba en susurros. Los demás le prestaban atención. Hizo un ademán y uno de los que había estado cortando leña se colocó como centinela en la puerta de la cabaña. Los demás y el propio Moga, en fila de a uno, se alejaron de la cabaña hacia una arboleda. Antes de perderlo de vista, Remo se fijó en un detalle: un vendaje en el brazo derecho revelaba que Moga estaba herido.

Su objetivo se iba, sin embargo Remo no sentía urgencia por perseguirlo. Muy al contrario, pensaba que había tenido suerte. Para empezar, Moga seguía vivo, así que sus compañeros de misión seguramente estarían perdidos en la Ciénaga intentando encontrar la guarida. No podía enfrentarse a tantos hombres sin armas, así que pensó que el hecho de que Moga se marchase no era mal comienzo. Ahora podría inspeccionar esa cabaña y saber un poco más sobre ese hombre.

Remo se acercó a rastras hacia la cabaña. Cubierto de barro por todo el cuerpo, no debía de ser fácil de ver. Por su parte, el centinela, una vez que los demás se habían marchado, abandonó la marcialidad que mostraba al principio. Se sentó sobre un tronco cortado y sacó del cinto un puñal con el que se puso a afilar un tronquito. Remo con el cuchillo en la mano, no dejaba de darle vueltas, de tantearlo con los dedos para así acostumbrarse a su peso. Nunca había sido muy diestro lanzando cuchillos. No tenía el talento de sus compañeros en la Horda, pero estaba seguro de que podría herir de muerte al centinela distraído.

Remo se izó entre el barrizal como un fantasma negro y corrió hacia la cabaña gritando para alarmar al guardia. Ya estaba en distancia de lanzamiento. Quería tener un blanco más grande.

—¡Eh, tú! —gritó el centinela incorporándose—. ¿Qué demonios haces aquí?

Remo permaneció sereno. Ya no corría.

—¿Quién eres?

—Ya estás muerto, ahórrate las palabras —le aconsejó Remo.

En muchas ocasiones había visto Remo cómo un soldado no se percataba de sus heridas. La adrenalina, cuando un hombre está en plena urgencia de salvar la vida o la muerte, permite disimular el dolor y no percibirlo. El centinela descubrió que tenía en su pecho un cuchillo. De pronto, se clavó de rodillas y comenzó a tiritar.

Remo no tenía tiempo que perder. Desoyendo las maldiciones del hombre se dirigió a los troncos apilados y recogió un hacha, desclavándola del tronco donde la habían abandonado los secuaces de Moga. Con el hacha entró en la cabaña. Tardó en acostumbrarse a la poca luz que la habitaba. En una mesa había muchas calaveras, velones gruesos y recipientes de cristal contenedores de fluidos multicolores. Un altar a la diosa Senitra demostraba la inspiración oscura en la que Moga seguramente se reconfortaba. Colgado en una pared, el mapa de Vestigia parecía otorgar a la estancia un halo de cientificismo, alejando la burda superchería que emanaba del resto. Remo se enzarzó a hachazos con la mesa de las calaveras y pronto no quedó ni un solo tarrito entero. Avanzó hacia los aposentos del brujo y allí descubrió un refinado gusto por el lujo. Una cama bien mullida y un armario de madera labrada hablaban por sí solos de las apetencias terrenales de su dueño. Remo lo destrozó todo consecuentemente con el agravio que había provocado en el salón. En otra habitación, el brujo tenía una colección de animales enjaulados. La mayoría eran lagartos y muchas serpientes de las que extraer venenos. Remo pensó que sería penoso matar a todas aquellas criaturas. La cabaña poseía un sótano donde se adentró con la ayuda de un candil. Era un almacén. Cambió sus botas calientes de agua y vino por otras frescas, repuso la carne y robó alguna fruta. En un arcón enorme, el brujo guardaba armas. Echando un vistazo rápido reconoció al instante algunas de ellas. Silba, la espada de Fulón, destacaba entre los trofeos. El hacha de Menal y el arco de Sala resaltaban familiares entre otras armas anónimas. Remo cerró los ojos, apretó las mandíbulas imaginando la desgracia que habría acontecido, la explicación a que las armas se encontrasen allí. Después se marchó llevándose la espada de Fulón.

Salió al exterior y dio un rodeo a la cabaña. Todos los árboles en las inmediaciones del cuartel general de Moga estaban repletos en sus ramas de telas negras con el emblema del loco. Pendones con una señal propia de la magia negra: La calavera de la cabeza de un macho cabrío, sellada con la «M» inicial del brujo. En uno de esos árboles, Remo creyó escuchar un ruido metálico…

CAPÍTULO 12

Vainilla de Maísla

Se acercó al origen de aquel chasquido, similar a la refriega entre los eslabones de una cadena pesada. Ahora escuchó un murmullo humano. Conforme se acercaba fue reconociendo el origen. Una voz de mujer. La voz de Sala le reclamaba desde algún lugar bajo el árbol decorado de estandartes. De repente, vio un movimiento entre los ramajes. Sala estaba enjaulada en una especie de prisión para pájaros gigantes, una jaula para humanos, colgada de una rama ennegrecida por quemados antiguos.

—Vete de aquí Remo, traidor, maldito, ¡vete!

—¿Qué ha pasado?

—Voy a morir…, todos vamos a morir… Tú también si no te largas… Es un brujo… un brujo muy poderoso… Y los dioses vinieron y el fuego y las estrellas que han caído…

Remo se acercó más quedando debajo de la jaula, tratando de averiguar cómo soltarla.

—¿Y los demás?

—Todo está perdido. Me los he comido Remo, no, ha sido la diosa quien se los ha comido… Vino ella, vino y se los comió, ¡jajaja…!

No era la primera vez que veía a alguien envenenado con «vainilla de maísla», un brebaje que solían usar en la guerra para decorar los cuchillos y las flechas. Cuando alguien era envenenado, lo transformaba en todo un calvario para sus compañeros: un suicida para quien la existencia era una locura irracional cuya única solución era la muerte. Así, las víctimas de la pócima, de color vainilla, no morían en principio, pero se transformaban en un problema para sus compañeros a quienes no era extraño que pudiesen atacar. Remo se había tenido que enfrentar a sus efectos en alguna ocasión y podía recordar la ansiedad y el dolor de espíritu que se siente, una agonía claustrofóbica que hacía factible el suicidio para quedar en paz. Sala estaba enjaulada, y aun así habían tenido la precaución de atarla de pies y manos para que no se intentara matar. Sufriría horas y horas hasta la muerte.

—Te han drogado, Sala…

—¡Lárgate, traidor! ¡Querías el dinero para ti solo!

Sala podía estar alegrándose de verle, pero su mente, tan nublada por la droga, solo podría exhortar tristeza y odio. Era terrible contemplar el ingenio humano.

—Nos engañaste, sí… Querías tú solo matar a ese demonio. ¡Avaricioso, maldito! ¡Yo te maldigo! Ahora ya está todo perdido.

Sala gritaba y su rostro era tan exagerado que parecía estar a punto del desmayo, a punto de agotar su resistencia física. Sin embargo no podía olvidar Remo que el contenido de aquellas maldiciones bien podía tener una base verdadera. Seguramente en Sala, pese a la evidente desgracia acaecida, lo de la taberna no había sucumbido en su memoria.

Remo tardó mucho en conseguir sacarla de la jaula una vez que logró descenderla del árbol. El cerrojo se resistía. Finalmente con un tajo violento usando la espada de Fulón, logró una muesca profunda en el candado. Era un arma formidable, ni tan siquiera se había mellado. Haciendo palanca logró romperlo.

Sala se resistía a acompañarlo una vez liberada. En sus delirios intentaba huir y gritaba pidiendo auxilio. También intentó agredir a Remo, mientras él, cargándola como un saco de trigo, soportaba los arañazos y las pataletas, los insultos y las bofetadas. Cuando se tranquilizaba, que sucedía poco y de forma breve, Remo aprovechaba para correr hasta que la resistencia de sus piernas le pedían una marcha menos intensa. Sala pronto se desmayaría, se le notaba ya una mayor sudoración y más palidez, adentrándose inexorablemente en las profundidades de la segunda fase del envenenamiento. Remo planeaba ponerla a salvo fuera de la Ciénaga.

CAPÍTULO 13

Combate a muerte

En una playa de mar apacible, alejados por fin de la inmundicia de la Ciénaga Nublada, Remo había encendido un fuego hermoso, decorando la noche con la luz que verdeaba las oscuridades en la espesura. Los troncos de las palmeras, sanos, perfectos, se intercalaban con flores y helechos, con las cañas de azúcar silvestres y la retahíla del oleaje esmeralda en la playa cercana. Abandonando la Ciénaga cualquier panorama hubiese sido idílico.

La fogata doraba la piel de Sala y secaba el barro adherido a su cuerpo. Inconsciente, presa en las garras del veneno, en su fase terminal, permanecía con sus enormes ojos cerrados. Las sombras danzantes provocadas por el fuego no maquillaban la llegada de la muerte, que inminente ya adelgazaba las sienes y las mejillas de la mujer. La fiebre subiría incontrolada hasta llevar su cuerpo al límite. Moriría inconsciente asada por el calor y la locura. El remedio para la vainilla de maísla era muy caro y nada fácil de encontrar. Remo dudaba que existiese en aquellas tierras un lugar donde poder adquirirlo.

Quería salvar la vida a Sala y para eso necesitaba volver sobre sus pasos. Tenía una posibilidad para evitar su muerte. Sabía que los hombres del Nigromante les habían seguido. Ahora que tenía a Sala a salvo en la costa, debía regresar a las inmediaciones de la Ciénaga Nublada. Aligeró su equipo, portando únicamente la espada de Fulón, la empuñadura de la suya y el cuchillo. Después abandonó la fogata. Debía darse prisa si quería salvar a la mujer.

Ascendió por los palmerales hacia el cauce de un río que le había servido de guía para abandonar la Ciénaga, y volvió siguiendo sus propios rastros hasta abandonar un bosque bucólico y hundirse de nuevo en las profundidades pestilentes de los pantanos y los barrizales, a través de una llanura cortada por los árboles esqueléticos que servían de recibidor de la Ciénaga Nublada.

—¡Moga el Nigromante! —gritó haciendo vibrar su garganta. En las tinieblas de aquel bosque anegado, la voz de Remo se vestía de odio y oscuridad. Remo siempre había pensado que era buen guerrero porque era capaz de acumular su furia. Arkane, en cambio, siempre había defendido que el hombre con más posibilidades de vencer en una batalla era el sereno, el que conseguía tranquilizarse. Remo había aprendido a tranquilizarse, pero gustaba de encontrar su furia arrinconada en ocasiones como aquella, en ocasiones en las que la desventaja o la premura lo acuciaban. Le servía de acicate, le daba zancadas más hábiles y brazos más veloces aquella rabia enérgica en la que sumía su corazón.

Remo quería llamar la atención de los esbirros del brujo. Seguro que estarían alertados de la muerte de su compañero de la cabaña, de la liberación de Sala. Pretendía hacerles pensar que podrían capturarlo. Él necesitaba cazar al menos a uno, conseguir apresar su último aliento en la piedra negra de su espada rota.

Desesperado, después de correr gritando como un loco, después de perderse mil veces, pensó que estaba todo perdido. Vagaba apesadumbrado entre los árboles negros, encharcados sus huesos de derrota. Aquella sensación de pérdida, de faltarle tiempo para lograr su suerte, de llegar tarde y mal, en aquel bosque enfermo y neblinoso, le calaba más profundamente.

No eran buenos tiempos para Remo, comenzaba a sentir comodidad en la negación. Comenzaba a sentir confortable la derrota en su lecho, acariciándole en sueños todas las noches. Perdía ya el hilo de aquellas glorias viejas que parecían alumbrarlo, agudizar su ingenio, en aquellos tiempos en los que Remo podía acertar un camino escogiendo entre cuatro desvíos.

Estuvo a punto de abandonar, de hacer el camino de regreso a la playa para enterrar a Sala cuando abandonase el mundo de los vivos, pero siguió caminando, paso a paso, sin sentido, sin encontrar motivación para perdurar en aquellas tierras fangosas, rebelándose quizá contra el tedio de volver a la fogata de la playa y sumirse en viejos recuerdos. Sabía que después de aquel nuevo desastre, Lania lo visitaría en sueños. Siempre aparecía en sus derrotas y no deseaba añorarla, rememorar la desgracia. Siguió andando, manteniéndose en las tierras oscuras sin esperar nada. Y su suerte cambió de golpe.

Entre los árboles, a lo lejos, vio una antorcha en la lejanía. Remo salió disparado hacia allí desenvainando su nueva espada. Era una espada muy ligera para el tamaño que tenía. Su equilibrio entre hoja y puño debía ser perfecto, aunque para su gusto era incómoda y lenta. Remo estaba cansado, pero la cuenta atrás sobre Sala lo torturaba obligándose a presionar sus músculos. Tanto que decidió cometer una imprudencia.

—¡Eh, vosotros!

Remo no había imaginado que fuesen cinco los hombres que acompañaban esa antorcha. Cuando lo escucharon, Remo ya no tuvo que perseguirlos más: ellos se encargaron de acortar su distancia.

—¡Este debe de ser! —dijo uno jaleando a los demás—. ¡Rodeadlo!

Remo respiró hondo. Se olvidó de Sala, de Lania, del Nigromante, de todo. Una espada contra cinco. Terreno viscoso, resbaladizo, a la par que pegajoso y traicionero. Dos lanzas y tres espadas. Caminó despacio hacia atrás, trataba de evitar que le rodearan del todo.

—Sois unos cobardes…, cinco contra uno…

Remo seguía su marcha lenta hacia atrás mientras ellos se acercaban. Bajó su espada. Con la guardia baja, uno de los lanceros, sintiéndose suficientemente cerca, embistió para intentar ensartar a Remo. Él lo estaba esperando y se echó a un lado. Con la mano agarró la lanza cuando quedó quieta después de fallar la acometida. Después giró sobre sí mismo y se plantó junto al hombre con la espalda tocando el palo de la lanza. La espada entró con suma facilidad en el cuerpo del agresor. La extrajo rápido, pateando para ayudar a la hoja a salir. La represalia de sus compañeros no se hizo esperar. Estaba claro que ya no se arriesgarían a atacarle por separado. Remo se hizo con la lanza mientras su dueño se moría.

—¡Vamos malditos! —gritó Remo mientras daba un paso largo hacia atrás.

Entonces atacaron todos a la vez. Remo, que había calculado la distancia, se tiró al suelo rodando con la lanza bien agarrada y con ella trabó las piernas de tres de los hombres, que cayeron ayudados por el barro resbaladizo. Se incorporó rápido y pudo clavar la lanza en uno de los caídos. Remo sintió el lamido cortante de una espada aguijonearle el hombro derecho. El dolor le hizo clavar una rodilla. Herido, era un blanco fácil para el remate. Sintió como le retiraban la espada del brazo y calculó que ahora el atacante estaría buscando fuerza para la estocada final. Antes de esa estocada, Remo se revolvió y clavó a «Silba», la espada de Fulón, todo lo más adentro que pudo en su adversario. Quedaban dos hombres y muy pocas fuerzas. Remo extrajo una daga del cinto del hombre que acababa de herir de muerte y se la lanzó a la cabeza de otro. Acertó en el cuello. El tipo cayó desplomado y comenzó una agonía que seguro terminaría en muerte. Así que solo le quedaba uno.

Este último, con mucha precaución y la espada en postura marcial, lo esperaba mostrando más prudencia que sus compañeros. Remo lo atacó con furia con varias acometidas, pero el tipo le sujetó los sablazos sin cansarse mucho, sin torpezas. Remo intentó una puntada rápida y también la detuvo. La espada de Remo trazó un arco en el aire después de la parada del guerrero, tratando de cogerlo por sorpresa en las piernas, pero volvió a chocar contra la defensa del sicario de Moga. De nuevo Remo atacó con velocidad, intentando estocar el pecho, y la espada de su contrario se elevó retirándole la suya en un sonoro chasquido de aceros.

—¿Militar? —preguntó Remo ganando tiempo y fuerzas.

—De la Quinta División, de los espaderos del Norte —contestó el extraño mientras se despojaba de la capa con la insignia de Moga. Su atuendo, con una cota de malla, brillaba en la oscuridad mortecina—. ¿Y vos?

—Tercera División. La Horda del Diablo. De los cuchilleros de Arkane el Felino.

Al escuchar aquel nombre, el tipo debilitó su postura.

—Un cuchillero con espada… Remo… ahora sé porqué me sonaba tu nombre. Se escuchaban cosas sobre ti en la Gran Guerra pero sobre todo tu capitán, Arkane, es de los pocos héroes que hubo aquel día de «la Serpiente».

—¿Qué hace un soldado como tú al servicio de un loco?

—Necesito dinero… ¿Acaso a tú estás aquí por otra razón…? —preguntó el desconocido.

Remo extrajo de su cinto la empuñadura de su antigua espada y la clavó en el cuerpo del hombre que lo había herido en el hombro. Estaba a punto de morir, era el momento para la piedra…

—Moga es un loco despiadado.

—Tú vienes aquí por encargo de nuestro rey, que también es despiadado y acabará loco cualquier día de estos. No nos diferenciamos tanto.

—¿El rey?

—¿Quién sino está detrás de cuatro asesinos que intentan matar a un brujo en los confines oscuros del reino?

—A mí no me ha contratado el rey.

—Te aseguro que al final todo parte del rey y el desencuentro que tuvo con el Nigromante.

—Si es como tú dices… ¿Tanto te paga el Nigromante como para estar en el bando de los que acabarán ahorcados o sin cabeza? —preguntó ahora Remo, amenazador—. ¿Cómo te llamas?

—Mi nombre es poco importante para ti.

—Lo recordaré siempre como el tipo que no maté en la Ciénaga Nublada. Dime tu nombre y vete lejos de este lugar. Te perdono la vida.

—Me llamo Bécquer y mi orgullo me impide salir corriendo.

Lejano le vino a Remo el recuerdo de conversaciones remotas. No sabía si le fallaba la mente, pero juraría que había oído hablar de un maestro de espada con aquel nombre.

—Sirves a un hombre que abre en canal a la gente para revolverles las tripas y después inventarse estupideces futuras y, para colmo, cobrar dinero por ello ¿Qué orgullo te queda? ¿Te fastidia que te quiera perdonar la vida? ¿Te fastidia que presuma de que te mataría en combate?

—Creo que es eso último. No se me da nada mal el manejo de la espada. Fui maestre de mi orden de espaderos.

—Tu nombre no me es del todo desconocido…

De pronto, Bécquer atacó. Tan rápido que a Remo no le dio tiempo a posturas ni ademanes. Sólo pudo hacer un bloqueo torpe y desviar la estocada tratando de no perder el equilibrio. Bécquer insistió con otro ademán pero hizo un extraño movimiento con la espada intentando confundir a Remo. Al principio atacaba el abdomen y después, con un giro de muñeca, dirigió la punta afilada de su acero hacia la cabeza de Remo. Le hizo un pequeño corte en la cara. Remo retrocedió varios pasos. Si no hubiera bloqueado aquella envestida, Bécquer le habría ensartado la cabeza desde la garganta. La espada de Fulón era demasiado grande para hacer esgrima con comodidad y ante sí tenía a un espadachín temible.

—Eres rápido —dijo Bécquer—, llevaba tiempo matando gente con ese amago que tú has detenido. Tu amigo, el dueño de esa espada, Fulón se llamaba. Él no tuvo tiempo de bloquear arriba y murió ensartado por su orgullo.

Remo miró la empuñadura que había dejado clavada en el cuerpo del moribundo. Reconoció una lucecita roja. Estaba tentado a recogerla y usar su poder para destrozar a Bécquer. El problema era que si usaba esa energía y después no tenía tiempo de recoger el último aliento de Bécquer o de alguno de los moribundos, Sala moriría. Recordó la urgencia de su misión: necesitaba irse ya.

—Me voy. En otra ocasión nos veremos las caras —sentenció Remo.

Bécquer sonrió ante el descaro de Remo.

—No puedo dejarte marchar.

Remo recogió del cuerpo la empuñadura. Bécquer atacó trazando un óvalo con la espada en el aire; al no conseguir cortar a Remo, que pudo retirarse de la trayectoria de su mandoble, recuperó su postura defensiva.

—Está bien, Bécquer, te demostraré que estás equivocado.

Remo atacó. Un golpe hacia la cabeza. Parada de Bécquer. Otro golpe atacando su resistencia, tratando de hacerle perder la espada usando el peso del arma de Fulón. Bécquer aguantó. Remo después trazó un sablazo horizontal hacia el costado de su oponente, que acabó también bloqueado por un rápido movimiento de la espada contraria. Inmediatamente después, fueron cuatro las estocadas que lanzó Remo tratando de pinchar a Bécquer. En la última, Bécquer intentó contraatacar a Remo, pero este, en la misma retirada de su espada, logró herirlo al dirigirla hacia abajo, provocando un corte en la pierna de Bécquer. Después Remo, lejos de bajar la intensidad, la subió. Más de quince secciones dibujó la espada de Fulón en el aire. La última acometida fue devastadora, desplazando a Bécquer que a punto estuvo de perder su espada. En ese momento, Remo pensó que había conseguido doblegarle y que ahora podría lanzar una estocada limpia sin que su adversario tuviera fuerza para detenerla, mucho menos para esquivarlo. Así Remo se abalanzó sobre el mercenario tratando de clavarle la espada en el pecho. Bécquer, sin embargo, pivotó con un juego de piernas y Remo pasó como un caballo desbocado de largo, acabando por ensartar el tronco de un árbol. Remo sintió una punzada en el costado derecho. Bécquer le había clavado su espada a placer.

Sintió que un dolor insoportable le arrasaba las costillas. Cuando miró hacia abajo, se encontró a la izquierda del torso con el acero sanguinolento que salía de su cuerpo. Bécquer lo había atravesado de un costado al otro.

—Eres un fanfarrón, Remo. Te confiaste… —decía sonriente Bécquer mientras extraía la espada del cuerpo de Remo—. No se te da mal la espada… pero usas más la potencia física que la técnica. Pensabas que me tenías después de ese ataque…

Remo miraba la herida de su costado derecho, el agujero por donde había entrado la espada de su verdugo. La vergüenza de su derrota. Puso una mano allí, conteniendo la sangre, como queriendo cambiar el resultado del combate.

—Maldito… —susurró con mucho trabajo Remo.

Sintió vértigo y desvanecimiento. Clavó sus rodillas en el barro y terminó cayendo de lado. Con la mirada vidriosa contempló cómo las copas de los árboles desaparecían. Su mirada se anegaba de la bruma pegajosa del frío.

CAPÍTULO 14

La luz roja

Despertó en un charco de su propia sangre. Sabía que estaba muriéndose. Mover un brazo era como querer levantar un árbol. No podía respirar, por eso se había despertado. Tosió sangre y trató de encontrar un camino para el aire en sus vías respiratorias. La muerte se acercaba. Levantó su última esperanza, la empuñadura que tenía en el cinto, con la piedra que le fue entregada en la Isla de Lorna. Aquella luz roja en su interior lo inundó una vez más.

Se levantó al poco tiempo, dolorido, pero recibiendo caudales de energía. Miró a su alrededor por si Bécquer seguía por el lugar. No sabía cuánto tiempo había estado desvanecido y temía por Sala. Rápidamente hurgó entre los cadáveres. Tenía que encontrar a alguien vivo, necesitaba absorber el último aliento de otro pues acababa de descargar la piedra sobre sí. Uno a uno fue repasando sus corazones y todos estaban muertos. A punto de maldecir a los dioses escuchó un ruido.

—¿Es aquí?

—Sí, aquí fue donde Bécquer nos dijo.

Dos hombres se acercaban. Remo presentía que no lo habían visto, así que se tendió entre los cadáveres.

—Mira, ahí está ese Remo… Hijo de perra, se ha cargado a cuatro de los nuestros.

Remo abrió los ojos y contempló que eran dos hombrecitos rechonchos con una antorcha, que se acercaban probablemente a recoger los cadáveres. Y de entre los muertos surgió Remo como un resucitado haciéndolos gritar del susto.

—¿Tenéis remedio para la vainilla de maísla?

—¡Está vivo! —dijo uno horrorizado.

—¿Tenéis remedio para la vainilla maísla? —volvió a preguntar Remo, esta vez amenazando con la espada gigantesca de Fulón.

—¡No, señor, no lo tenemos!

—Lo suponía.

Después de decir eso Remo cortó la cabeza del que había respondido. El otro echó a correr. Ni para dos zancadas tuvo tiempo, pues se vio frenado por la espalda, retenido desde sus propias entrañas en la seducción del acero que había entrado en su cuerpo. Este fue a quien Remo usó para cargar la piedra. Después agarró una capa de los recién llegados y salió corriendo.

Había conseguido lo que pretendía. La herida en el hombro y sobre todo la del costado aún le dolían, aunque no tanto como el dolor que sentía en el orgullo por aquella pelea. Lamentaba que un hombre así estuviese trabajando a las órdenes de Moga. Reconocía que Bécquer lo habría matado en condiciones normales, sin haber tenido auxilio de la piedra. Su desazón por esta circunstancia no era nueva.

En cada uso, en cada regalo de aquel don, sentía a cambio, tras sus efectos demoledores, un pesar profundo y sordo en su interior, una extraña culpabilidad que lo atizaba sin remedio. Sentía cierta indignidad en aquel privilegio que le otorgaba ventaja sobre el resto. Pensaba que si Arkane hubiese sido el custodio de aquella piedra, seguiría vivo y ostentaría un cargo importante en la corte… El mundo parecía más justo en la fantasía que ideaba sobre aquella posibilidad. Sin embargo, con él, la piedra estaba desperdiciada. Ni tan siquiera había podido recuperar a su esposa, ni había conseguido salir de la miseria… Era un matón, un pordiosero con habilidad para dar muerte, una habilidad prestada en parte por la joya, infrautilizada en salvarlo de apuros en lugar de decidir cuestiones más trascendentes y dar justicia a vidas más meritorias que la suya.

La piedra marcaba la diferencia, le salvaba la vida cuando su destino era la muerte, le prestaba una energía desbordante con la que vencía a sus enemigos. En cierto modo Remo había sido investido con un privilegio tan milagroso que lo que más le dolía era lo inútil que lo hacía sentir cada vez que un plan se le torcía, cuando durante años había visto desmenuzada la esperanza de conseguir encontrar a Lania.

Por eso sentía vergüenza por la derrota que acababa de sufrir frente a Bécquer. Ese hombre lo había «matado» y no había sido suerte. Lo había vencido de forma honrada, esquivando una acometida infantil y estúpida siendo rápido y certero en su contraataque. Hubiese fulminado a cualquier otro adversario pero, nuevamente la misteriosa joya negra coloreada por esa luz roja había salvado a Remo.

Se acordó de las palabras de su rival. ¿Sería cierto que él estaba involucrado en una orden real? Eso explicaría la abundancia de candidatos para acabar con el brujo. Explicaría el porqué de contratar a un experto espadachín como guardaespaldas y poseer un amplio elenco de secuaces. Moga temía por su propia vida. Recordó que el carcelero en la celda también lo había argumentado, incluso el posadero, aunque él no les había dado crédito…

Alcanzó la playa y se alivió cuando comprobó que la figura de Sala seguía acostada junto a los restos de la fogata que él había hecho. Se inclinó sobre ella. Pronto amanecería.

—Sala…, despierta.

Sala no abría los ojos.

La incorporó rodeándola con el brazo y colocó la empuñadura en su pecho. Después, sujetó uno de los brazos de Sala para que apretara la empuñadura contra su cuerpo. Estaba demacrada por el veneno.

—Sala, despierta.

—Maldito… —balbuceó ella.

—Mira la empuñadura. La piedra roja.

—Maldito…

Sala cumplió su orden mientras lo insultaba y la pequeña luz roja de la piedra se extinguió. Remo dejó a la mujer en el suelo y la observó mientras comprobaba él sus propias heridas. En el costado ya no aparecía muestra alguna de haber sido trinchado. El dolor era también suave, como de una mala digestión. Sala no mostraba cambios. La mujer cerró los ojos. Al cabo de unos instantes en los que Remo no dejaba de observarla, sufrió una convulsión tremenda que arqueó su espalda. Gritó. Paulatinamente, el color vainilla fue abandonando su piel y pudo abrir los ojos. Tenía la llama roja en ellos. Esa misteriosa luz se quedaba en las pupilas durante unos instantes en los que el cuerpo iba recibiendo las oleadas de energía. La luz abandonaba la mirada, pero la fuerza persistía durante bastante más tiempo. Remo sonrió lanzando un suspiro.

—¿Qué me has hecho?

—He evitado que te mueras envenenada —respondió él acercándole una de las botas de cuero que contenían agua.

—Pero… ¿cómo?

—Tranquila, bebe un poco y descansa… Ya habrá tiempo para responder preguntas.

—¿Cómo pudiste traicionarnos de aquella forma?

Remo no contestó. Con la otra bota de agua se limpiaba las manos de sangre. Siempre se sorprendía de lo rápido que actuaba la piedra.

—¿Qué me has hecho? Me siento como nueva.

—No tengo ganas de hablar.

—Pues creo que me debes explicaciones.

—Sí. Hablaremos, de eso puedes estar segura…, pero ahora tú me debes más que yo a ti.

—¿Has luchado?

Remo no contestó, se limitó a darle una orden.

—Despiértame cuando el sol haya salido por completo.

Durmió poco, no tuvo las pesadillas habituales sobre la guerra, la invasión de Aligua, su enamoramiento y la pérdida de Lania. Era un alivio, una gratificación de los días azarosos, de las jornadas interminables de supervivencia a las que a veces lo obligaba su oficio peligroso… Echarse a dormir devastado por el cansancio le permitía el regalo del sueño nulo. Despertar sin el pesar de revivir desgracias.

CAPÍTULO 15

Rencores y confesiones

—¡No mires! —gritaba Sala desnudándose.

—No tengo intención de mirarte. Seguro que después del veneno se te ha quedado el cuerpo escuálido y sin atractivo alguno —bromeaba él.

—¡No mires!

—No lo hago.

Le daba igual que el agua estuviese fría. Sala, desnuda, estaba deseando quitarse el barro, liberar su cuerpo de cualquier herencia cenagosa. Corrió hacia el rompeolas y se zambulló en el agua. Remo la miró entonces. Se la veía disfrutar como una niña. Parecía mentira que la noche antes estuviera a punto de morir presa de aquel veneno.

—¿No te bañas? Estás asqueroso.

—Sería mejor que nos fuésemos cuanto antes de aquí.

—Yo no voy a ninguna parte hasta que me haya deshecho de toda la porquería.

Remo tenía una conversación pendiente con ella y eso se palpaba en el ambiente. Desde que despertase, la mujer había sido cortés e incluso amable con él, y ahora parecía desear compartir un baño matutino. Pero Remo en su mirada veía rencor; más allá de su sonrisa amplia, de labios perfectos, enmarcada por hoyuelos, detrás de la belleza de aquella mujer de ojos penetrantes, se escondía un resentimiento.

—Merezco este baño. ¡Dioses!, estaba ya harta de aquellos pantanos, de las arañas…

Remo miró el horizonte, hacia el este, después al oeste y al sur. El mar. La serenidad pausada del mar, capaz de volverse locura, muerte, tormenta y miedo, capaz de destrozar corazones lejanos, anegarlos de recuerdos. ¿Miraría Lania alguna vez el mar pensando en él? Después de todos aquellos años…, ¿seguiría viva? ¿Cuál habría sido su destino?

—No mires, que voy a salir.

—Esta vez miraré —dijo Remo.

De pronto sintió que la mirada de Sala se endurecía.

—No lo dirás en serio…

Remo sonreía y acabó torciendo su cabeza hacia otro lugar.

Ella salió del agua y se quedó a su espalda.

—Ese tatuaje de la espalda Remo…, ¿eras de la Horda del Diablo…? —dijo ella sentándose detrás de él.

—Sí.

Después de secarse al sol, la mujer lavó su ropa. Con la capa de Remo, limpia y seca, se cubrió usándola a modo de toalla.

—Sala…, ¿qué pasó en la Ciénaga?

Ella ahora estaba sentada escurriendo agua de su pelo negro. A Remo le recordaba algunas ilustraciones sobre hijas de dioses que había visto en carteles de los titiriteros que visitaban su aldea cuando era niño.

—Lo de la Ciénaga fue horrible. ¿Cómo conseguiste liberarme?

—¿No te acuerdas de nada?

—Creo que desde que me envenenaron no recuerdo absolutamente nada… Remo…

—¿Qué?

La mujer parecía intentar decirle algo que la avergonzaba a juzgar por su mueca.

—Cuando me encontraste…, verás, no recuerdo con claridad.

—¿Y?

—¿En qué estado me encontraba cuando diste conmigo?

—Estabas atada, dentro de una jaula. Te habían envenenado con vainilla de maísla, ¿sabes lo que es?

—Sí, he oído hablar de eso… Y cuando me viste…

Remo la miró. Ella desvió la mirada ruborizada.

—Comprendo… Cuando yo te vi estabas perfectamente vestida, algo sucia, pero no creo que abusaran de ti —dijo Remo sin ningún matiz en su voz, como si un médico acabase de emitir su diagnóstico o un vidente comentase fríamente sus augurios.

—Gracias, Remo. Lo que sucedió en la Ciénaga para mí no tiene explicación. Quizá mis recuerdos están alterados por el veneno, pues lo que hay en mi mente no tiene sentido.

—De todas formas cuéntamelo. ¿Qué eran esas marcas que tenías?

—Las arañas, que nos picaron a placer. ¿Y dónde están ahora? —preguntó Sala repasando sus piernas con las manos—. Creía que moriríamos con aquella plaga acosándonos. Había miles. ¿Qué me diste para curarme de este modo?

—Sigue contándome tu historia.

Remo agradeció no haber encontrado esas dificultades.

—Desde que entramos en la Ciénaga, yo sentía como que nos vigilaban, que no estábamos solos. Caí en una trampa...

Sala contó todas las peripecias hasta llegar a la colina y Remo pareció no sorprenderse en absoluto. Sin embargo, algo captó el interés del guerrero.

—Llegamos a una zona en la que había un silencio absoluto. Entonces vimos a un encapuchado volando entre los árboles, saliendo de la niebla. No recuerdo con claridad..., pero creo que nos cayó una red encima. Fulón y yo pudimos librarnos pero a Menal lo atrapó de lleno. Llegaron después varios esbirros del brujo y comenzamos a luchar contra ellos. Yo cargué mi arco y le disparé una flecha a Moga. Creo que no hizo mucho efecto mi flecha. Uno de aquellos guardianes luchaba con Fulón y parecía contener sus ataques con mano diestra... Debía de ser un buen espadachín.

—Bécquer...

—¿Quién? ¿Lo conoces?

—Luché con él ayer.

—¿Lo mataste?

—Estuvo a punto de matarme a mí... —Remo se ruborizó—, digamos que escapó.

—Ese tipo tuvo contra las cuerdas a Fulón. Mientras tanto, yo disparé flechas contra Moga. Acerté al menos dos, estoy segura, pero Moga no mostraba debilidad alguna. No parecía sentir dolor. Después, Moga..., me vas a llamar loca..., se elevó al menos cinco metros sobre el suelo y se lanzó hacia Menal que estaba inmovilizado. Lo estaban apaleando los demás secuaces. Con sus manos..., con sus manos le arrancó el corazón. Yo le disparé otra flecha que fue a parar a su brazo..., no, espera no fue así. Primero le lancé la flecha que paró con su brazo... creo que había dos figuras vestidas como Moga... tengo la mente muy confusa Remo. No tengo claro qué parte va antes, si la que te digo del corazón de Menal o la de la flecha en el brazo...

—¿Estás segura de que le diste en el brazo?

—Sí.

Remo recordó que el brujo llevaba un vendaje en uno de sus brazos. No era invulnerable, no podía serlo con aquel vendaje. Sin embargo las demás flechas no parecieron herirle. Remo no estaba seguro de la veracidad del relato de la mujer después de haber sido drogada.

—Entonces gritó algo horrible, y se lanzó hacia mí. Ya no recuerdo más.

—El veneno, ¿cómo te lo inyectó?

—No estoy muy segura pero creo que me mordió.

—Eso debe de ser parte figurada, nadie podría contener veneno en los dientes y no acabar sintiendo sus efectos…, las alucinaciones como lo del corazón de Menal son típicas del veneno.

Remo se acercó a ella en cuclillas y le retiró el pelo buscando cicatrices pero, al igual que las picaduras de araña, si antes habían existido, ahora habían desaparecido por el efecto de la piedra. Normalmente la piedra no eliminaba rápidamente algunas cicatrices; sin embargo la suya de la espada había desaparecido. El cuello de Sala lucía una piel acaramelada sin matices.

—¿Por qué nos traicionaste en la taberna? —preguntó de repente Sala.

—No traicioné a nadie. No trabajábamos juntos. No éramos un grupo…

—Hay ciertas normas, ciertas cosas que hay que respetar… De repente saliste corriendo para alcanzar el objetivo antes que los demás.

—Eso lo dice una mercenaria, una asesina que dispara flechas en la oscuridad, que participa en conspiraciones…

—Pues sí…

—No me puedes dar ninguna lección de moral. ¿Avisas a tus víctimas cuando les vas a lanzar una flecha para darles la oportunidad de escapar?

—Remo, quizá si tú hubieses estado con nosotros, Menal y Fulón seguirían vivos. Llevas la espada de Fulón… ¿Cómo la conseguiste?

—Quedé desarmado y, al entrar en la guarida de Moga la encontré en un baúl. Pensé que habíais muerto todos, porque también estaba tu arco y un carcaj con flechas.

—Si hubieses venido con nosotros… El dinero no lo es todo en este mundo Remo.

Remo no contestó a eso.

—Quiero que me hables de otra cosa… —dijo cambiando el tono y la conversación.

—¡Maldita sea, Remo! ¿No te sientes mal?

—No. Nunca me siento mal por mis decisiones. Necesito saber más cosas.

—Ya te lo he contado todo. ¿Qué más quieres saber? Si no fuera porque me has salvado la vida, porque odio la idea de volver sola después de todo lo que ha pasado, te juro por los dioses que me largaría. Tengo muy mala opinión de ti, Remo.

—No es necesario que tengas buena opinión de mí, lo único que necesito de ti es que no me retrases. Dime, ¿cómo fue que te contrataron para matar al brujo?

—¿Qué importa eso?

—Importa.

—No te diré nada.

—Te he salvado la vida.

Sala lo miró presa del chantaje emocional.

—¿Qué significa eso? ¿Ahora te pertenezco? Remo, te agradezco lo que hiciste; sin embargo, es lo justo después de tu traición inicial… Así que no te debo nada.

—No son dos cosas equiparables… Lo primero fue anecdótico y lo segundo ha sido fundamental. No finjas otra cosa…, sabes que estás en deuda conmigo.

Sala miró al cielo indignada, como buscando amparo divino.

—¿Qué quieres saber?

—Cómo y quién te contrató.

—Me contrató un amigo. Suele ser quien me busca los trabajos gordos, los encargos en la capital. Una flecha en la noche de punta de plata… Cosas así…, venganzas aristocráticas. A veces me piden incluso que prenda un pañuelo con una inscripción en la flecha… La gente de la corte es muy exquisita. Últimamente no hay muchos trabajos de esos, Remo.

Remo sintió que algo hervía más allá de las revelaciones de Sala. Algo que sospechaba era de vital importancia.

Bécquer le había asegurado que era el rey en persona a quien servían.

—Dime más, Sala, dime para quién trabajaba tu contacto, para quién era ese encargo.

—Él nunca me revela esos detalles —respondió ella en una primera instancia; después se echó a reír.

—¿De qué te ríes?

—Verás, mi amigo…, bueno, él consigue ciertos trabajos porque conoce los trapos sucios de la corte. En esta ocasión consiguió el encargo porque un pez gordo del ejército perdió con él una partida de dados.

—Un alto cargo del ejército de Vestigia. ¿Quién?

—El mismísimo general Selprum Omer.

Remo palideció.

—¿Qué? Parece como si hubieses visto a un fantasma.

—¿Estás segura de eso?

—Sí.

Remo se puso en pie desorientado, como ausente, como si sus pensamientos se hubiesen esfumado y fuese un muñeco. Sin importarle en absoluto que Sala estuviese presente se quitó la ropa. Y después se fue hacia la orilla del mar.

—¿Qué te pasa, Remo?, ¿qué he dicho? —preguntaba Sala siguiéndolo como para reparar cualquiera que fuese el error cometido, azorada por la actitud del guerrero.

Sala lo miraba esquivando su desnudez. Cuando contempló los ojos de Remo, se apartó de él dejándole espacio.

Y es que en sus ojos había visto una determinación tan horrible, una desolación tan atroz, que su propia voluntad se había visto afectada, su humor robado por la fría y terrible llanura que habitaba las pupilas del hombre que le había salvado la vida. Sala lo miró zambullirse en el agua, lo vio alejarse a brazadas lentas. Nerviosa, se vistió y lavó la ropa de Remo mientras él nadaba. Cuando regresó, Sala estaba dispuesta a hacerle una broma, intentando recuperar el buen clima, pero abandonó su propósito al volver a encontrar en sus ojos aquella lapidaria expresión de destrozo, de abandono. ¿Había llorado? No podría asegurarlo porque con el agua las posibles lágrimas estaban disimuladas y la pequeña rojez de sus ojos podía deberse al salitre. Remo se volvió a sentar al sol en silencio, mirando el último trecho de mar del horizonte.

—Tu ropa está seca —susurró Sala al cabo de un rato, en el que el hombre no hizo el menor movimiento. Parecía la estatua de un guerrero.

Remo se vistió. Su mirada parecía haber recuperado su ferocidad habitual; sin embargo, algo le aconsejaba a Sala no preguntarle por aquella historia que subyacía en su otra mueca.

—¿Qué vamos a hacer?

Sala no esperaba respuesta y, sin embargo, Remo habló por fin.

—Primero iremos a la aldea más próxima. Necesito comprar otra espada.

CAPÍTULO 16
La batalla del Ojo de la Serpiente

La batalla más famosa y cruenta que daría por finalizada la Gran Guerra aconteció en el valle conocido como el Ojo de la Serpiente. En el centro de la cordillera sinuosa, en mitad de «la Serpiente», como un milagro, oculto entre montañas, el valle era una explanada gigantesca de verdor sin par, lugar de acceso tortuoso, escondite de dioses; un lugar que confundía a los geógrafos antiguos cuando atravesaban la cordillera, pensando que habían alcanzado el fin del mundo, que era el paraíso de los dioses.

Aquel día, una brisa acariciaba la hierba. Los ejércitos apostados en el valle estaban a punto de iniciar una batalla que daría como resultado un horror absurdo. Sin victorias, sin gloria. Si a los implicados en aquella batalla les hubiesen adelantado el final, seguramente habrían retirado sus huestes. Días había costado movilizar a las tropas hasta esa zona neutral entre Vestigia y Nuralia, atravesando el Paso de los Dragones.

Aquella brisa repasaba nerviosa la distancia entre los dos ejércitos; hacía bailar pendones amarillos con una «V» roja como una herida sobre un fondo azul: eran los distintivos de Vestigia; negros estandartes con una «N» amenazante apenas sí se divisaban a lo lejos, en el otro lado del valle: los nurales, hombres rudos del norte, extendían sus tropas por todo el horizonte en aquel valle y parecía no tener fin aquel ejército.

El rey volvía de parlamentar en el centro de la llanura, sobre las ruinas de un templo a la diosa Okarín, señora del agua y de lo bello. Mandó ordenar sus tropas. No había surtido efecto una negociación imposible desde hacía tiempo. Los señores querían medir sus fuerzas. Tendón, el rey de Vestigia, tenía el presentimiento de que acontecería un buen final para aquel despropósito y no dio opciones al rey Deterión para poder llegar a algún acuerdo. Necesitaba comprobar si su ejército podría con los feroces nurales a campo abierto después de años de guerra. Nuralia era una nación más poblada, bastante más extensa que Vestigia, sin embargo, las tierras del norte no podían competir con Vestigia en virtudes. Vestigia se beneficiaba de temperaturas más sosegadas, de una orografía menos montañosa y más amable. Decían los antiguos que los nurales y los vestigianos se odiaron desde el primer momento en que se descubrieron unos a otros. Lo cierto es que la guerra que les comprometía en aquellos tiempos había sido más producto del ego del rey Tendón que de las tensiones reales entre los reinos.

A la Horda, como Tercera División, se le adjudicó una primera línea de ataque central junto a la Cuarta División. Las órdenes les llegaron en boca del general Rosellón.

—Arkane, vamos a primera línea…

Así el capitán Arkane informó a sus caballeros de que debían adelantarse. Remo miraba el valle hermoso mientras caminaba hacia el centro. Las montañas que rodeaban aquel claro parecían vigías dormidos que en cualquier momento despertarían para aplastarles.

Al otro extremo del valle, los nurales, que no parecían decidirse por la estrategia a seguir, formaron al fin y avanzaron varios destacamentos de sus tropas de a pie. Remo contemplaba con admiración cómo inundaban la distancia que les separaba con hombres armados de paso idéntico. Los nurales emitían un grito cada diez pasos. Remo notaba como se aproximaban por un temblorcillo en la tierra que provocaban al caminar todos a la vez. Sus gritos sincronizados no enviaban mensaje, pero se deducía que tenían un adiestramiento severo.

Viendo la formación que habían avanzado los nurales, el general Rosellón, después de hablar con el general de la Cuarta División, propuso la estrategia de ataque a sus capitanes.

—Haremos una flecha con los lanceros y las demás compañías vendrán detrás.

Esa era la estrategia de ataque: la flecha. El general se había hecho famoso por aquella forma peculiar de atacar el frente enemigo en un punto, para dividirlos, e intentar poder penetrar hasta las filas traseras.

—¡Quiero un punta de flecha! —gritó Rosellón a todos los hombres.

Era un privilegio ser punta de flecha y, en una batalla como aquella, también un suicidio. Consistía en ser el primero en la formación, el hombre que constituía la punta afilada de la flecha… Remo no recordaba a un punta de flecha que hubiera sobrevivido. En ese momento, después de ver el despliegue impresionante de los nurales, no parecía haber muchos voluntarios para el puesto. El capitán de los lanceros designó a un hombre al azar. El tipo asintió resignado. Los demás compañeros gritaron intentando contagiarle de entusiasmo, pero el hombre se veía mirando al cielo, sabiendo que su última hora había sido decidida.

El caballero Terenio era conocido por todos por sus historietas. Se pasaba noches enteras hablando de su pueblo, de su granja…, de su familia. Algunos de sus amigos lo abrazaron a modo de despedida y él no dejaba de encomendarles tareas. Cuidad de mi esposa y mis hijos…, cosas así.

Entonces el capitán Arkane se acercó a los lanceros de la Horda.

—¡A mí una lanza! —gritó el capitán Arkane.

Uno de los lanceros le tendió una.

—¡Yo seré la punta de flecha! —gritó subiéndose a un peñasco para poder hablar a los hombres.

Terenio, que había sido escogido miró extrañado.

—Señor, es mi cometido…

—Tiempo tendrás de morir en la batalla, no te impacientes —le replicó Arkane mirando al capitán de los lanceros, como pidiéndole permiso para remplazar a su hombre. El capitán Fumel asintió.

—¡A mí la gloria…! —comenzó a decir Arkane para todos los soldados de la Horda del Diablo—. Esos que veis allí, los nurales, no son hombres, son la excusa que nos han ofrecido los dioses para ir a visitarles al paraíso. Después de cruzar esas líneas, solo algunos de vosotros tendréis la mala suerte de seguir aquí. Los demás estaremos nadando en lagos cristalinos o volando sobre bosques. Viajaremos hasta bañarnos en las aguas cristalinas del paraíso. Creedme si os digo que los cobardes, los que no se implican en el ataque en cuerpo y alma, esos no mueren, esos quedan lisiados. Yo os ofrezco la gloria. ¿Os he mentido alguna vez?

—¡No! —tronó la Horda del Diablo al completo. Todas las divisiones prestaban atención al capitán Arkane. Rosellón sonreía satisfecho.

—¡Os convoco, Dioses! ¡Llevadme a mí y a mis hombres hoy mismo al paraíso! ¡Repetid todos!

—¡TODO POR LOS DIOSES, NUESTRO REY Y NUESTRA GLORIA!

De pronto Remo veía a muchos secundar a Arkane y adelantar filas. El capitán sabía cómo encender los corazones.

—¡Otra vez!

—¡TODO POR LOS DIOSES, NUESTRO REY Y NUESTRA GLORIA!

Ese era el lema de la Horda del Diablo.

Arkane, antes de lanzarse hacia el enemigo, miró a Remo, sí, de entre todos los hombres, soldados, caballeros y maestres, lo miró a él. No dijo nada, estaba en silencio, simplemente mirándolo con una convicción intensa en el rostro. Remo asintió como para hacerle entender que había captado el mensaje oculto en su mirada, un mensaje que Remo devolvía en forma de admiración y orgullo porque después de tantos años, en ese campo de batalla, de entre todos sus hombres, Arkane parecía depositar en él su confianza. Arkane asintió también y giró su rostro hacia el enemigo muy despacio. Respiró hondo. Apretó la lanza en su mano y se precipitó hacia las huestes nurales que ya corrían por el campo acercándose prodigiosamente.

La flecha de Rosellón; la flecha de la Horda del Diablo, trotaba por los prados a favor de una pendiente suave, en perfecta armonía, acercándose más y más a la línea enemiga. Penetró hasta muy adentro en las filas nurales. El coraje de los que allí lucharon hizo posible llegar hasta las últimas secciones del ejército nural.

Arkane hizo volar sus cuchillos delante de él, lanza en ristre, cuando ya estuvo cerca de los enemigos. Mató a muchos de los que esperaban su llegada con lanzas. La flecha entraba en las filas enemigas con bastante facilidad, lo que le hizo pensar a Remo que tal vez su capitán había sobrevivido al primer choque que solía ser fatídico para un punta de flecha.

Remo no tuvo tiempo de pensar mucho. Cuando corría, en la parte izquierda de la flecha, bastante más atrás de las posiciones de choque, todo era confusión. Mandobles hacia un lado y otro. Choques, golpes en el casco, en el escudo, venidos de lugares invisibles, griterío ensordecedor y un olor a sangre que comenzaba a llegar a la nariz antes de que el rojo comenzara a teñir el verde del campo. Remo no tenía tiempo de mirar el puño de su espada. Mataba rápido, sin poder detenerse lo suficiente como para dejar trabajar a la piedra. Los enemigos no cesaban en su empuje y cada vez costaba más trabajo avanzar. El suelo comenzó a temblar y suponía Remo que las caballerías habían saltado también al campo de batalla. Así, con el suelo temblando y un fragor metálico, la confusión aumentaba.

Remo sentía cansancio en los brazos de tanto asestar espadazos. Todo estaba muy embarullado y no tenía certeza de estar acertando a sus enemigos en la mayoría de sus intentos de ataque. Mientras dos compañeros lo cubrían, tomó un poco de aliento y miró la empuñadura. Estaba prácticamente roja en su totalidad. Muchas muertes habían saciado a la joya sin que él se diera cuenta. Cansado por la carrera y los empujones, por el caos, asediada su posición por enemigos que cada vez parecían más feroces, escuchando el quejido de sus compañeros, no dudó en usar el poder de la joya... Quizá debiera de haber esperado...

Remo recibió la carga de energía. Sus ojos se enrojecieron tras el yelmo. Sus músculos se hincharon y el peso de su armadura y de su espada de pronto desapareció de su cuerpo.

—¡Por los Dioses! —gritó enloquecido, como recién llegado a la batalla, asustando a los que estaban a su lado.

Dio rienda suelta a toda su bestialidad. Saltó hacia delante y rebasó a los dos que lo protegían. Mandoble aquí, mandoble allá, abrió hueco dejando caer al suelo cabezas y brazos enemigos. Cuerpos que, derrotados en el campo de batalla, poseían una expresión de terror y sorpresa viendo venir a esa espada destrozando hombres. No conocía la fatiga. Podía ir más rápido, podía transformar su espada en relámpago. Golpeaba hasta tres y cuatro veces donde un guerrero no podía más que dar un sablazo. Los desmembraba con tanta facilidad como si estuviesen hechos de mantequilla. Remo abría hueco, lo exigía con tal velocidad que pronto lo detectó un grupo de hacheros nurales, que fueron a tratar de pararle. Un gigantón dirigió su hacha a la cabeza de Remo y este sostuvo su embestida con la espada, como si no fuese un hacha de guerra y se hubiese transformado en un juguete de madera para un crío belicoso. Remo saltó prodigiosamente ante su enemigo elevando su espada y la descendió con tal fuerza, que partió la cabeza de su adversario en dos. Después cogió el hacha del guerrero y la lanzó por los aires hacia otro al que acertó en el pecho, haciéndole caer varios metros de distancia chocando contra otros combatientes.

—¡Remo, aquí! —suplicaban algunos compañeros. Él se había desviado horizontalmente, alejándose un poco de la flecha y lo reclamaban desde posiciones más avanzadas donde los nurales comenzaban a destrozar la formación causando estragos.

Acudió Remo al auxilio de sus compañeros. Encontró muchos cadáveres con cuchillos por todos lados y sonrió ante la posibilidad de que fuesen víctimas de su capitán. Remo entendió el auxilio: eran los temibles destructores nurales. Sus armaduras impenetrables parecían inexpugnables y sus lanzas aserradas infundían pavor en la parte izquierda de la flecha. Esa fuerza era de la retaguardia nural, lo que demostraba que estaban consiguiendo su objetivo de atravesar el frente.

—¡Aquí, Remo! —gritó su amigo Lorkun, que parecía herido en una pierna por causa de las lanzas.

Los lanceros de la Horda se replegaban y los cuchilleros nada podían hacer contra los destructores. Lorkun restrocedía lanzando cuchillos a los pocos huecos que tenían las armaduras enemigas y deteniendo el avance de los destructores por poco tiempo. Remo entró en el hueco que se estaba formando a causa del empuje de los destructores y se puso a tiro para que lo envistiera uno de aquellos enmascarados con la lanza. Clavó su espada en el suelo y cogió a gran velocidad la pértiga con la que lo atacaban. Levantó por los aires al lancero, armadura y escudo incluidos, y lo arrojó contra sus compañeros. La fuerza de Remo parecía no conocer límite. Partió en dos el arma enemiga. Con la espada saltó hacia delante y asestó una terrible estocada que hizo caer el escudo que la soportó. Cortó hasta tres cabezas haciendo tajos rápidos. Después asestó un sablazo vertical a otro destructor en el casco. El casco se partió, pero no fue lo único destruido. La espada de Remo se destrozó en muchas partes. El hombre murió por el golpetazo en la cabeza, pese a no mostrar herida sangrante. Remo, desarmado, aún parecía poder desafiar a los destructores que, de repente, le dejaban espacio y no lo atacaban.

Un haz de flechas cayó entonces desde los cielos. Remo sitió la picadura cortante. Rápidamente extrajo una flecha que le había aguijoneado la pierna derecha y otra que se le había clavado en el lateral derecho de su peto. Tenía confianza en que la energía de la piedra aún no lo hubiera abandonado. Buscó un escudo pues imaginaba que lloverían más flechas. Usó uno nural y se cubrió de otras acometidas. Entonces un grupo de varios caballos arrasó la zona aplastándolos a todos. Cabalgaban tan juntos que los animales no podían esquivarlos por más que su noble corazón quisiese evitar proferir pisadas a seres vivos. Remo soportó las pisadas de los corceles gracias a su añadido de energía. Encorajinado, se levantó y comprobó que las flechas eran de Vestigia… Supuso que el rey no quería perder la brecha abierta aunque tuviese que sacrificar a algunos hombres… En aquel momento odió a su rey.

Surtió efecto, desde luego, pues muchos destructores habían sucumbido a las flechas, pese a su armadura ostentosa.

—¡Remo! —gritó a su espalda Lorkun.

Giró sobre sus pasos con la empuñadura en las manos y fue adonde estaba Lorkun, mientras varias lanzas trataban de alcanzarlo. Una le acertó en la pierna, pero no consiguió más que hacerle un rasguño.

—Es Arkane…

Acompañó a Lorkun entre las filas y llegó al corazón de la que antes fuese punta de flecha de la Horda, transformada ahora en una batalla sin dibujo, un todos contra todos, donde la caballería de Vestigia y la de los nurales intentaban decantar la balanza hacia uno de los ejércitos. Muchos de sus compañeros defendían el cuerpo de Arkane. El capitán estaba tirado en el suelo.

—¡Capitán!

—Remo…, amigo mío…

—Mi señor… —Remo buscaba en su cuerpo lugares donde su capitán no estuviese herido, pues era todo un recital de cortes.

—Remo, antes de morir, quiero… aaghhh, Remo, tú serás el capitán de los cuchilleros, ¡Remo y su espada por la gloria de Vestigia…, capitán de la Horda del Diablo!

Remo miró la empuñadura de su espada rota, esperanzado ante la idea de tener con qué salvar a su capitán…, pero la piedra estaba negra, no contenía energía.

Recordó cómo la había vuelto a mirar luchando contra los destructores.

—Aguanta, Arkane, volveré enseguida.

Remo corrió de nuevo al frente tomando la primera arma que encontró tirada en el suelo aglomerado de muerte. Muerte necesitaba Remo para evitar la de Arkane. Sentía fatiga al esquivar a sus propios compañeros, dolores inesperados, tratando de ponerse en primera línea de combate. Comprendía que había perdido ya prácticamente todo el efecto de la energía prestada por la piedra. Allí se plantó delante de un destacamento de hombres encorajinados, a punto de chocar contra los destructores nurales. Fue una masacre.

Remo se hizo con un escudo y una lanza, y embistió contra los enemigos. Sólo necesitaba cargar la piedra con una vida... pero la suerte lo abandonó. Los destructores atacaron en formación de a cuatro con los escudos unidos y las lanzas de los vestigianos poco pudieron hacer. Remo recibió una cuchillada de una de las bayonetas en el hombro y otra en una pierna. De pronto, el cansancio y el dolor le robaban el aliento. Sus compañeros caían a su lado y un destructor le golpeó la cabeza con el escudo tan violentamente que le hizo perder el conocimiento.

Cuando despertó sentía que moría. Andaba revuelto con otros cuerpos moribundos, mutilados... Se le ocurrió que podría cargar la piedra y así lo intentó con un par de heridos que yacían junto a él. Se levantó sangrando, con la piedra criando una lucecita tenue esperanzadora. Tenía alojada una flecha cerca del corazón. Miró a su alrededor, comprobó que habían caído muchas. Seguramente la flecha aterrizó en su pecho cuando estaba desvanecido. Cojeando, al borde de volver a la inconsciencia, intentaba regresar junto a su capitán. Todo a su alrededor eran cadáveres, las peleas se habían reducido, la batalla parecía cercana a su final. Algunos soldados pasaban junto a él corriendo hacia los frentes en auxilio de amigos, sin orden.

—¿Y Arkane?

—Hacia allí.

Veía a un grupo de soldados de Vestigia en corrillo, probablemente contemplando a su capitán agonizante. Tenía que llegar, debía salvarlo. Arkane siempre lo había protegido. Nadie más que él merecía vivir.

—¡Mirad, Remo sigue vivo!

Varios de los soldados fueron a ayudarlo.

—¡Llevadme junto al capitán!

Así lo hicieron. Remo empuñaba con vehemencia lo que quedaba de su espada, preparado para usar su poder con el capitán.

—Arkane murió hace rato ya, Remo… Nada se puede hacer por él —le dijo uno de los soldados.

—¡Noooo! —gritó Remo—. ¡Quitaos de en medio!

—¡Haced caso al capitán! —dijo alguien a quien Remo miró con odio pues no deseaba el encargo, no deseaba suceder a Arkane como capitán, no deseaba su muerte.

Remo se arrodilló junto al cadáver de Arkane. No perdía nada por intentarlo. Puso la empuñadura sobre el cuerpo y rezó a los dioses para que tomase su energía. Pero nada varió el semblante mortecino de Arkane. Remo no estaba dispuesto a abandonar. Recogió su cuerpo y lo levantó un poco para que pudiese mirar cara a cara a la piedra. Tampoco consiguió nada. Remo llegó incluso a golpearle el pecho con la empuñadura ante la mirada extrañada de sus compañeros. Le abrió los ojos para que mirase con sus pupilas vacías…

—Capitán…, nada se puede hacer por Arkane.

—No me llaméis capitán… El único capitán está aquí, muerto.

En ese momento llegó Selprum. Había conseguido un caballo y desmontó para saber qué ocurría.

—¿No conocéis la orden? El rey hace rato que ordenó retirada, así que dejad lo que estéis haciendo y volved a reagruparos con los demás. Creo que la batalla se ha acabado. Ha sido una victoria asumida con estandartes… Habrá paz entre nurales y vestigianos… ¿a quién veláis?

—Es el capitán Arkane —dijo uno de los Caballeros de la Horda emocionado como los demás.

—Fue muy valiente al colocarse en primera fila…, pero imprudente. Al final esta batalla no ha servido para nada —comentó Selprum.

Cabizbajos, los soldados miraban el cadáver del capitán, que Remo sostenía en sus brazos.

—Id a formar con los demás y llevaos el cadáver de Arkane —ordenó Selprum.

—Maestre…, con el debido respeto, será el capitán Remo quien decida eso.

—¿Qué?

—Arkane, antes de morir, nombró capitán a Remo.

—¿Es eso cierto, Remo?

Remo se levantó portando el cadáver de Arkane. Estaba llorando. No dijo nada. Ni tan siquiera cruzó su mirada con la de Selprum. Como si su fastuosa llegada a caballo jamás se hubiese producido. Con paso lento, comenzó su camino hacia el punto de encuentro. Lorkun y los demás lo acompañaron silenciosos, venerando el cadáver que portaba Remo. No todos; Selprum, guiado por la cólera, montó en el caballo y se marchó sin secundar el duelo.

Cabalgó hacia la retaguardia hasta que contempló los estandartes de su general apostados cerca del templo de la diosa Okarín. Así que dirigió su corcel hacia allá. Le urgía hablar con Rosellón. ¿No lamentaba la muerte de Arkane? Selprum se decía a sí mismo que era una pena perder a un guerrero maestro de maestros, un hombre al que había servido durante años, que merecía el mayor de los respetos…, pero no podía obviarse que desde el momento en que había conocido la intención de Arkane de ser punta de flecha, Selprum había acometido la batalla con la sensación de que su hora había llegado, de que después de tantos años contemplando el favor de Arkane por otros hombres como Remo…, la hora en que tendría lugar la sucesión del capitán estaba cercana.

Encontró a Rosellón admirando la única estatua que permanecía en pie en las ruinas del templo. Rosellón, el general más admirado del ejército de Vestigia, parecía no haberse inmutado por el resultado de la batalla. Con su armadura de gala, reluciente, su imagen no distaba mucho de la de cualquier día en que tenía que vestir para un desfile militar.

—Mi general, Arkane ha muerto… Pero antes de morir ha nombrado a Remo como su sucesor…

Rosellón miró los ojos codiciosos de Selprum. Le hizo un gesto con la mano, a modo de espera, mientras varios hombre cruzaban la estancia retirando los cadáveres de algunos cobardes que trataron de eludir la batalla entrando en el templo. Contemplando lo que quedaba de la bella estatua de la diosa, Rosellón dijo:

—No te preocupes Selprum, tengo planes para ti.

—Pero señor, nuestra tradición, la Ley convierte a Remo en capitán de los cuchilleros…

—¿Cuántos hombres fueron testigos?

—Al menos diez hombres…

—¿Qué son diez hombres, Selprum? ¿Quién es el que dirige los designios de la Horda del Diablo?

Rosellón trataba su problema con tanta simpleza que Selprum comenzó a confiar en que no había visto pasar de largo la oportunidad de su vida. De pronto al general no parecía afectarle lo más mínimo el hecho de que Arkane hubiese nombrado delante de testigos a su sucesor.

—Pero la Ley…

—Selprum, mi buen amigo, ahora es tiempo de llorar los muertos y planear la paz… No andes preocupado por banalidades. Tu destino está escrito y no respetará una ley absurda. Tú serás el sucesor de Arkane, porque has de ser uno de los cinco capitanes para poder aspirar a mi puesto. Tu futuro está y ha estado decidido mucho antes de esta batalla; antes de que Arkane nombrase a Remo maestre. Yo fundé esta orden militar hace muchos años. ¿Crees que el esfuerzo de toda mi vida dejaré que escape a mi control? Nadie más que tú me ofrecerá suficiente lealtad en mi retiro. Remo es como Arkane, seducido por valores inexistentes e inservibles, glorias transparentes, caminos de muerte. La batalla de hoy es un claro ejemplo de ello. El orgullo de un rey cuesta muchas vidas. Hay paz sin victoria. Paz y héroes muertos. Una guerra que se salda con un empate no es una guerra, es una maldición. ¿De qué sirve el valor y la lealtad demostrada si esto acaba como antes de empezar? Yo te ofrezco el camino de la vida.

CAPÍTULO 17

Sospechas en la noche

La noche se cerraba en la Ciénaga Nublada cuando las antorchas se detuvieron. Las vaharadas de humo con la luz de los fuegos daban un aspecto terrorífico al enorme cadáver del mugrón. Los cuernos amenazadores, la cara retorcida por la agonía, sus brazos enormes con los dedos retorcidos…

—Acercad la luz —ordenó Moga, subiendo a la barriga enorme.

Alumbraron el pecho pudiendo contemplar la terrible herida provocada por la espada. En el cuello sobresalía la hoja rota de la espada de Remo, ahora ennegrecida por la noche y la sangre seca. La carne del mugrón en todo el cuerpo tenía manchas blanquecinas probablemente debido al caldeo al que había estado sometida todo ese tiempo en un lecho de aguas calientes.

—Sacad la espada.

Mucho esfuerzo tuvieron que emplear para complacer al brujo. Moga pudo examinar el trozo quebrado de la espada después de que sus hombres consiguieran abrirse paso usando hachas en las entrañas pestilentes del gigante muerto. En ese momento Bécquer llegó a las aguas termales. Las antorchas se removieron dejándolo pasar.

—Ese Remo mató al mugrón... Fue antes de que saqueara mi guarida y se llevase a la mujer. Antes de que tú lo encontrases. La peste que emana el cadáver y su estado de descomposición así lo atestiguan... Las aguas están cociéndolo a fuego lento —decía Moga que nada más ver a Bécquer parecía buscar en su mirada el amparo de soluciones.

—Estoy seguro de que no andará muy lejos. No comprendo cómo pudo sobrevivir después de nuestro combate...; tuve que ir yo mismo para asegurarme de que mis hombres no mentían cuando dijeron que había sobrevivido. Lo atravesé con mi espada..., debe de estar moribundo, no debe preocuparlo.

—Hay algo extraño en ese hombre, Bécquer... Primero lo que contaron los hombres de Pozo de Luna, su fuga de la celda; ahora da muerte a un mugrón y sobrevive a una herida mortal... Búscale, búscale y acaba con él. Asegúrate de que lo matas, descuartízalo si es necesario hasta que estés seguro de que es un cadáver. Si anda por ahí herido, no será difícil. La chica seguro estará ya muerta, la vainilla es fulminante.

—Es buen espadachín, pero terco y confiado. Iniciaré de inmediato su búsqueda. No debe de andar muy lejos, estoy seguro de que está moribundo.

Bécquer abandonó el vapor de la poza del mugrón y junto a seis hombres se dirigió al sur. Suponía que Remo, malherido, buscaría ayuda en algún pueblo cercano. La ventaja que le llevaba no debía de ser suficiente, teniendo en cuenta que estaba herido de muerte. Si en algo estimaba a Remo, más allá de su combate, era en la capacidad de supervivencia que había demostrado. Sabía que Moga veía algo sobrenatural en aquellos acontecimientos y perseguía a un enemigo con capacidades oscuras, parecidas a las que tenía él. El miedo de los poderosos siempre toma forma en fantasías sobre gente semejante. Moga pensaba que Remo tenía dones sobrenaturales. Bécquer estaba seguro de que no era así. Recio, noble, incluso temerario, fuerte y seguro de sí mismo…, esas cualidades eran las que podría mencionar él, pero nada extraordinario ni sobrenatural. Bécquer había matado decenas de hombres de similares características en la guerra y pensaba rematar a este, al que parecía dársele muy bien fingirse muerto. Se aseguraría de no dejarlo con vida esta vez.

CAPÍTULO 18
La espada de Fulón

La lluvia los obligó a compartir capa, pues de los cielos arreciaban cortinas de agua espoleadas por el viento, torrenciales, mientras se acercaban a la aldea de Potones. Aparecieron las primeras casonas de las afueras, donde la lluvia rebotaba sonoramente. Caminaban zarandeados por rachas de tormenta que espolvoreaban el agua sin que la capa pudiera protegerlos. Había puestos ambulantes de aparejos de pesca y venta de compotas a lo largo de todo el camino, ahora convertido en un barrizal burbujeante. Los tenderos protegían con toldos las mercancías. Parecían acostumbrados a temporales como aquel. Remo imaginaba que eran marineros, para los que cualquier situación venida del cielo, en tierra no dejaba de ser una bendición de los dioses, sin posible equiparación con los infiernos marinos de las tormentas en alta mar.

Remo sujetaba la capa con sus brazos y Sala se acurrucaba junto a él.

—Parece que no nos libraremos del barro y los charcos. Este tiempo no es normal aquí en estas fechas, se supone que debería de hacer calor y haber mucho sol que dore la piel.

Remo sonrió. Sala no paraba de quejarse sobre todas las cosas. Era su forma de no permanecer silenciosa. El ceño fruncido de Remo debía de angustiarla en su hermetismo.

—¿Qué vamos a hacer en ese pueblo?

—Necesito una espada y un herrero.

—Tienes la espada de Fulón…

—No me sirve, es demasiado grande, torpe, nada ágil.

El suelo de la calle principal de Potones estaba empedrado, lo que sorprendió a Sala, recordándole las avenidas de la capital, Venteria, su adorado hogar.

—Este pueblo no está tan mal…

—No te dejes engañar por cuatro piedras pulidas en el suelo… Busca una herrería.

Pese a la lluvia, en la plaza principal del pueblo había actividad. Los puestos de pescado y los carros de suministros colmaban un trasiego abundante en la tarde lluviosa. Por fin encontraron una armería.

—Buenas tardes…, ¿hay alguien? —dijo Sala inquieta, mientras sacudía su pelo de agua. Remo colgó la capa húmeda sobre una percha improvisada.

Un hombre gigantesco, de bigote prominente, apareció por una puerta minúscula, teniendo que agacharse para poder atravesarla. En la estancia, Remo repasaba las espadas que el vendedor tenía en las paredes. Había buen género.

—¿En qué les puedo ayudar?

—Queremos… —de pronto Sala se dio cuenta de que no tenía dinero. Los hombres de Moga le habían quitado todas sus pertenencias—. Remo…

—Quiero vender esta espada —dijo Remo con parsimonia, dejando la enorme espada de Fulón sobre el mostrador. No había tenido tiempo de limpiarla. Simplemente se aseguró de que no había rastros de sangre. La funda para colocarla en la espalda estaba sucia, pero de lejos se veía que era un arma formidable. El armero lo exteriorizó con su rostro codicioso, donde algunos destellos emanados de los remaches cromados del pomo y la carcasa del arma se paseaban acariciando sus facciones cada vez que se inclinaba para mirar de cerca la espada.

—¿Vas a vender la espada? —preguntó Sala incrédula, que no había sospechado la intención de Remo—. ¡De eso nada!

Sala agarró a «Silba» y cargó con ella a duras penas. Después salió de la armería como pudo.

—¿Dónde crees que vas? —preguntó Remo con agresividad cuando volvieron a la plaza.

—¡No vas a vender esta espada!

Sala parecía muy firme al respecto.

—¿Por qué?

La pregunta era tan sencilla que Sala tardó en responderla.

—Pues…, porque…, ¡porque no!

—Dame la espada si no tienes una explicación mejor. Necesitamos dinero.

Eso era verdad. Sala sentía que estaba pisoteando el cadáver de Fulón. Sentía que, de alguna forma, si conservaba su espada, este hecho pudiese hacer homenaje al difunto.

—Es una buena espada… ¿Por qué vender una espada tan buena? —preguntaba la mujer tratando en su mirada de alcanzar la sensibilidad del hombre.

—No sirve para nada. Es demasiado grande.

—Que tú no la sepas manejar no implica que tengas que venderla… A Fulón le servía.

—Fulón murió por culpa de su ego. Esta espada es demasiado grande para cualquiera. Fulón fue estúpido al luchar contra Bécquer con ella. Era un fanfarrón y lo pagó con la muerte.

Sala tiró la espada al suelo y se fue contra Remo, presa de un instinto asesino, como si Remo la acabase de insultar. Con velocidad le asestó dos bofetadas.

—¡Me da igual que me salvases la vida…! Por tu culpa murió Fulón, no por su espada. Si no nos hubieses traicionado…, si hubieses estado allí…

—Eso es una estupidez. Pero no vender su espada es una estupidez mayor.

Sala volvió a abofetear a Remo, que parecía insensible al dolor.

—¡Fulón era mucho mejor persona que tú!

—¿Lo amabas? —preguntó directamente Remo. Sala se puso colorada—. ¿Es por eso que no quieres vender su espada?

—¿Por qué me preguntas eso? Simplemente pretendo defender algo que creo es justo. No me parece bien que…

—Si la razón por la que no quieres vender su espada es porque era buena persona, es que eres igual de estúpida que lo era él. Si es porque lo amabas, me callaré dejando que te quedes con la maldita espada. Aunque piénsatelo bien. Cada vez que la mires verás su muerte y serás responsable de todas y cada una de las calamidades que suframos por falta de dinero. ¿Lo amabas? Piensa bien la maldita respuesta…

La lluvia caía en la cara de Sala y resbalaba por sus cejas arqueadas hacia su naricita. Su blusa se estaba empapando. Su piel canela relucía con el barniz de agua. Se mordía un labio mostrando desesperación.

—No lo sé…, Remo, creo que… —Sala cayó de rodillas al suelo, agarrando la espada con los brazos. Con la vista perdida en el empedrado susurraba—, creo que me siento culpable por su muerte… Me tortura la idea de que con una flecha podría haberlo ayudado…, pero jamás pensé que ese hombre lo mataría… Te mentí, no me desmayé en ese momento. Pude ver perfectamente cómo ese Bécquer lo mataba. Pensé que Fulón, con ese porte que tenía, esa habilidad, la gran espada…, yo debería haber lanzado una flecha a ese espadachín. Tuve la oportunidad de hacerlo, pero jamás pensé que Fulón iba a perder su lance. Yo estaba embobada con cada movimiento que él hacía, le veía maneras de maestro y murió, tan rápido, tan... Fue humillante.

—Fulón vendía eso. Su imagen, con esta espada imponente y unas galas más allá de su nivel. Esa seguridad en sí mismo le servía para conseguir trabajo, aunque después encargase muertes a otros. Esa espada no sirve para luchar en un duelo, como mucho serviría en batalla abierta, pero no en un duelo. Bécquer estuvo a punto de matarme usando esa arma, tuve suerte... Por eso quiero que la próxima vez que lo tenga en frente, al menos no lleve ventaja. Dame la espada. A ti te sedujo igual que a todo el mundo. Sala, tú no amabas a Fulón, solo estás confundida porque viste su muerte y te pareció cruel que alguien como Fulón acabase así. Caía bien a la gente, seguro que te caía bien..., pero eso es un espejismo inútil.

—¿Y tú qué sabes si lo amaba o no?

—Lo sé..., y tú también lo sabes. Además lo que uno quiere es mejor olvidarlo pronto.

Sala no lo miraba. Parecía ausente. Remo se inclinó junto a ella. La miró a los ojos a solo un palmo de su cara. Las lágrimas los colapsaban. Con delicadeza Remo extrajo la espada de su regazo. Se irguió y se fue a la armería dejándola sola sentada sobre sus piernas, llorando, soportando la lluvia.

—Joven, ¿cómo deja a esa hermosa mujer en ese estado? —preguntó un anciano que tiraba de un burro—. Niña, ¿qué tienes?

Remo no contestó al viejo. Él sabía perfectamente lo que ocurría dentro de Sala. Esa necesidad de estar a solas que tantas veces había experimentado él.

—Hola otra vez… —saludó al entrar a la armería.

—¿Vendes o no vendes esa espada?

Remo consiguió dinero suficiente como para hacerse con otra espada más manejable, y no tener que preocuparse por el alojamiento y los víveres en varios días. El drama de Sala le vino bien a la hora de regatear y, el precio que consiguió le pareció justo. «Silba» pasaría a formar parte de la colección de armas de cualquier ricachón, colgada en una pared lujosa. No era mal destino para esa espada.

—¿Haces trabajos de herrería o solo vendes género? —le preguntó al armero.

—Sí los hago.

—Necesito que engarces esta piedra en la empuñadura de la espada que acabas de venderme.

—¿En la cruceta o en el mango?

—En la cruceta.

—Tengo otras piedras mucho más bonitas que esa… Va usted a estropear la espada. No es tan exquisita como la que usted me ha vendido, pero no merece estropearla.

—Le tengo cariño a esta piedra. Insisto.

—De acuerdo. Mañana al alba puede recogerla.

Remo miró los ojos del armero. Le inspiró confianza. No le gustaba la idea de desentenderse de la piedra, pero levantaría demasiadas sospechas en aquel pueblo si se empeñaba en estar presente mientras la engarzaba. Recogió la capa del perchero.

—Bien, nos vemos mañana.

Cuando salió de la tienda fue a por Sala, que seguía sentada sobre sus piernas, mojándose y llorando.

—Sala, vamos…

—No lo amaba, Remo, no lo amaba… Pero podría haberlo amado. Me habría gustado trabajar con él en más misiones, conocerlo más. En esta vida he perdido a todos mis seres queridos. A todos.

—Te estás mojando, vamos… Busquemos un lugar seco para estar —Remo se inclinó hacia ella y la agarró del brazo.

—Tú eres un solitario, Remo. No comprendes lo que te digo. Estoy harta de esta vida…, estoy cansada de ir por ahí sola. No estaba enamorada de él, pero me gustaba. Fulón podría haber sido una gran aventura en mi vida. Era una persona muy interesante, sabes, un hombre duro y educado al mismo tiempo…, un tipo arriesgado y cortés, un caballero. Tú no lo comprendes, Remo, eres frío como la piedra. Ese hombre tenía clase, no merecía la vida que llevaba. No se encuentran personas interesantes todos los días. La vida me ha enseñado que no da tantas oportunidades… Remo, tú no entiendes nada.

Remo, despacio, la obligó a caminar hacia varios hospicios, mientras ella seguía desahogándose. Sabía que no era el lugar más adecuado para esconderse. Los hombres de Moga les estarían buscando. Probablemente incluso los hombres del alguacil de la zona también. Después de todo lo acontecido, merecía la pena correr el riesgo, necesitaban descansar bien mientras la lluvia siguiera azotando los caminos.

—¿Quieres una cerveza o una jarra de aguamiel? —preguntó Remo.

—Sí, necesito quitarme de la cabeza todo esto.

La lluvia arreciaba y la plaza se había quedado desierta. Remo inspeccionó minuciosamente uno de los albergues, desde las ventanas, por si guardase en sus salones a alguno de los hombres del alguacil o cualquiera que fuese sospechoso de ser un esbirro de Moga. Sala esperaba tiritando agarrándose los hombros con las manos sin perderlo de vista. Finalmente se decidió a entrar.

Pasaron a la posada. Sala se recogió el pelo y lo estrujó para evacuar el agua. Respiró hondo y apartó con sus manos la humedad de sus mejillas y ojos. Parecía intentar apartar la pena en aquel gesto. El olor a madera barnizada reconfortó a la mujer.

—¿En qué puedo ayudarles?

—Dos camas…

—¿Dos camas? —preguntó Sala horrorizada. De repente se abrazó a Remo diciendo—, cariño, te recuerdo

179

que somos recién casados. Por favor, una sola habitación. Acabamos de casarnos y todavía no se hace a la idea, sigue con la costumbre de dormir separados.

Remo fue ahora el que se ruborizó. Mientras el tipo se volvía a buscar una llave, Sala le susurró:

—No tenemos mucho dinero…, dos camas es un lujo.

Estaba de acuerdo y no quería comentarle la suma de dinero que había conseguido con la venta de la espada. Sala era una sorpresa constante. Por más que Remo intentase adivinar cuáles serían sus reacciones, la chica siempre solía expresar justo lo opuesto a sus sospechas.

—Tengo que conocer sus nombres —afirmó el mesonero mientras les entregaba una llave herrumbrosa.

—Flora y Torno —dijo ella, sin darle a Remo tiempo de inventar otros—. Querría una jarra enorme de aguamiel fresca.

—Yo lo mismo, pero de cerveza helada —añadió Remo.

—Vayan subiendo, segunda puerta a la derecha.

La habitación no era lujosa, pero más que suficiente para poder dormir y asearse. Tenía una cama grande, una mesita baja con dos taburetes y una tinaja para bañarse detrás de una cortina de colores. En las paredes, fijos sobre los maderos, un par de candiles iluminaban la estancia.

—Cariño, estamos en nuestra luna de miel —decía Sala, a quien parecía divertirle mucho la situación. De pronto parecía ya no recordar el incidente de la espada, su pesadumbre por la muerte de Fulón.

—No me llames así… —espetó Remo.

—¡Jajaja!, ¿por qué? ¿No te divierte fingir ser mi esposo?

—En realidad…, no me divierte nada esta situación.

Remo cerró la cortina tras de sí. Necesitaba espacio. Jamás había estado en la misma habitación con otra mujer que no fuera su amada Lania. Hacía años de aquello. Estaba un poco nervioso porque además los cambios de humor de Sala bien podrían deberse a las secuelas del veneno…, o a ese misterio que hacía indescifrables para Remo los pensamientos de una mujer. Estaba incómodo. Habría preferido tener su propia habitación, donde dormir tranquilo.

Lania le vino otra vez a la cabeza después de los comentarios divertidos de Sala.

Casados. Remo, después de lo de Aligua, le había declarado su amor tras liberarla de su condición de esclava. Se casaron y habían ido a vivir a una pequeña casita junto a un riachuelo, en el norte de Vestigia. La prosperidad de Remo como militar le había concedido un pedazo de tierra, que supo escoger bien. Eligió aquel paraje porque daba la sensación de estar aislado del mundo. Siempre había soñado con vivir en un lugar así, después de ser pobre la mayor parte de su existencia…

A Remo le gustaba recordarla cuando ella lo esperaba con la chimenea de su pequeña casita encendida. Con el agua caliente preparada en la tinaja, una buena comida cociéndose a fuego lento, aceites para masajes, aromas de flores frescas que recogía del campo… Felicidad. Días y días que se habían esfumado. Días y días que ahora no pesaban más que una pluma descansando en la mano, que se resumían en recuerdos desvencijados sin orden.

—¡Ya está aquí la cerveza, querido! —gritó Sala como si Remo realmente estuviese en otra estancia.

—No hace falta que grites, nos separa una cortina.

—Mi marido quiere tomar un baño y yo también. Si es usted tan amable de calentarnos el agua…

—Por supuesto, señora.

Era la voz de la posadera, encargada de servirles las bebidas. Remo descorrió la cortina volviendo a la estancia principal. Sala estaba sentada en la cama. Se había deshecho de sus botas y portaba con ambas manos una jarra enorme de barro. Sobre la mesita había una bandeja con dos vasos rojos y otra de aquellas jarras.

—Bebes como un hombre.

—Tú callas como una mujer.

Ambos rieron con ganas.

Remo se sentó en una de aquellas banquetas pequeñas y pronto fue junto a la mujer, pues su envergadura no podría jamás resumirse en tan poca superficie de madera. Agarró la jarra con una mano y se la llevó a la boca. La cerveza helada le supo a promesa celestial. Discurría por su garganta en tragos gruesos, espesa y fría, recomponiendo sus entrañas, reestructurando sus fuerzas. Su estómago rugía de hambre.

—Casi parecemos un matrimonio real… —comentó la mujer, mientras él miraba el techo.

—No lo parecemos, no sigas con eso.

—¿No? ¿Qué diferencia habría?

Remo la miró y sonrió un poco.

—¡Hombres! Siempre pensando en lo mismo… ¿Es que un hombre en una cama no puede hacer otra cosa…? ¿Acaso no puede charlar con su esposa…? A mí me encanta hablar, comunicarme.

—A mí no me gusta mucho hablar. Te vas a separar muy pronto de mí.

—No, en serio… Si encuentro a mi hombre ideal, si lo encuentro, aprenderé a amarlo tal y como sea. Lo respetaré, me entregaré por entero a él, pero desde luego me gustaría que fuese hablador, como yo.

Remo volvía a beber largamente.

—¿Me estás escuchando?

—Sí…

—¿Qué he dicho?

—¿Cómo?

—Repite lo que he dicho…

Remo desvió su mirada de la de ella. No le había prestado atención suficiente como para recordar ahora sus palabras.

—Pues…

—¿Qué? —preguntó Sala como deseando comprobar una sospecha.

—No lo recuerdo.

—¡Ves! A eso me refiero… Muchos hombres, no tenéis idea de cómo tratar a una mujer. No nos prestáis atención. Pensáis que simplemente admiramos vuestra fuerza y el oficio que tengáis…, que con el trabajo de cama ya habéis cumplido. Pero no, Remo… Mira yo de pequeña me enamoré de un muchacho que vivía cerca de casa, simplemente por su conversación. Creo que acabó siendo escribano o algo así…

Remo volvió a beber.

—¿Me estás escuchando Remo?

—Pesada —comentó con voz baja.

—¿Qué he dicho?

Remo miró al techo de madera como buscando una respuesta.

—No lo sé…, estoy cansado, deja de preguntar tonterías.

—Yo también estoy cansada, pero te escucho.

—No. Yo no hablo.

—¡Me sacas de quicio, sabes!

—Ya tenemos algo en común…

La chica dio un trago de aguamiel y después se marchó por la cortina al baño.

Remo estaba harto de su conversación inagotable. Se habría planteado desentenderse de ella, pero las circunstancias habían cambiado: ahora la necesitaba. No podía llevar a cabo el plan que se cocía en su cerebro solo. Remo no escuchaba a Sala porque en su cabeza no había espacio para banalidades. Hacía mucho tiempo que no disfrutaba de un objetivo claro. Cuando cayó en desgracia, después de su destierro del ejército, había tenido como objetivo recuperar a su esposa, meta que persiguió durante años, pero que no dio los frutos que Remo esperaba. Muy al contrario, sus esfuerzos fueron en vano y solo sirvieron para que Remo acumulase más y más deudas. Cuanto más luchó por encontrar a Lania, más aumentó su desdicha.

Como aquella vez que se enroló en el Ballena Roja, prometiendo al capitán del barco que le pagaría en tres meses el coste de su viaje. Un tratante de esclavos le había dado una pista del posible paradero del barco en el que se suponía que Lania había sido enrolada, para ser vendida en una feria de esclavos en un reino lejano. Remo iba en su busca. Sin embargo, la mala suerte se cebó con él… El Ballena Roja naufragó. Fueron rescatados en alta mar, con tan mala fortuna que el barco que se encargó del rescate era una fragata real, que los denunció por ciertas mercancías ilegales que observaron flotando junto a ellos. A la deuda contraída con el marino se sumaron multas y más multas. Remo no encontró más salida que la de aceptar encargos peligrosos. Así, mes a mes, día a día, se fue alejando más y más de la oportunidad de volver a ver a Lania, de rescatarla allí donde quiera que estuviese. Poco a poco, Remo se hundió en una depresión y en su interior acabó volcando la rabia en su trabajo haciéndose insensible como una piedra, matando por doquier para subsistir.

Ahora viejos fantasmas habían resucitado en aquella revelación de Sala en la playa. Selprum estaba detrás del encargo del asesinato de Moga y un viejo sentimiento había sido desenterrado: la venganza.

Tocaron a la puerta. Remo se incorporó abriendo a dos mujeres que traían una cántara enorme de agua caliente. El baño. Primero se bañó Sala y después Remo. Cuando salió del baño, con las telas rugosas para secarse anudadas a la cintura, pensó que Sala se habría dormido. Ella conservaba una vestimenta ligera con la que se había secado. Tenía los ojos cerrados. El hombre sacó unas pieles de una repisa y las puso en el suelo. Después, se acostó con la esperanza de no dormir demasiado. Tenía que recoger la espada al alba.

—¿Nunca has estado enamorado, Remo? —preguntó Sala de repente, demostrando que no estaba dormida.

—¿Quién te dice que no lo esté ahora?

—No estarías aquí, jugándote el pellejo, si tuvieras familia.

—Duérmete un poco…, mañana será un día duro.

—¿Qué vamos a hacer mañana?

—Viajaremos al norte.

—Remo, eres un marido horrible… Dejas a tu mujer sola en la cama y encima no me das conversación.

Sala reía maliciosamente. Sabía que él había hecho una galantería dejando para ella toda la cama.

—¿Prefieres que duerma yo en la cama y tú en el suelo?

—No…, eso no.

—Pues es lo que hay. Buenas noches.

Remo, dándole la espalda a la cama, trató de dormir, anulando de su mente el sonido que, de cuando en cuando, el cuerpo de la mujer esbozaba sobre las sábanas, dibujándose su silueta en sus pensamientos.

CAPÍTULO 19

Hacia el norte

Remo despertó a Sala al amanecer. Estaba en pie junto a la ventana. Daba la impresión de estar preocupado. Su faz solía ser seria, de una severidad mística que contraía sus cejas hacia el centro frunciéndole el ceño. Sin conocerlo, se podría aventurar que era un hombre bronco, pese a su atractivo parecía poseer una cierta dosis perpetua de enfado. Ahora se le notaba tenso, más allá de su mueca habitual.

—¿Qué ocurre? —preguntó Sala.

—Ha llegado una avanzadilla de hombres de Moga. Bécquer está con ellos.

—¿Piensas enfrentarte a él?

—No es el momento de luchar.

—Te recuerdo que tenemos que recoger la espada que compraste.

—Ya lo hice mientras tú dormías.

Sala lo miró silenciosa.

—¿Y qué haremos? ¿Cuál es el siguiente paso?

Remo no respondió. Recogió los enseres de ambos y apresuró con gestos a Sala para que se diera prisa. Salieron a la plaza cubiertos con dos capas provistas de capucha que Remo había comprado. Los secuaces del brujo registraban otra posada en la misma plaza. Las posadas eran los negocios que más prosperaban en el pueblo. Acogían a los pescadores que necesitaban residencia temporal junto al puerto. Habían tenido suerte en el orden del registro. Los esbirros de Moga liaban mucho alboroto, obligando a los huéspedes a presentarse en la plaza, muchos vestidos todavía con prendas para dormir. Los interrogaban con amenazas, preguntándoles si habían visto u oído algo raro. A los posaderos llegaban incluso a ponerlos de rodillas y hacerlos sentir la punta afilada de la espada de Bécquer en las mejillas, en las gargantas de sus familiares, tratando de sonsacarles una información que no poseían.

Viendo estos estragos desde posiciones apartadas, Remo y Sala se alejaron a paso rápido después de cruzar la plaza. Salir del pueblo fue pan comido. La mañana nacía con un cielo oscurecido por nubes densas, así que la luz del ambiente estaba enrarecida, turbia, no invitaba al paseo matutino. Había pocos transeúntes, en su mayoría movidos por la obligación del negocio, y pululaban por las calles emprendiendo tareas rutinarias sin hacer mucho caso de lo que sucedía alrededor.

Embutidos en las capas, se alejaron por el camino principal que cruzaba el pueblo, pasaron junto a varias aldeas y, finalmente, abandonaron la senda que sospechaban estaría vigilada. No aflojaron el paso. Siguiendo la orientación de la orilla del mar hacia el este, dejaron atrás dos pequeños poblados y después se desviaron hacia el norte evitando los caminos, incluso las veredas de los agricultores y ganaderos.

—¿Sabes al menos adónde vamos? Siempre dices al norte, al norte… eso no es mucha información. ¿Estás rodeando la Ciénaga? No me gustaría pasar otra vez por allí…

Remo se detuvo y desenvainó su espada. La mujer lo miró con cierto recelo, como si de repente fuese un extraño, armado y peligroso.

—Nos dirigimos al norte —comenzó a explicar Remo usando la espada para hacer surcos en la tierra dibujando un mapa—, vamos a las ruinas del templo de Huidón en las Montañas Cortadas. Tranquila…, no cruzaremos la Ciénaga otra vez… Estamos más al este, así que atravesaremos las montañas por el Paso de los Mercaderes.

Aquella respuesta tan concreta agotó las inquietudes de la mujer. No entendía por qué iban hacia allí, ni tampoco parecía Remo dispuesto a darle una explicación extensa a propósito de sus fines. En cierto modo confiaba en él. La había rescatado de la muerte y la locura, curándole las heridas de las picaduras de las arañas topo y el envenenamiento de maísla. No sabía quién era exactamente, pero por ahora se configuraba como la persona más fiable con la que podía aliarse. Además, había sobrevivido a un combate contra el verdugo de Fulón… Era un aliado poderoso. No había más que mirarlo para entender que seguía siempre una directriz clara, que no tenía dudas sobre el siguiente paso. Dirigirse hacia el norte le venía bien. Para Sala el encargo del brujo había terminado, deseaba regresar a su hogar en Venteria. La recompensa por lo de Moga le hacía falta pero no era imprescindible. Ya saldrían otros encargos…

Hicieron una fogata en una zona apartada de los caminos cuando llegó la oscuridad. Limpiaron de broza seca todo el diámetro donde pensaban hacer fuego, para no provocar un incendio; buscaron piedras y Remo cortó de un árbol varias ramas con las que hacer leña. Una espada no era la herramienta más idónea para hacer tronquitos, así que escogía por lo general ramas delgadas. Encendió la hoguera gracias a un regalo del herrero que, cuando iba a marcharse, le entregó dos pequeñas piedras de pedernal.

—¿Qué me pasa Remo?

—Tú sabrás…

—Me siento otra vez desdichada. Ahora me acuerdo de Menal, el pobre…, creo que de todos nosotros era el más puro. Un tipo serio como tú, pero infinitamente más amable.

Remo sonrió.

—Creo que tus cambios de humor se deben al veneno o a que estás loca…, no lo sé, no te conocía de antes.

Salvando la broma, era lo que pensaba. La piedra la había curado de todo mal físico, pero la secuela mental del veneno parecía testaruda y difícil de evaporar. Remo le tendió carne curada pero ella la rechazó.

—No tengo hambre. ¿Crees que nos descubrirán aquí?

—Esperemos que no. Esos tipos deben de estar inspeccionando los poblados. Creo que siguen la pista de un hombre herido y una mujer envenenada con maísla; así que rebuscarán cerca de los lugares donde pueda haber curanderos o médicos. Es probable que piensen que hemos ido hacia Mesolia. Es el único lugar donde se me ocurre que pueda haber medios para curar nuestros supuestos males.

De pronto Sala miró a Remo muy seria.

—¿Cómo demonios me curaste?

Remo había temido que saliera ese tema a relucir.

—Siempre ando provisto de remedios para venenos cuando hago encargos —mintió—… uno no sabe en qué situaciones va a verse inmiscuido.

Sala no quedó del todo muy conforme con la explicación. Su rostro era un espejo de lo que pensaba. Levantó un lateral de su labio superior y una de sus arqueadas cejas cuando escuchó las razones de Remo. No insistió sin embargo. Se tumbó mirando las estrellas cerca del fuego. Remo le tendió su capa doblada para que la usase de almohada.

—Si quieres dormir aquí a mi lado, hace frío —sugirió ella.

—Yo no voy a dormir. Es una noche demasiado tranquila.

—Si tú no duermes yo tampoco.

—Es mejor que duermas, así mañana tú serás la que haga guardia.

—¿Por qué no dividimos las noches a la mitad?

Remo asintió. Ella por fin cerró los ojos y al cabo de un rato se quedó profundamente dormida. Se quedó observándola, mirando cómo el fuego doraba los colores de su jubón, cómo hacía sombras en su pelo rizado. Pensó que era un incordio soportar sus preguntas constantes y su parloteo, pero cuando se quedó dormida la noche resultaba más oscura, como desangelada. Menuda mujer.

CAPÍTULO 20

Viejos amigos

Las Montañas Cortadas otorgaban al viajero oportunidad para extraviar sus pensamientos. En un ascenso penoso, el guerrero y el proscrito podían replantearse una vida. Este era el sustento de las razones por las que los templos del dios Huidón se construían desde hacía cientos de años en lugares recónditos, muy alejados de las urbes, abastecidos por poblaciones más humildes afines al gran dios de las montañas.

En las Montañas Cortadas se conservaban las ruinas del más antiguo y grande de los templos dedicados a esta deidad en Vestigia. Se decía que el propio dios había ayudado en su construcción, tal era la distancia temporal y las leyendas que separaban al templo del tiempo en que Remo vivía. Ahora, en la dura y larga postguerra, la fe por Huidón, poderoso dios pacífico, símbolo de estabilidad natural, del acercamiento entre lo humano y lo divino, había crecido y muchos fieles se dedicaban a restaurar sus templos. El de las Montañas Cortadas, descomunal, era un desafío que muchos aceptaban después de haber luchado en batallas, cometido crímenes o necesitado favores, como si la reparación de sus pecados les pudiera llegar en el esfuerzo máximo de dicha reconstrucción.

—Remo, ¿qué se nos ha perdido en ese templo? —le había preguntado Sala, amedrentada mirando una cima nubosa donde una sombra coronaba de misterio la montaña.

—Camina.

Ahora la mujer callaba, presa tal vez de las razones espirituales por las que la extenuación física siempre apareja una extenuación moral de mente y alma. Remo se deleitaba en el silencio recuperado, repitiéndose una y otra vez que siempre usaría los pasos más escarpados y las sendas más difíciles a partir de ese momento para callar a la chica. Después de seis días de caminata, a Sala solo le quedaba aliento para pedir agua.

—¡Maldito seas, Remo! Al menos dime por qué estoy sufriendo este... este... tormento; llevamos días caminando y esta montaña parece más alta que las del Paso de los Mercaderes.

—Las Montañas Cortadas son más altas, pero no mucho más. Su ascenso es más duro porque son más escarpadas, da la sensación de que son enormes porque nacen de una meseta muy llana.

El Paso de los Mercaderes había sido difícil, con vendavales azotándoles en los desfiladeros. La sensación de tener a sus perseguidores tras su pista los había espoleado y pudieron cruzar las montañas con más empuje. Ahora se disponían a ascender a la más alta de las Montañas Cortadas. No tenían cuerdas ni botas ni sujeciones adecuadas, así que debían perseguir los senderos construidos para llegar al templo que rodeaban la inmensa estructura natural y daban la sensación de ser eternos.

—¡Ya está, uf, no doy un paso más hasta que me digas qué hacemos aquí!

—Venimos buscando a un viejo conocido —explicó Remo, y aprovechó para hacer una pausa y beber un sorbo de agua. Después tendió la bota a Sala que la apuró hasta el final.

—¿Para qué haces amistades en lugares así? ¿No te cae bien la gente de las llanuras?

Remo continuó ascendiendo sin contestar. El templo estaba excavado en la cima de la montaña más alta de las Cortadas. Una gran placeta de piedras pulidas colmadas de mosaicos y una pared labrada con decoraciones en plata y oro de imágenes del dios Huidón se hallaban intactas. Excavadas en esa pared, dos imponentes columnas daban paso al interior de la cámara del dios. Las obras de restauración afectaban al interior de la cámara. Los techos de bóvedas de altura descomunal y la escalera que descendía hacia el corazón de la montaña, donde se hallaba la gran estatua, conferían una labor titánica para los religiosos y voluntarios.

Los cánticos de la oración se dejaban oír mucho antes de llegar a la gran plaza. Los sacerdotes del dios, encargados de las ofrendas y las doctrinas, vivían en cuevas cercanas a la gran plaza, donde vendían imágenes y motivos religiosos a los peregrinos. Vestían túnicas doradas y la presencia de viajeros hacía muy bulliciosa la vertiente de la montaña donde se daba este singular comercio.

Remo esperó sentado en la plaza después de comprar un pellejo de agua fresca.

—¿Y bien? ¿Quién es la persona que buscamos? Descríbemela así te puedo ayudar a encontrarla.

—¡Es un tuerto mal nacido, feo y deforme, que asusta al ganado con su aliento pestilente! —gritó Remo llamando la atención en aquella parte de la plaza de cuantos había a su alrededor. Sala se tapó la boca con las manos, expresando tal vez lo que desearía que Remo hiciera.

—¿Remo? ¡Remo! ¿Eres tú? ¡Remo, viejo amigo!

De entre la muchedumbre un hombre con voz elegante y vestido con una de aquellas túnicas doradas se les acercó.

—Sala, te presento a Lorkun —decía Remo divertido, y en un tono más discreto añadió—: el tipo menos peligroso que conozco que más nurales haya conseguido matar en una batalla.

Lorkun parecía no avergonzarse del tono de Remo, ni de los gritos anteriores; sin embargo, Sala no dejaba de mirar a todos los curiosos que presenciaban el reencuentro, con la impresión de que de un momento a otro acudirían prestos a expulsarles de la plaza.

—Venid conmigo…, venid a mi casa.

Persiguieron a Lorkun por entre la muchedumbre de la plaza en dirección a las cuevas. Contemplaron numerosos grupos de oración y también agrupaciones de escultores recibiendo instrucciones de maestros en las escrituras antiguas, para decorar el interior de la montaña. Cerca de las cuevas adivinaron los puestos de venta de comida por las filas de espera en las que pacientemente aguardaron; Lorkun se había empeñado en comprar víveres suficientes como para dar un banquete en honor a su amigo. Sala observaba a los dos amigos maravillada sobre todo por la actitud de Remo, mucho más cercano y accesible, sonriente y con sentido del humor menos ácido que de costumbre. Hechas las compras, se encaminaron por una pasarela de baldosas graníticas, blancas, hacia el perfil de la montaña. Finalmente un caminito, a veces cueva, otras mirador espectacular donde se podía contemplar un mar de nubes colmar el horizonte sobre el que el templo y la cima de la montaña parecían flotar, los condujo hacia las grutas residencia. Había mucho trasiego y raro era el monje que dejaba sin saludo a Lorkun y sus acompañantes.

La cueva de Lorkun era bastante acogedora. Ni rastro de armas, adornos o cualquier lujo. Sala se percató de que para sí, Lorkun no tenía en la despensa más que varios pellejos de agua, carne curada y tarros con aceitunas. Después de organizar las compras, ayudado por Sala, Lorkun pudo servirles bebida y algo de comer.

Lorkun comenzó un diálogo intrascendente con Sala, en el que Remo quedó apartado. La chica satisfacía todas sus curiosidades a propósito del templo, del culto al dios Huidón y cualquier chisme que se le ocurría. El ascenso había colmado las fuerzas de Sala y reclamó un baño. Lorkun los condujo por la ladera de la montaña al nacimiento de un río subterráneo, donde, según contó, el agua tenía propiedades curativas. Se bañaron en un lago iluminado por antorchas, mientras la música de un arpa resonaba por entre las rocas, decorando la cueva de una irrealidad peculiar, de una fragancia hipnótica. Después del baño, cubiertos por telas de secado, regresaron a la vivienda. Entrada la noche, con el susurro de los cánticos y las arpas colándose por los ventanucos de la cueva, cenaron copiosamente carne asada y pescado, enjuagándose la boca con buen vino, entre anécdotas y risotadas. Por fin, al cabo de un buen rato, Lorkun se dirigió a Remo en tono más serio.

—¿Qué te ha traído por aquí, Remo? Vienes muy bien acompañado. Has hecho un viaje largo…, ¿qué quieres de mí?

—Necesito tu ayuda. Que dejes este pasatiempo espiritual y te vengas conmigo…

—Remo, no seas grosero —reprendió Sala.

—Ha llegado el día, Lorkun. El día en el que podremos vengar a nuestro capitán Arkane, vengarnos de la humillación, del despojo. El ojo muerto que tienes conseguirá ver.

Lorkun sonrió mientras acariciaba el parche dorado con el que cubría su ojo maltrecho.

—Este ojo, por mucho que lo intente, ya no puede ver nada... mucho menos con la luz de la venganza, Remo.

—Vamos..., Selprum merece morir y nadie más que tú debería estar deseando darle muerte.

—¿Quieres matar al general Selprum? Remo, yo no puedo ayudarte, ni creo que estés en tu sano juicio si piensas realmente que podrás matar a un general del ejército de Vestigia.

Sala estaba con la boca abierta. Le parecía una idea demencial.

—Tengo el plan y la oportunidad para hacerlo realidad. Pero no puedo hacerlo yo solo. Te aseguro que, si pudiera, no habría venido aquí, a menos que portase su cabeza como trofeo.

—Remo, viejo amigo, con los años he aprendido que la venganza no otorga paz. Este lugar está lleno de vengadores torturados por la insatisfacción que les dejó el crimen que se suponía habría de liberarles. Gente que ha tenido que aprender que el destino no se rige exclusivamente por victorias o derrotas, humillación o éxito. Huidón, nuestro más pacífico dios, nos enseña que en la venganza no hay más sentido que el de una victoria caprichosa y que, finalmente, siempre suele tornarse en derrota. Quédate una temporada amigo mío, te ofrezco mi casa, conoce a la gente de la que te hablo, expía tus pecados… Ese es el único remedio útil para tu alma. La verdadera victoria es no volver a necesitar prevalecer sobre nadie. Abandona tus pecados.

—Mis pecados me han mantenido vivo todo este tiempo y la venganza es la única misión que para mí tiene sentido. Si no quieres venir conmigo es porque te has rendido o porque realmente no crees en la posibilidad de éxito de mi plan. Eres un tullido y te has escondido en el único lugar donde puedes olvidar la vida que tenías cuando había dos ojos en esa cara. ¡Qué formidable era tu puntería…, qué bello eras Lorkun! ¿Acaso no lo deseas? ¿Acaso no deseas vengarte del hombre que te arrebató tu don? ¡Cómo es posible que no te hierva la sangre en las venas pensando en esa posibilidad!

Sala no pudo contenerse por más tiempo. No conocía a Lorkun, ni la relación entre ambos. Pero la reacción de Remo le pareció desproporcionada.

—¡Remo, cómo le hablas así a un amigo!

—Un amigo…, eso dices… La amistad se demuestra precisamente cuando se requiere. Si no me ayudas, eres un cobarde despreciable. De nada te servirán tus rezos, ni las túnicas para ocultar eso… Porque si de algo estoy seguro es de conocerte, Lorkun Detroy, porque sangré a tu lado en los campos de batalla.

—¡Eres un grosero y un mal educado! Estás comiendo en casa de tu amigo y lo insultas —tronó la mujer abofeteándolo.

Remo salió de la cueva con pasos grandes, sin añadir nada.

Sala quedó a solas con Lorkun. El hombre, que hasta ese momento había permanecido impasible incorporado en su asiento, ahora se dejó caer en el respaldo, como si las palabras de Remo le pesaran y no pudiera ya continuar sin reposo.

—Perdónalo… —comenzaba a decir Sala, que no sabía muy bien hacia dónde dirigir sus palabras, si disculpando a Remo o maldiciéndolo—. Mejor, no lo perdones. Es retorcido todo lo que te ha dicho. Que sepas que yo no estoy de acuerdo con…

—Lleva razón.

Sala abrió mucho los ojos.

—¿Cómo?

—Remo es una de esas personas que habla poco, que piensa durante días lo que ha de decir en un rato, por eso no suele equivocarse —Lorkun no parecía muy afectado, Sala se sorprendía de su actitud, sobre todo de que le diera la razón—. Sala…, ¿de qué lo conoces? ¿Qué sabes de él?

—Es una larga historia… Me ha salvado la vida, es cierto, pero su carácter es terrible. Supongo que ha sido un buen compañero de viaje, pero desde luego prefiero quedarme aquí, en este lugar, antes que seguir acompañándolo a ese suicidio que pretende. No conozco sus planes, ese hombre no habla, pero si es cierto que planea matar al general Selprum Omer, creo que ha perdido el juicio.

—Su carácter tiene explicación, esa rabia, ese odio… Todo tiene una explicación.

—Pues yo no comprendo su forma de ser. Es muy reservado, no me cuenta nada… Bueno, la verdad es que lo conozco desde hace no mucho. ¡Pero es como una piedra! Odio su falta de humanidad, su falta de sentimientos. La forma en que te ha tratado…, no tiene nombre su falta de… de todo. Yo tuve algún episodio con él así… ¿Qué te sucedió a ti? Si quieres contármelo…

—Hace años Remo y yo servimos a las órdenes del capitán Arkane…

Lorkun narró a Sala la historia de la desgraciada batalla del Ojo de la Serpiente, de cómo Arkane, agonizando, en sus últimas palabras nombró a Remo capitán de los cuchilleros de la Horda del Diablo.

—Así que los que sabíamos que Arkane había nombrado a Remo como sucesor, nos opusimos cuando Rosellón nombró a Selprum capitán.

—Pero eso es absurdo, ¿no? El general manda más que un capitán.

—No en el ejército de Vestigia después de la reforma que introdujo el rey Tendón. Hay una Ley. La Ley de sucesión que otorga un poder exclusivo a los mandos de escoger a sus sucesores. De tal forma que el rey es el único que puede alterar eso y, de este modo las compañías del ejército no se convierten en una oligarquía favorable al general de turno. Recuerda que nuestro ejército se profesionalizó, y los nobles y los ricos perdieron sus poderes. La Ley del ejército amparaba a Remo y todos, en justicia, sabíamos que le pertenecía ese puesto. Ni el general puede saltarse la Ley del Ejército a la que debe servidumbre. Pero Selprum, rodeado por hombres del general, se encargó de expulsarnos a todos los que conocíamos el trágico nombramiento de Remo. Sé que mató a los primeros soldados que apoyaron a Remo. Los demás cerraron la boca y nadie osó denunciar la injusticia cuando vio involucrarse a Rosellón en persona. Yo nunca había caído bien a Selprum, y mi desgracia fue mayor que la de otros. Maestre instructor de la Horda, siempre afamado por mi puntería con los cuchillos voladores, me quemaron el ojo derecho y me dejaron sin tierras, sin posición, sin nada.

—Vaya…

Sala sintió frío. En su cabeza, monstruosas visiones se agolpaban. Lorkun siendo sujetado mientras le acercaban el hierro incandescente. El grito terrible fruto del dolor por la quemadura…

—Si quieres que te sea sincero, creo que salí mejor parado que Remo. A él… esto seguro que él no te lo contaría, pero creo que si viajas a su lado deberías saberlo…

Lorkun dejó con la boca abierta a Sala narrándole la historia de amor entre Remo y Lania. De pronto la mujer sintió un escalofrío cuando Lorkun hablaba de cómo Remo la salvó en la invasión haciéndola pasar por esclava. Lloró emocionada cuando entendió la relación que surgió entre ambos, siendo consciente de cuánto amor debió de sentir de golpe Remo para arriesgar lo que más significaba en su vida, su posición militar, aquella noche para salvar a una desconocida. Un amor a primera vista. Ella a su vez, lo dejó todo por él, más allá de la gratitud por la supervivencia, más allá de todo eso, Remo en su entrega daba su alma y ella aceptó casarse. Remo la liberó de su condición de esclava después de recuperarla en la plaza de Aligua con la ayuda de Arkane. La hizo libre, y ella libremente decidió convertirse en su mujer. Sala vivía los acontecimientos uno a uno y temía las revelaciones siguientes. Temía el final.

—Selprum despedazó a Remo con sus actos. Un hombre contiene cuerpo y alma y, si bien a Remo no le privó de ningún miembro, debió de quedarse tan satisfecho del saqueo que le provocó en el alma, que no necesitó restarle ninguna parte de su cuerpo. Como los demás, fue desposeído de su rango y expulsado del ejército. Perdió sus tierras. Él, como yo, que veníamos del vasallaje, del pueblo villano y pobre, no teníamos muchas posesiones, y nos las habíamos ganado a pulso arriesgando el pellejo. Selprum se lo quedó todo y además se ensañó con Remo. Consideró que su esposa también había sido un fruto de su labor en el ejército y dictaminó que, como esclava que era cuando la obtuvo como botín de batalla, fuese apartada de Remo y vendida como mercancía.

—Pero, según lo que has contado, ella nunca había sido esclava en la realidad.

—Ese es quizá el tormento más atroz que Remo ha tenido que soportar estos años. Aunque él en un primer instante la salvó con aquella artimaña de la marca en el hombro, acabó condenándola. La marcó como esclava y le salvó la vida…, y la condenó con un pasado falso que se le volvió en contra. Pero claro, jamás pensó Remo que todo acabaría así…

—¿Qué fue de ella?

—Selprum la arrancó del lado de Remo y se la llevó, vendiéndola como mercadería a algún tratante de esclavos. Nadie sabe a quién la vendió, ni el rumbo que siguió… Remo intentó ir tras ella muchas veces, pero fracasó por las pocas evidencias que tenía de su paradero. Fue embarcada por lo visto hacia tierras lejanas, quién sabe si hacia Avidón o Meristalia, tal vez Plúbea… Cualquier lugar…, pero jamás Selprum dijo a nadie dónde la destinó. Así, desposeído de su vida, fue exiliado también de la capital de Vestigia. Lejos de su mujer, expulsado de su amada compañía militar y muerto su maestro y capitán, Arkane, Remo vagó perdido durante años. Yo, después de aquello, perdí el contacto con él. No sé cuántos pecados habrá acumulado desde entonces, pero creo que después de escucharlo, me temo que se toma en serio la venganza. Tal vez si yo no estuviese mermado, si conservase mis dones, tal vez…, lo acompañaría. Nos une un lazo de sangre. Remo me salvó la vida tantas veces que no sería capaz de acordarme de cuántas.

Sala había llorado mientras escuchaba el relato y ahora secaba sus lágrimas.

—Me siento mal…, a veces yo he bromeado a costa suya. En una ocasión le dije que nunca entendería lo que es el amor, que una persona como él no podía amar. No puedo imaginar el dolor que ha tenido que padecer estos años sin saber siquiera si Lania vive.

—Diez años distan de aquella desgracia.

—Diez años…

Pensaba lo equivocada que había estado con respecto a Remo. Ella estaba viva gracias a él y, de repente, este hecho pesaba mucho. Lo había juzgado mal desde el principio por aquella traición en la taberna. Sala ahora sentía unas ganas atroces de abrazar a Remo; siendo un misterio la naturaleza de dicho impulso, decidió ir en su busca.

Lo encontró en la cima de un risco mirando el cielo estrellado, junto a la gran plaza. Abajo, en la explanada bulliciosa, unas almenaras mantenían una luz dorada iluminando los metales preciosos labrados en la pared de entrada al templo. Había danzas y juegos de niños. Se respiraba sosiego.

—Remo…

—Si vienes para que me disculpe con Lorkun, pierdes el tiempo.

—No, no es eso. Creo que ahora entiendo mejor lo que pretendes.

Remo la miró con sorpresa en sus ojos. Después volvió a su expresión rala.

—Lorkun te ha contado viejas historias. Ese tuerto habla demasiado…, igual que tú.

—Sí.

—No necesito tu compasión, ni consuelo. Si en algo te ha conmovido mi historia y quieres hacer algo útil, ayúdame a convencer a ese monje testarudo.

A Sala le dolía chocar contra el muro de piedra en el que Remo se había convertido. Le costaba mucho trabajo imaginárselo amando a una mujer. Quizá por eso conocer su historia hacía que le viese ahora de forma diferente y, cuanto más dura fuese su actitud, más le enternecía ese pasado, más le aterraba su fatal destino y más pensaba que debajo de esa armadura se escondían sentimientos arrebatados. De alguna forma tenía ganas de consolarlo, de acercarse un poco más a ese Remo oculto en el pasado.

—Remo…, has debido de sufrir mucho.

Él guardó silencio.

—Si no quieres hablar de ello lo entiendo, solo quiero decirte que…

—¡Mujer, nada de lo que digas me hará bien! Nada de lo que digas variará mi destino, ni lo hará más llevadero. Así que calla, calla porque traerme tan solo el recuerdo de ella sería para mí una tortura. El camino para perder la poca razón que me asiste —tomó aire y sentenció—. Déjame en paz.

Sala quedó con los ojos muy abiertos.

—¿Por qué eres tan condenadamente estúpido conmigo? ¡Yo solo quiero darte apoyo, sé que en tu interior, muy en el fondo, una parte de ti lo necesita!

Remo se levantó mirando el cielo.

—Llegas con años de retraso. No necesito la compasión de nadie y menos la tuya, que me acabas de conocer. ¡Lo que necesito es tener a Selprum delante y poder preguntarle, con mi espada entrando en su vientre, adónde demonios envió a Lania!

Dicho esto, Remo descendió del risco de un salto y se marchó. Sala se fue llorando de vuelta a la cueva de Lorkun. No sabía exactamente el motivo de sus lágrimas. Quizá la agresividad del guerrero, su desdén, o tal vez sentía pena por él y su historia triste.

Remo caminaba por los riscos con una tormenta en la cabeza. Recuerdos, recuerdos dañinos dormidos en el tiempo le asediaban resucitando viejas furias, un odio viejo que cuando fue joven le nublaba el raciocinio y que él había sabido controlar poco a poco en los soles que se escondían, con el cambio de estaciones, con el paso de los años. Ahora, al ser invocado, volvía a molestarlo con ímpetus y juramentos. Recordar el día en que perdió a Lania provocaba irremediablemente una convulsión mental en Remo.

Al alba se presentaron diez jinetes en la granja. Podía acordarse perfectamente del sonido de los caballos desmenuzando la tierra fértil, despertándoles a él y a su esposa de un sueño acunado en lo cotidiano de su vida común. Escuchó voces, resoplos graves con nervio emitidos por los corceles dominados con mano firme, el tintineo de las armas en el vaivén de las monturas. Pensó que tal vez venían compañeros a visitarlo, pero era demasiado temprano para la cortesía. Remo, en aquellos tiempos, vivía bajo las estrellas de un destino propicio, con la tranquilidad de una espada implacable y la confianza de estar amparado por la Ley. Sabía que Selprum era vil y codicioso, siempre rival, siempre envidiándolo. Estaba seguro de que su nombramiento como capitán le habría revuelto las tripas al desgraciado, pero Remo jamás lo creyó capaz de ir tan lejos. Uno de sus hombres aporreó la puerta de Remo. Lania, desnuda, pronto intuyó el peligro. Su piel se estremeció cuando el sonido bronco de la puerta cortó el manso regodeo de la brisa del amanecer.

—Remo, algo malo traen estos hombres —dijo su esposa mientras se cubría con un camisón de lino y lo acompañaba de una bata de algodón. Remo se enfundó unos pantalones de lino y se dirigió a la puerta. No alcanzó su espada porque aún era ajeno al peligro. Con el torso desnudo, abrió la puerta y saludó a sus visitantes.

—Buenos días —dijo mientras escudriñaba el rostro de los soldados que descendían de sus caballos. En ese momento reconoció a Selprum, todavía a caballo. Estaba sonriente. Los demás, sin embargo, poseían rasgos feroces. Remo vio acercarse un carro tirado de dos bueyes.

—¿Qué se te ofrece, Selprum? Te invitaría a pasar pero creo que no tenemos vino para tantos.

—Remo… —comenzó a hablar uno de los hombres de Selprum, mientras este, impasible, miraba la reacción del temible guerrero.

—¿Sí? —preguntó él antes de bostezar.

—Remo… —repitió aclarándose la voz y continuó diciendo—: por orden del capitán de la Horda, nuestro caudillo Selprum, quedas degradado de tus privilegios y de tu rango de maestre y caballero, así mismo, serás desposeído de todo cuanto tienes, de cada privilegio y propiedad que hayas adquirido durante el tiempo que has servido a la Horda del Diablo. Exiliado de Venteria, no podrás volver a pisar la capital del reino en lo que te quede de vida.

—¿Qué demonios significa eso Sel?

—Vístete y acompáñanos, Remo —dijo Selprum.

Los soldados lo siguieron al interior de la casa. Remo no se resistió. Le ordenaron vestirse y salir, y eso era lo que pensaba hacer. Se colocó sus pantalones de maestre cuchillero y una camisa amplia. Lania, aterrorizada, se le echó en los brazos.

—¿Qué ocurre, Remo? ¿Por qué te llevan?

Remo la besó en la frente, perdió un instante sus dedos en el interior sedoso de sus cabellos y la apretó contra sí. Intentó calmar con serenidad lo que los ojos compungidos de Lania intentaban decirle.

—Tranquila, será un malentendido.

Se colocó el cinto con la espada y salió al exterior. En ese momento se le abalanzaron varios hombres tirándolo al suelo.

—¡Muchachos, no voy a resistirme! —sintió cómo le ataban las manos con mucha fuerza. El carro que había visto antes, ahora estaba parado junto a la puerta de entrada a su casa.

—Selprum, ¿qué ocurre?

—Háblame con respeto. ¡Soy tu capitán!

—Según la Ley de nuestro ejército, yo soy el capitán de la división. ¿Qué autoridad tienes para venir a mi casa y detenerme?

—¿Qué autoridad? El mismísimo Rosellón me ha nombrado. Estos son sus hombres, su guardia personal. ¡Cargad sus pertenencias!

Varios soldados penetraron de golpe en su casa y comenzaron a sacar baúles, incluso sillas y utensilios de cocina. Remo intentó soltarse de sus ataduras pero comprendió que era imposible. Además, los tipos que lo habían atado seguían inmovilizándolo contra el suelo con sus rodillas inclementes, que ya le empezaban a causar dolor en la espalda. En ese momento Lania salió enfurecida de la casa.

—¡Soltad a mi marido! ¡Dejad todo eso en su sitio!

—¡Traédmela! —gritó Selprum.

Remo se revolvió con furia y estuvo a punto de hacer perder el equilibrio a sus captores, pero le golpearon la cabeza contra el piso. Se estuvo quieto para no enturbiar su visión de Lania, como si sus ojos pudiesen protegerla. La llevaron entre dos hombres haciéndole daño en los brazos. Selprum descendió del caballo y se acercó a ella. Remo a su espalda, tirado en el suelo, sólo podía ver sus pies, la melena que tanto amaba y una conjetura de sus hombros. Sí, veía el rostro del recién nombrado capitán. Comprobó una mueca extraña posarse en Selprum, como si una idea loca y delirante estuviese tomando forma en su cabeza. Devoraba a Lania con la mirada.

—¡Ella vendrá con nosotros!

—¡No, qué derecho tienes a detenerla a ella, déjala! —gritó Remo sin miedo a recibir más golpes.

—La orden que he dado abarca todos los bienes conseguidos durante tu estancia en el Ejército de Vestigia. Tus bienes dinerarios y en especie.

Remo palideció. Estaba seguro de que salvo Arkane y Lorkun y dos o tres hacheros, ninguno de sus compañeros conocía el origen de su mujer. La había escondido en su camarote aquella noche en que volvieron victoriosos de la invasión de Aligua.

—¡Ella no es una pertenencia, maldito! —gritó.

Entonces vio cómo Selprum se echaba encima de Lania. No pudo distinguir bien qué hacía, porque los hombres que le sostenían apretaron más sus rodillas previendo su furia. Escuchó, más allá del fragor de su propio cuerpo revolviéndose en el piso de arena, retazos de ropa ajándose, de tijeretazos desconsiderados en un mantel blanco. Cuando pudo torcer su cabeza para contemplar, vio el rostro de Selprum loco, fuera de sí, y a Lania totalmente desnuda hasta la cintura.

—¡Mirad todos esta marca! —gritó Selprum mostrando el hombro de la mujer.

—¡Es libre, es una mujer libre! —gritaba Remo.

—La conseguiste como privilegio en la invasión de Aligua. Yo lo presencié, ese abuso de poder de Arkane y su pupilo favorito. Ahora la perderás. ¡Cargadla en el carro con todo lo demás! —gritó sin despegar sus ojos de la desnudez de la mujer. Los hombres la llevaron mientras ella gritaba y pedía auxilio a su marido.

Remo estalló. Consiguió erguirse pese a los esfuerzos de los hombres en tenerle allí tendido. Uno de sus pies había hecho tracción y había conseguido catapultarse hacia arriba desde el suelo. Pateó a un soldado y tensó sus músculos tratando de soltarse de la atadura. Sin embargo, su carrera en pos de Lania se vio truncada por otros soldados que lo golpearon hasta tenerle arrodillado. Después, con la empuñadura de una espada, le atizaron en la cabeza dejándolo tirado en el suelo al borde de la inconsciencia.

Cargaron todas las cosas que consideraron de valor. En la puerta de la casa clavaron un estandarte de la Horda del que colgaba un papiro. Aquellas propiedades pasarían a formar parte del patrimonio del Gobierno de Tendón. Remo, con la visión borrosa, aturdido por los golpes, jamás olvidaría cómo aquel carromato se alejaba. En una jaula, llorando, su esposa apenas sí podía estirar los brazos hacia fuera. La oscuridad de aquella celda de barrotes, muy juntos le impidió a Remo mirar con claridad el rostro precioso de Lania por última vez, y sólo pudo ver nítidamente dos manos desesperadas que intentaban abandonar el cuerpo para regalarle una última caricia.

CAPÍTULO 21

La piedra del poder

Bécquer comenzó su persecución buscando rastros de sangre, las huellas de un cadáver. Sospechaba que la chica había muerto y que Remo necesitaba atención médica experta, siendo muy probable que su rumbo fuesen las aldeas costeras. Sin embargo no encontraba rastros de sangre más allá del lugar donde tuvieron su enfrentamiento. Airado, repasó una a una las aldeas y fue allí, después de registrar todas las fondas, cuando descubrió detalles que le hicieron dudar de su convicción férrea de estar enfrentándose a un vulgar guerrero afortunado. Lo primero que le sorprendió fue que, charlando con el posadero que los había hospedado, el viejo les aseguró que se habían presentado como un matrimonio. Envió a un emisario para avisar a Moga. Delante del Nigromante tuvo que reconocer que ya no estaba tan seguro de que no existiese algo oculto y misterioso tras la figura de Remo.

—¿Iba con la mujer? —preguntó Moga recién llegado en la mañana, incrédulo, porque estaba seguro de que la dosis de vainilla maísla que había inoculado en la sangre de la mujer era letal. Tan letal como la estocada que Bécquer había endiñado a Remo.

—Reconozco que pensaba que Remo era un hombre corriente… Yo soy un guerrero, nada supersticioso señor: ni rezo a los dioses, ni tengo miedo a los espectros. Después de conocerlo a usted, admito que he tenido que asumir que hay ciertas cosas que no comprendo —decía Bécquer sin mirar a los ojos del brujo—. Pero lo de esos dos no tiene sentido. Según cuenta el posadero, iban juntos, se presentaron como Flora y Torno. Le pregunté, insistí en si percibió mala salud en alguno de ellos. Negó hasta la saciedad. Decía que se les veía felices, recién casados. Pensé que tal vez nos habíamos equivocado, que tal vez esos viajeros no fuesen Remo y Sala…, hasta que hablé con el herrero.

—Sigue, ¿qué te dijo el herrero?

—Vendieron la espada de Fulón, que previamente había robado Remo de tu casa en la Ciénaga. Yo mismo pude verla expuesta a la venta. Esa espada llama mucho la atención. No hay error posible. Son ellos, no cabe duda.

Moga quedó en silencio. Se hallaban en un balcón del ático, en la última posada que habían registrado. Contemplaban la mañana ajetreada de los pescadores en el puerto. A lo lejos, siguiendo la rivera de la playa, podían divisarse azuladas en la distancia, delgadas como alfileres en la lejanía, las torres de la ciudad portuaria de Mesolia.

—Supongo que Remo podría poseer el antídoto del veneno de la vainilla… Mi imaginación llega incluso a admitir que, entre los dos, pudieron vendar y curar la herida profunda de mi espada en el costado de parte a parte del cuerpo de Remo. Debían de tener buenos remedios, herramientas para operar, limpiarlo todo bien… Utensilios para coser las heridas, ungüentos desinfectantes y una suerte inusitada de que mi acero no afectase a ningún órgano vital…, mi imaginación llega hasta ese extremo. Quizá esa mujer tiene vocación de curandera o tiene formación como médico. El problema es que cualquiera de estas hipótesis sería realmente descabellada en sí misma, por separado y, en esta historia, aparecen todas juntas.

Bécquer pensaba en voz alta.

—Algo se nos escapa. ¿No te dijeron nada más ni el posadero ni el dueño de la herrería? —insistió Moga.

—Sí, pero no creo que sea importante. El herrero me dijo Remo compró otra espada. Sabe que con ese armatoste que llevaba no podía pelear, creo que aprendió bien la lección que le di. La espada de Fulón era excesivamente grande y aun así tenía destreza con ella, es un rival respetable. El herrero me dijo que insistió en adornar la empuñadura y poco más…

—¿Qué adorno?

—Una piedra. Por lo visto es un tipo sentimental, porque el herrero afirma que la piedra era de lo más vulgar. Supongo que no andará bien de dinero. De hecho, haber venido hasta aquí con este encargo denuncia en sí mismo que Remo está sin blanca. Además, ni siquiera sabía que cumplía designios ordenados por el rey.

Moga, con los ojos cerrados, susurró seducido por algún trance.

—¡Esa piedra…, esa piedra es la clave!

—No creo que esa piedra encierre nada extraño. Una piedra no puede curar la herida que yo le hice y mucho menos el envenenamiento de la mujer. Tal vez cuentan con ayuda de más gente… Además, el herrero la trabajó durante la noche mientras él descansaba en la fonda… ¿No sería lógico que, si tuviese algún valor, Remo la protegiese más?

—Desconfía de los actos vulgares, de las costumbres más mundanas y de los tesoros que no ostenten belleza. Desconfía cuando un hombre le quite valor a una cosa pero tras las dudas acabe en sus alforjas. Yo conozco historias sobre piedras sanadoras, aunque ninguna tan potente como esa, capaz de curar heridas profundas, envenenamientos… Si esa piedra es capaz de hacer eso, es algo especial, digna de estudiarla. Los dioses, en los tiempos antiguos, solían otorgar dones a los hombres encerrados en piedras. No seas incrédulo, la gente ha olvidado la magia y el poder de las gemas, pero eso no implica que haya desaparecido. En la antigüedad se cuenta cómo los dioses entregaban piedras preciosas para aumentar el poder de las armas de sus súbditos; a sus hijos encargados de esculpir nuestro mundo también les otorgaban joyas. En las paredes de los templos antiguos hay cientos de historias sobre ellas, leyendas antiguas, ¿acaso Bécquer no me tienes a mí como claro ejemplo de la existencia de la magia? Desconfía de las apariencias… ¡Tráeme su mano albergando la espada donde está la piedra!

CAPÍTULO 22
El plan de Remo

Sala despertó sofocada por la picazón del sol. Se había acostado debajo de una de las ventanas de la cueva de Lorkun. Había pasado la noche abrazando un almohadón. En la vivienda no había rastro de los hombres. Alcanzó su ropa, y vestida con la camisola larga que le había prestado Lorkun, se dirigió al estanque subterráneo en el que se bañase el día anterior. La plaza hervía de actividad tras la llegada de varios mercaderes con mulas cargadas de géneros de todo tipo. Ni rastro de Remo ni de su amigo. Se bañó, incómoda por la frialdad del agua, pero agradeciendo después sus efectos relajantes. Admiró la capacidad de otros bañistas que continuaban en el agua mucho más de lo que su piel podría soportar. El sonido del agua en la cueva era relajante.

Al regresar a la cueva de Lorkun, en la entrada, los encontró a ambos en el pequeño porche riendo a carcajadas, practicando un juego de puntería.

—¡Ves lo que te digo, Lorkun! Cuando cierras los ojos, tienes fina tu puntería.

Lorkun, con un hueso de unos quince centímetros, acertaba una y otra vez en la diana, que no era otra cosa que la cáscara de un melón. Remo iba y venía recogiendo el hueso para que su amigo volviese a lanzar.

—Hola, veo que os divertís sin mí.

—Sí, reté a Lorkun a probar un método para recuperar la puntería.

—¿En qué consiste?

—Primero mira el objetivo y después lanza cerrando el ojo sano. Y el canalla acierta, es increíble, totalmente a ciegas. ¿Dónde has ido?

—Me he bañado, el agua estaba helada, pero me ha sentado muy bien.

—Llegas a tiempo para fumar.

Lorkun revolvió unas alforjas en el ventanuco de la cueva y sacó tres pipas largas.

—Ahora estoy con vosotros, voy a cambiarme.

Fumando hierbas de olor dulzón en pipas de madera, contemplando el mar de nubes que arropaba las montañas, los tres se quedaron en silencio. La vista era impresionante, debía de ser imposible evitar lo divino contemplando aquel paisaje de montañas escarpadas flotando entre las praderas de nubes. En racimos, o como masa uniforme, las nubes rechonchas anegaban todo el horizonte.

—Una vista hermosa —afirmó Sala.

—Remo —comenzó a decir Lorkun—, voy a ayudarte.

Remo lo miró a la cara. Después siguió contemplando el horizonte. Sala que parecía insegura de que su compañero de viaje hubiese entendido las palabras de Lorkun apostilló:

—¿Remo has oído? Lorkun… ¿y ese cambio?

—Se lo debo a Remo. Me lo debo a mí mismo. Ya rendiré tributo al gran Huidón cuando regrese. Es un suicidio, pero Remo jamás se echó atrás cuando tuvo que venir en mi ayuda en el campo de batalla. Esta mañana, charlar con él me ha servido.

—¿Me habéis dejado dormir mientras discutíais algo tan importante?

Lorkun hablaba con Sala como intuyendo que Remo no intervendría, como si no estuviese escuchando.

Sala miró a Remo. Habitaba en sus ojos verdes una luz, dos matices imperceptibles daban brillo a sus pupilas.

—El plan de Remo es una locura, pero si tú estás dispuesta a jugarte la vida de esa forma, y se supone que no eres más que una desconocida para él, yo, que soy su amigo, no puedo negarme a lo que me pide.

—Así que una desconocida… Y el testarudo de Remo da por hecho que yo lo ayudaré —aunque Sala encarnaba un tono bromista, le resultó peculiarmente extraña la sensación de malestar que le producía la imagen de ser una «extraña» para Remo. Habían pasado juntos días enteros de camaradería, habían compartido habitación de hospicio y, desde luego, se habían soportado mutuamente teniendo caracteres contrarios. Sala no habría descrito su relación de aquella forma tan fría. Después estaba el hecho de que Remo sobreentendiera que ella iba a formar parte de su trama—. ¿Y cuál es ese fabuloso plan?

Entraron en la casa y Remo, bastante animado, mostró un dibujo algo torpe pero eficaz a la chica.

—Verás, hace algunos años, el que hoy ostenta el cargo de general, Selprum, hizo la vida imposible a un grupo de militares de su orden.

—Ve al grano, eso me quedó claro hace tiempo —dijo Sala muy cortante.

—Todos los testigos de la sucesión de Arkane fueron despojados de sus privilegios y desterrados de la Horda del Diablo. Selprum aprovechó para limpiar la Horda de todos aquellos a los que no tenía simpatía. La idea es…

Remo explicaba con énfasis mientras ella lo miraba con cierto rencor.

—¿Y? —preguntó la mujer que recibía de nuevo al sol desde el ventanuco. Sus ojos de color miel, enormes, parecían reflejar los rayos solares aumentando la luz en la estancia.

—Espera, antes de eso he de explicar otras cosas. Cuando se me contrató para matar a Moga, yo no sabía que detrás de todo esto estaba el rey. Fue el mismo Bécquer quien me insistió en que servía a Tendón, pero yo no lo creí hasta que tú me confirmaste las sospechas. Conozco a Selprum bastante bien. Su ansia de poder, ahora que es general, no cesará. Sustituir a Rosellón, más que saciarlo, debe de haberlo encendido. Querrá ser el favorito del rey, acabar siendo el caudillo militar de Vestigia. Por eso se encarga de los trabajitos especiales de Tendón. Él está detrás de la contratación de los asesinos para eliminar a Moga. Selprum, después de lo que me contaste, está detrás, se ha responsabilizado de la situación para llamar la atención del rey.

Remo hizo una pausa y la miró directamente a los ojos.

—Necesito que vuelvas a la capital y que anuncies a quien te contrató que fracasaste en la misión de matar a Moga. Necesito que convenzas a tu contacto de que ese Nigromante es más peligroso de lo que esperabas, porque tiene una camarilla de esbirros, un miniejército que fustiga y tiene postradas a las mismas tropas del rey, que tiene el favor de los alguaciles. Es importante que anuncies mi muerte y la de los demás asesinos que fortuitamente encontraste en la taberna. El ego de Selprum hará el resto. Estoy seguro de que él mismo viajará con la Horda para aplacar la supuesta rebelión. Quemará pueblos si es necesario. Entonces lo emboscaremos en la Ciénaga. Mientras yo me ocupo de Moga, Lorkun reunirá a los descontentos, los expulsados de la Horda, a los que fueron damnificados por la subida de Selprum… Tu misión es arriesgada, Sala. Tú eres extraña a toda esta historia pero te pagaré después tu parte del trabajo: no te estoy pidiendo un favor… te pagaré bien y creo que no correrás un peligro real. Selprum no se fijará en ti… se obcecará con resolver lo de Moga, para él no supondrá un riesgo que tenga secuaces, vendrá con hombres suficientes, esperemos que no demasiados…

—¿Y piensas que una «extraña» hará ese trabajo para ti? Vas listo.

Sala salió de la cueva dejando a Remo con la palabra en la boca. Estaba aturdida, ni tan siquiera acaba de explicarse su comportamiento. Le dolía la actitud de ese hombre silencioso y egoísta, se repetía estas dos palabras en la cabeza. Tan solo estaba pensando en su venganza personal, usando las piezas que le quedaban para vencer un torneo adverso. Así se sentía ella, como una pieza, una carta usada con desesperación en una partida amañada. Remo seguía empeñado en enfrentarse al general Selprum y eso era una muerte segura. Era un suicidio y el motivo último para Sala estaba claro: se trataba de vengar a Lania.

—¡Sala! —gritó Remo a su espalda.

Sala apretó el paso para ponérselo más difícil. No corría pero sus pies ligeros sorteaban a los transeúntes con suma facilidad. Había una auténtica procesión de personas regresando a las cuevas con las compras, y el sendero que bordeaba a la montaña era angosto. Remo logró alcanzarla en la gran plaza.

—Sala, ¿qué te ocurre?

—No me parece un buen plan, Remo.

—¿Por qué? No entraña riesgo para ti. Lo único que tienes que hacer es mentir. ¿Cuánto quieres cobrar? Dime la cifra.

—¿Cómo puedes pensar que quiero dinero? —preguntó encolerizada, llamando la atención de los que los rodeaban—. Maldito seas, Remo, tú eres quien mostraba una apetencia por el dinero irresistible al tendernos la trampa en la taberna. A mí no me hables de dinero.

Remo cerró un ojo en acto reflejo, pensando que la chica volvería a abofetearle la cara, como lo hiciera en otras discusiones. Pero esta vez la mujer no lo golpeó.

—Me ha costado mucho trabajo conseguir que Lorkun me ayudase, no me lo pongas ahora difícil tú. Necesito tu ayuda. Te salvé la vida, ¿recuerdas?

Sala palideció cuando Remo hizo alusión a la deuda de vida. Le entraron ganas de pegarle duro, de hacerle daño. ¿Cómo podía chantajearla de esa forma? Lo peor del asunto era que ella, en ese momento recordaba perfectamente que era cierto…, ese hombre egoísta le había salvado la vida.

—No sé…, lo pensaré —dijo fríamente.

—Bien. Yo ahora voy a comprar víveres y otras cosas que necesitaremos. Necesito que te decidas rápido.

Sala volvió a la cueva y encontró a Lorkun afilando unos cuchillos.

—¿Por qué cambiaste de idea? ¿No decías que era un suicidio? Vas a conseguir que Remo muera, incluso que muramos todos…, menudo amigo.

Lorkun le sonrió.

—Esta mañana, Remo, ese mal nacido que tengo por amigo, me ha convencido de la forma más simple. Me llevó lejos, a la cima de la montaña, y allí me hizo comprender que mi espíritu no podrá estar en paz hasta que no resuelva mi pasado. Hasta que no me enfrente a mi desgracia.

—¿Eso lo hizo Remo? Pero si lo único que sabe hacer es destrozarlo todo. ¿Qué te dijo?

—No dijo nada, sólo me hizo lanzar un hueso contra una piedra, después contra el melón ese… Sala…

—¿Qué?

—¿Tú lo amas?

Sala enrojeció. No esperaba la pregunta. Estaba tan enfadada con Remo que le daban ganas de decir que lo odiaba con toda su alma…

—No. ¿Cómo me puedes preguntar eso? Es un hombre terrible; antes era indiferencia; ahora creo que lo odio.

—Creo que una chica como tú le haría resurgir, le daría la estabilidad que necesita para empezar de cero.

—Pues lo disimula muy bien. Creo que tu amigo no me valora en absoluto. De todas formas, a mí no me interesa una relación tormentosa con un hombre como Remo… De eso nada.

—Remo nunca pide un favor a gente en la que no confía y lo que te ha pedido a ti es más que un favor.

—Me ha ofrecido dinero, ha dejado bien claro que no es un favor.

—Remo es torpe, Sala, siempre ha sido torpe con las personas, muy brusco…, pero confía en ti.

Lorkun la dejó a solas. Sala sentía una angustia interna, un peso en el estómago. No sabía cómo desencadenar ese sentimiento, si reír o llorar. De repente Remo la necesitaba para un suicidio anunciado y ella se sentía mal negándose. De repente ella era el problema en toda aquella locura que Lorkun había aceptado. Remo pretendía emboscar a un general para matarlo, vengando así a su mujer. Quizá intentaría sonsacarle el paradero de Lania. ¿Iba ella a ayudarlo a conseguir una muerte segura? Tenía la convicción de que debía ayudarlo, de que no podría negarle nada a Remo después de lo que había hecho por ella, pero era como ayudarlo a suicidarse.

Sala aceptó antes del almuerzo y Remo por primera vez desde que se conocieron tuvo un detalle tierno con ella. La abrazó elevándola del suelo varios palmos, preso de la euforia, cuando ella le comunicó que contribuiría al plan. «Lo haré gratis, idiota».

CAPÍTULO 23

Caminos distintos

Remo atravesaba el silencio. Había regresado a la dureza del caminar solitario. Sala y su alboroto habían poblado sus costumbres más de lo que podía imaginar en apenas unos días. Al principio de su nuevo viaje, cuando descendió de las Montañas Cortadas en soledad, agradeció la ausencia de la mujer. Tenía muchas cosas en qué pensar, muchos detalles en sus planes que requerían introspección. No quería desperdiciar la tentativa de venganza que le era regalada por el destino en una mala planificación. Así, las dos primeras noches sin la mujer las había disfrutado conjeturando decisiones. Después, paso a paso, la oquedad del tiempo y los espacios abiertos que atravesaba se apoderaban de él. La soledad se le presentaba en cada recodo de un río, en cada brisa traspasada en los esqueletos de los árboles, en cada detalle que solía tapar la voz vivaracha de Sala, en sus constantes quejas, en sus constantes preguntas, también las veces en las que ella admiraba el horizonte, la belleza de las cosas. «Remo, fíjate en esa puesta de sol, parece que está haciendo hervir las nubes…». Ahora Remo se encontraba de cuando en cuando imaginando cómo la mujer cubriría los sonidos con sus comentarios. Cómo se habría sorprendido de la nevada que aconteció en el Paso montañoso de los Mercaderes.

Así, cuando en la superficie nevada de un risco miró al horizonte, hacia el sur, que lo aguardaba oscuro e incierto, trató de imaginar cómo le iría a la mujer en su parte del plan, si acaso no estaría en una fogata parecida a la que él usaba para guarecerse del frío. A ella le encantaba mirar el cielo. Si todo salía bien, viajaría junto a Lorkun durante tres días por las llanuras de Gibea, y después tomaría el Camino Real hasta Venteria. Remo sabía que ella cumpliría su misión. Confiaba en que el ego y la codicia de Selprum hicieran el resto. Sus ganas de protagonismo, el hambre insaciable por trepar en la escalera del poder, seguro que le harían abalanzarse sobre cualquier oportunidad de destacar y exhibirse delante del rey Tendón y la corte. Esa era la apuesta de Remo.

Lorkun lo tenía más difícil en su encargo, primero porque la mayoría de aquellos hombres podrían no querer inmiscuirse en revueltas. Habían pasado diez años. Remo llegaría hasta el final, aunque Lorkun no consiguiese reunir a ninguno de los que antaño fueron soldados y caballeros de la Horda del Diablo. Afrontaba su plan como lo último que debía hacer antes de abandonar el mundo de los vivos. Estaba seguro de que si algún día debía morir, prefería morir intentando desliar la tormentosa trama en la que Selprum lo había condenado a la desgracia.

Remo se quedó dormido junto al fuego para no congelarse. Las llamas poco a poco iban extinguiéndose, pero las brasas y los rescoldos perduraron toda la noche camuflados entre las cenizas.

Lorkun y Sala emprendieron su viaje hacia las llanuras de Gibea, en la región de los grandes ríos. Desde allí, las Cortadas que dejaban atrás parecían eternas e inalcanzables. Prados verdes, campos y campos de flores silvestres, llanuras de amapolas y planicies tapizadas de margaritas, la belleza de las llanuras de Gibea hacían comprender al viajero la grandeza de Vestigia, pequeña joya desprendida por la gracia de los dioses del yugo de Nuralia. La basta y montañosa Nuralia, así lo exclamaban los predicadores y los maestros en las escuelas de las ciudades en Vestigia.

Acamparon cerca de Luedonia, primera parada de Lorkun. En la noche sedosa Lorkun recitó poemas para Sala. Una fogata cercada de piedras oscuras decoraba las hierbas que, esponjosas, servían de tapiz cómodo a los viajeros.

Vino desde los mares
la diosa Mera
a regalarnos sus virtudes.
Sanando la lluvia,

amando a la roca,
del dios Atrone enamorada,
emanó los ríos en sus placeres
y nació Fundus, el siempre amado,
que al bañarlo en los mares
se escapó saltando al agua de sus padres.

—Es bonito ese poema.

—Gracias, se me da bien memorizar canciones. Antes, mis letras eran más belicosas. Ahora recopilo las canciones antiguas dedicadas a los dioses de antaño.

A Sala le encantaba la compañía culta de Lorkun. Le agradaba poder conversar con alguien sin la sensación de tener que extraer sus opiniones como gemas adheridas a la pared rocosa de una cueva. Sin querer, lo comparaba irremediablemente con Remo. El viaje con él había sido mucho menos apacible. Lorkun caminaba con más paciencia, disfrutaba más del entorno, se detenía a descansar más a menudo. Sala sin embargo echaba de menos a Remo. Se decía que era por la sensación protectora que le daba, también por las discusiones. En el fondo le gustaba polemizar y no encontraba en Lorkun ningún razonamiento falto de piedad y decoro, falto de coherencia y razón. Lorkun, siempre atento, le hacía sentir que estaba en un peregrinaje sosegado a través de Gibea.

A la mañana siguiente, junto al Camino Real que debía tomar Sala, se despidieron.

—Mucha suerte en tu cometido, Lorkun.

—Cuídate mucho Sala, vas a la boca del lobo. No te fíes de Selprum, de su estado de ánimo, ni de su mirada apacible. No arriesgues tu vida absurdamente. Estoy seguro de que Remo no quiere que te sacrifiques por él. Vigila tus palabras con ese hombre.

—Lo tendré en cuenta.

Se abrazaron y Lorkun le pasó las alforjas con los víveres que les quedaban. Él compraría más en Luedonia. Sala se perdió en la lejanía dorada de su camino, sobre las piedras de la calzada, y Lorkun puso rumbo a la ciudad.

La muralla de madera sembrada de estandartes amarillos daba una impresión equivocada de Luedonia. Rodeada de tierras fértiles, era incomprensible cómo la pobreza y la delincuencia reinaban en el interior de aquellos muros. Calles encharcadas de inmundicia, prostitutas sucias que trataban a cualquier viajero como mayordomos fugaces, peste a orines y mendigos tramposos que a la menor ocasión emprendían carrera con bolsas ajenas.

Lorkun no paraba de pensar en qué les diría a los gemelos Glaner para convencerlos de que se unieran al plan de Remo. Encontrarlos no le fue un problema. Entre batallas, la mejor cerveza siempre la tenían los gemelos y abastecían a los compañeros, cuestión que no hacía gracia al capitán Arkane, pero que jamás pudo erradicar.

Lorkun franqueó las puertas de la taberna Glaner y una mujer de pechos montañosos lo asedió pidiéndole una invitación a cambio de algo absolutamente imposible de entender en la madeja de vocablos que la mujer escupía. Reconoció a Uro Glaner tras la barra, en una esquina, partiendo con un cuchillo pedazos de manzana que después se llevaba con lentitud a la boca. Estaba más gordo y su tez pálida ahora tendía a un rosado pecoso de comensal satisfecho.

—Uro Glaner…, ¿no reconoces a un viejo amigo?

A Uro Glaner se le salió de la boca el último trocito de manzana que sus dientes martirizaban. Sus ojos se abrieron muchísimo al contemplar al forastero con el parche en el ojo.

—Dioses…, Lorkun… ¿Cómo tú por aquí?

—¿Y tu hermano?

—Ahora viene, ven y echa un trago conmigo.

Uro sirvió un brebaje en dos vasitos de cristal y Lorkun aceptó embucharse uno sin preguntar qué contenía. Ardía en su garganta mientras continuaba charlando con Uro.

—Veo que la taberna sigue en pie.

—Aquí no pasa el tiempo. El padre de mi padre fundó este negocio y nosotros lo hemos continuado, nada más.

—En los tiempos que corren es complicado subsistir.

—Por eso prospero yo, para alimentar a los borrachos infelices. ¿Es cierto que te hiciste sacerdote de Huidón?

Lorkun y los gemelos departieron durante horas apartados en una mesita, sin hacer caso de la clientela que iba y venía. Un primo de los Glaner ayudaba a los gemelos en el trabajo y se quedó al cargo de la barra mientras ellos rememoraban viejos tiempos con Lorkun.

—¿Sabéis algo de Terio?

—Terio…, creo que enfermó hace años y murió.

—¿Os han llegado noticias de Trento, Gireno y los demás?

Los hermanos se miraron.

—¿Por qué preguntas por ellos? Trento continua en la Horda… Él… no se vio implicado en nada. De Gireno, acabó muerto sospechosamente después de… ya sabes.

—¿Gireno también?

—Sí.

—Remo vino a visitarme hace tan solo unos días.

—¡Por los dioses, Remo! —gritaron simultáneamente los gemelos—. Hace años que nos llegan historias sobre él. Nada buenas, la verdad. Lo dábamos por muerto después de su última travesía marina. ¿Qué tal está?

—Igual que siempre, pero con más veneno en la sangre. En realidad estoy aquí por él.

Sala despertó al alba. Silbaba entonando canciones inventadas, en un intento de no pensar mucho en cómo afrontaría la llegada a la corte. Su parte del plan parecía sencilla, sin embargo, un presagio se amarraba en sus entrañas convocando incertidumbres y le impedía dormir. Lo peor fue que al quedarse dormida tuvo un mal sueño.

Un campo de amapolas usurpado por jinetes negros, adornados con el estandarte de la Horda. Remo luchando contra los secuaces de Moga entre árboles pelados de la Ciénaga Nublada. Remo se cansaba, estaba extenuado de asestar golpes y comenzaba a dar síntomas de debilidad. Cada vez había más enemigos y él estaba más y más cansado. Después ella corría por un bosque y llegaba a un vado diáfano en el momento final de una batalla. Centenares de cuerpos se confundían y, entre todos ellos descubría el cadáver de Remo. Había mucha sangre, y por la expresión del guerrero se podía comprender que estaba completamente extenuado, con los ojos vacíos de toda esperanza, sin esa presión con la que siempre apresaba las cejas con el ceño fruncido. Lejos de tener paz, atesoraban desastre en la mirada. Cuando despertó sobresaltada prefirió no seguir durmiendo.

Remo alcanzó las tierras cercanas a la Ciénaga Nublada exhausto. La caminata había sido más dura de lo que recordaba, sobre todo después de perderse en varias ocasiones al salir del Paso de los Mercaderes. La ventisca dificultaba encontrar puntos de referencia y había caminado mucho más de lo necesario.

Pensaba que haría bien en buscar alguna aldea, al menos una granja, donde poder alimentarse como es debido. Descendió de las montañas y vagó por prados oscuros de hierba parda, repletos de plantas urticantes, salpicados de serpientes. No se prodigaban muchas presas en las cercanías de los pantanales y los reptiles atacaban a cualquier criatura perdida en sus dominios.

Caminando en el perímetro de los pantanos, se encontró de bruces con dos secuaces de Moga. Sus atuendos lo revelaban. Mantuvo la calma pues probablemente ellos poseían la descripción de un fugitivo acompañado de una mujer.

—¿Quién anda ahí? —preguntó uno de los dos.

—Soy un viajero del norte, acabo de atravesar el Paso de los Mercaderes y me dirijo hacia la costa a la ciudad portuaria de Mesolia. Busco refugio y comida.

—Estás en las inmediaciones de la gran Ciénaga Nublada, territorio de Moga el Nigromante; aléjate al este, allí tendrás dónde guarecerte —aconsejó uno de los hombres señalando la dirección adecuada.

Remo, entretanto, no detuvo sus pasos, aproximándose cada vez más hacia ellos. Calculaba que, si los mataba, podría cargar la piedra para así adentrarse en la Ciénaga con garantías de éxito.

—He dicho en esa dirección. ¿Estás sordo?

Remó saltó desenvainando su espada. El tipo no tuvo tiempo de usar la suya, ni tan siquiera pudo extraerla de la vaina cuando aquel viajero lo atacó. El compañero, lejos de ayudarle, se dio a la fuga. Remo trató de impedírselo, incluso llegó a lanzarle una piedra a la desesperada, pues no tenía fuerzas como para ir corriendo tras él. Su pedrada fue inútil y bastante desacertada. Era cuestión de tiempo que vinieran más hombres de Moga.

CAPÍTULO 24

Bécquer

Remo encontró a Bécquer en las inmediaciones de la Ciénaga. Fue inesperado topárselo tan pronto en los campos. Caminaba despacio, acariciando con la mano unas hierbas altas matizadas de pequeñas flores amarillas. Cuando lo vio, no varió su proceder, ni tan siquiera aparentaba sorpresa, siguió paseando tranquilamente.

—Hola, Remo —saludó con tranquilidad inquietante.

Remo no contestó el saludo. Bécquer se encaminaba hacia un claro de vegetación espesa, pero ausente de árboles. Se miraban directamente a los ojos, con ferocidad. Corría una brisa leve que movía la hierba como si fuese la melena de un caballo brioso al trote. Los pájaros cantaban por encima del zumbido de los insectos y, el sol aplastaba con su luz el color de las flores y el verde de la hierba, doblegándolos hacia un tono más chillón de claridad insoportable. La cota de malla de su enemigo brillaba de cuando en cuando deslumbrante, así como el pomo metálico de su espada, difuminados los destellos en una fina capa de niebla luminosa.

—Te has curado milagrosamente de la estocada. Recuerdo cómo mi espada entró en ti, y la fuerza que hice para extraerla. Limpié tu sangre con un trapo blanco, en mi cabaña, tranquilo y satisfecho por haber dado muerte a un guerrero digno de combatir conmigo. Sin embargo, estás aquí, frente a mí, caminando tranquilo, sin vacilarte el paso, sin padecer en tu rostro la más mínima mueca de dolor. No quedan en ti rastros de nuestro combate.

—Debiste rematarme.

—Estabas muerto, no soy un carnicero. No sólo has sobrevivido. Estás aquí, de vuelta, tal vez con el propósito estúpido de intentar cumplir tu misión. Créeme que has impresionado mucho a Moga.

Remo miró la piedra en la empuñadura, mientras se liberaba de un zurrón y de la capa, preparándose para el combate. Sólo tenía que acercarla a sus ojos para desencadenar su poder. De un lado, en su corazón, parte de él deseaba enfrentarse al espadachín sin la ventaja del poder de la gema. Sin embargo, no estaba dispuesto a arriesgarse con Bécquer. Subestimar a un rival tan peligroso podría esta vez costarle la vida. Entonces, un silbido en su flanco derecho llamó su atención. «¿Una flecha?», se preguntó en apenas un instante. En efecto, una flecha pasó rozándole la cara. Su contrincante aprovechó el desequilibrio que tuvo que hacer para la esquiva, y se lanzó sobre él. Remo perdió el equilibrio totalmente al sentir cómo Bécquer cargaba contra él. Rodó por el campo agradeciendo el espesor de la hierba y consiguió volver a ponerse en pie. Entonces se percató del fin que había perseguido Bécquer. Su espada había desaparecido de la vaina.

Su enemigo, a varios metros de él, la sopesaba con la mano. Se la había arrebatado con el empujón. Ahora podía visualizarlo en su mente, entendiendo la habilidad de Bécquer para distraerlo con la flecha. Remo pidió a los dioses que no se la acercase a los ojos. La balanceaba comprobando su peso, mientras los rayos solares jugueteaban posándose en ella, multiplicando el efecto de sus destellos, haciendo imposible adivinar el perfil afilado del arma, y explosionaban allí con una luz resplandeciente que deslumbraba a Remo y decoraba el atuendo de su enemigo.

—¡Ya puedes salir!

De entre la maleza, el arquero acudió a la llamada de su jefe. Bécquer envolvió la espada en un paño que sacó de su cinto.

—Este fue el trapo que usé para limpiar tu sangre —dijo divertido, sonriente mientras entregaba el arma envuelta al tipo encapuchado que había disparado la flecha—. Llévasela a Moga inmediatamente.

El esbirro asintió y, enfundándola en una vaina de cuero corrió hasta perderse en la espesura hacia el este, al interior de la Ciénaga. Remo trató de seguirlo con la mirada entre los árboles lejanos cuando desapareció del claro, pero lo perdió de vista al poco tiempo.

—¿Es cierto que tiene propiedades mágicas? ¿Esencia de dioses? Moga lo cree, deberías conocer mejor a Moga. No es un simple charlatán… —comentaba Bécquer.

Trataba de no pensar, pero temía profundamente las consecuencias que podría tener el pequeño despiste que había tenido. La trampa de Bécquer había estado bien urdida. Esquivó la flecha milagrosamente. Su enemigo había pretendido matarlo y ahorrarse complicaciones. Remo esquivó la flecha y tuvo la lucidez de aprovechar su desconcierto para robarle el arma. Ahora debían combatir y Remo estaba desarmado.

—Si tu rey quiere eliminar a Moga es porque en cierto modo lo teme. Cada vez se hace más popular entre las gentes del sur —dijo Bécquer mientras se acercaba. Desenvainó su espada tranquilamente.

En ese momento Remo echó a correr. Perder la espada había sido un desastre cuyas consecuencias aún no podía prever. Quizá acababa de echar por tierra su plan. Lo que sí sabía era que necesitaba sobrevivir a su encuentro con Bécquer, sin la ayuda de la gema y, para eso, debía encontrar un arma. No recordaba exactamente dónde había matado al centinela antes. Pretendía regresar hasta allí para conseguir un arma.

Mientras corría desesperadamente sintiendo cómo su persecutor no se quedaba a la zaga, recordaba el momento de duda que le hizo no mirar inmediatamente la joya para recibir el poder. Recordó el sentimiento de orgullo y honor, de querer una pelea justa. Bécquer sin embargo se había preparado la ventaja con el arquero. Se maldijo por ese viejo sentimiento equilibrado de justicia después de pasar los últimos años de su vida atrapado por el cerco del infortunio. Si hubiese desenvainado con rapidez, aquella flecha no le habría molestado tanto, podría haber mirado la joya rápidamente y entonces… Era absurdo pensar en las posibilidades pasadas. Llevaba años comprobando que de nada servía arrepentirse de un error, que debía simplemente evitar volver a cometerlo.

Después de zigzaguear entre varias arboledas, al fin, Remo alcanzó el lugar donde diera muerte al sirviente de Moga. Pudo hacerse con su espada. Bécquer llegó poco después con deseo en su mirada.

—Pensabas que quería huir… —dijo Remo con dificultad, con resuello en su respiración.

—Vaya…, estaba a punto de dejarte marchar. Odio correr detrás de cobardes. Parece que tú no eres cobarde…

—Podría haberme marchado sin problema, soy más rápido que tú. He venido a por esto —dijo mostrando la espada.

—Bien, la vas a necesitar, pero me pregunto si te has quedado porque tienes esperanza de vencer o, en cambio, porque eres de esos que no eluden una pelea.

Bécquer hacía estiramientos en los brazos. Le recordaban los estiramientos que solía obligarle a hacer Arkane antes de las clases de esgrima. Remo hacía años que no ejercía esos métodos. Su musculatura solía estar a prueba a diario y no requería formalidades para dar el máximo de sí ante la exigencia de tentativas de muerte.

—Hablas más de la cuenta. Cuando vomites sangre y me mires sorprendido buscando una explicación al dolor de tus entrañas, dejarás de hablar —sentenció Remo.

Remo llevaba días de camino, durmiendo mal; aprovecharía cualquier momento de respiro antes del combate, hasta la última ventaja que pudiera obtener. Estaba inquieto, sin poder concentrarse después de perder la espada. Necesitaba centrar sus pensamientos ahora en su oponente.

—Bueno, creo que ya está… —dijo Bécquer después de un último balanceo de brazos. Desenvainó la espada y se acercó caminando diligente hacia Remo.

Bécquer atacó caminando, muy seguro de hacer retroceder a Remo con sus estocadas. Parecía querer simplemente activar la pelea, no se estiraba ni hacía fuerza incisiva en sus movimientos. Remo defendió un par de ataques que le venían al rostro y retrocedía estudiando la sincronización entre los ataques de Bécquer y sus piernas. Parecían ordenados, hasta que su adversario comenzó a acelerar después de pararse en seco. La espada de Bécquer golpeaba de forma rápida arriba y abajo, y él detenía las embestidas ahora muy severas y más intencionadas. Dos por la derecha, una por la izquierda, otra intentando pincharle en el abdomen. Así repetía Bécquer su serie, de forma tan rápida que

Remo no podía más que parar los golpes sin tiempo para contraatacar. Remo temía los giros de muñeca de Bécquer, estaba muy atento a la dirección real de los sablazos, recordando aquella estocada traicionera con la que le sorprendió en la Ciénaga. Como no tenía tiempo para atacar, Remo decidió molestar las embestidas de su adversario, imprimiendo fuerza en sus paradas, intentando así hacerlo más lento. En su nuevo ataque Remo le sujetó la espada de un golpe brutal y el brazo de su oponente pareció resentirse, pues no mantuvo la serie de dos por la derecha, una a la izquierda y el pinchazo al centro. Fue directo al pinchazo al centro.

Remo esperaba, intuía que ahora Bécquer, después de sufrir ese lance, intentaría algo especial en la estocada, para recuperar la iniciativa. Aquella exhibición de series iguales no era más que una demostración de fuerza, de velocidad. Como si quisiera decirle «yo mando en esta pelea, te muestro lo que voy a hacer y no puedes impedírmelo». Ahora necesitaría algo especial que lo volviese a posicionar como dominante en el duelo. En efecto, aquella estocada dirigida al pecho fue mucho más definitiva que las anteriores, flexionando mucho el cuerpo para alcanzar más distancia. Remo tuvo que retroceder un paso para no encontrarse con el corazón trinchado, entonces Bécquer hizo el giro de muñeca. Remo lo esperaba, tenía pensado cómo hacérselo pagar, pero en lugar de girar la espada hacia arriba, tal y como había hecho en su anterior duelo,

Bécquer la giró hacia abajo y la punta pinchó la pierna izquierda de Remo.

—¡Aaah! —gritó de dolor.

Bécquer extrajo la punta a la velocidad del rayo y volvió a lanzar otra estocada al pecho con otro giro de muñeca. Remo saltó hacia atrás como pudo y salió de la distancia. Rodó hacia atrás en el terreno poco uniforme, haciéndose daño en la espalda con algunas piedras, pero consiguió ponerse en cuclillas. Con la ayuda de la espada, se puso en pie.

—¿Lo ves, Remo? No eres rival para mí.

Remo no lo escuchaba. Silenciar el dolor que punzaba su muslo izquierdo colmaba toda su mente. La sangre salía despacio, pero sin descanso.

—Ahora debes de estar sintiendo la «presunción de inferioridad». Seguro que te lo enseñaron en el ejército. En un duelo, cuando recibes tu primer corte, la primera herida, sientes que tu adversario es mejor que tú y, aunque esto pudiera ser falso, ese pensamiento te condenará porque irremediablemente afectará a tu combate. Más que nada, hace que cometas torpezas tratando de equilibrar la balanza…

Remo lo miró a los ojos con tanto odio, que Bécquer guardó silencio. Pisó con su pierna herida, sin hacer el más mínimo ademán de sufrimiento y se irguió. Bécquer parecía estar disfrutando y volvió a atacarlo, esta vez más rápido. Parecía querer acabar con él cuanto antes. Remo olvidó su pierna.

Siempre había sido un espadachín muy físico, solía desbordar a sus adversarios por su rapidez, y la fuerza de sus golpes desmoralizaba a hombres más y menos técnicos. Bécquer era muy técnico, un maestro de espada, no parecía tan fuerte como Remo, pero sus movimientos tenían tal precisión que sus golpes parecían aumentarse en potencia por su genialidad. Remo era más tosco, acostumbrado a batallar con armaduras, con espadas más pesadas, más fuerza que esgrima, sobrado casi siempre por la ayuda de la joya de Lorna. Necesitaba encontrar su ritmo. Apretó los dientes y comenzó a parar los embates de su enemigo, tratando de encontrar una fuerza natural que siempre le había respondido. Una especie de alteración del estado de ánimo muy parecida al enfado que siempre sacaba a relucir cuando luchaba.

Agarró la empuñadura de la espada con todas sus fuerzas, como si fuese capaz de romperla, y comenzó otra vez a imprimir más fuerza en las paradas. Dos a la derecha, una a la izquierda y otra al centro con flexión de muñeca. Así se lo estaba haciendo Bécquer una y otra vez como ridiculizándolo. Sin embargo, de repente, cambió. Una a la izquierda otra a la derecha, tres a la izquierda, dos a la derecha, una al centro, otra a la guardia baja, otras dos a la derecha. Remo paraba todo, con la angustia por el cansancio y el dolor de la pierna cuando se veía obligado a retroceder.

Llevaba todo el combate pensando cómo poner en aprietos a Bécquer. Llegó a una arriesgada decisión: no detener un golpe, usando ese tiempo para atacar con más claridad a Bécquer.

Remo pinchó el peto de cota de malla de Bécquer asumiendo que él le asestaría un sablazo por el flanco derecho. Bécquer aulló de dolor pues Remo había sido más rápido. Bécquer pudo cortarlo en el hombro derecho. El corte no fue profundo porque había perdido fuerza al recibir el envite de Remo.

Remo lanzó a uno y otro lado mandobles, apretó los dientes y decidió tratar de sobrepasar la resistencia de Bécquer. Golpeó dos veces hacia la cabeza con mucha fuerza, esperando que Bécquer lo parase, quería cansarlo. Dos veces también hacia el flanco izquierdo, una al derecho y mecánicamente otros dos golpes hacia la cabeza. Bécquer retrocedía, pero lo paraba todo. «¡Más rápido, Remo, más rápido!», se decía. Vuelta empezar. Ahora lanzó tres estocadas buscando el pecho; la tercera fue esquivada con maestría por su adversario echándose a un lado y contraatacándole.

Esta vez Remo no tenía la espada enorme de Fulón y tuvo tiempo de parar el golpe traicionero de Bécquer; más aún, le propinó una patada con la pierna mala en el pecho que lanzó a su adversario un par de metros atrás. Ahora Remo no sentía dolor.

Se abalanzó hacia Bécquer gritando y lanzó un ataque terrible hacia la cabeza, mientras el otro intentaba ponerse en pie. Bécquer paró el lance pero volvió a caerse. Rodó por el suelo esquivando una clavada en la tierra de Remo. Se incorporó rápidamente y, al intentar atacar a Remo, se encontró con que él había sido más rápido; un puñetazo tremendo le partió la nariz y le hizo retroceder. Bécquer comenzaba a respirar con dificultad cuando Remo se abalanzó hacia él y comenzó una lluvia de mandobles: izquierda, derecha, centro arriba abajo, gritando como desesperado; hacía temblar la espada de Bécquer en su mano, hasta que finalmente encontró un hueco en su defensa y le atravesó el abdomen.

Remo extrajo la espada rápidamente y golpeó la de Bécquer sabiendo que ahora la estaría asiendo con menos fuerza. Salió disparada por el campo hasta chocar en una roca. Desarmado, con el pinchazo del abdomen emanando mucha sangre, el rostro de Bécquer tenía pintada una expresión de terror.

—Ya no te ríes, ¿verdad…?—Remo clavó su espada en el pecho de Bécquer de forma violenta, para atravesar la cota de malla y después empujó hasta llevar su empuñadura lo más cerca posible del cuerpo de su adversario. Bécquer se desplomó agonizante, de rodillas. Varios estertores mortales lo tumbaron sobre la hierba y Bécquer murió.

CAPÍTULO 25

Audiencia peligrosa

Sala llegó de noche a su hogar, la pensión de Múfler. Tenía el cuerpo molido por el trasiego del carro que la había transportado y, aun así, daba gracias por no tener que haber hecho todo el camino de vuelta andando. La señora Múfler, en camisón, le abrió la puerta a regañadientes.

—Señorita, siempre vuelve usted así de improviso y a las peores horas. En esta ciudad hay muchos ojos y desde luego ningún joven noble y apuesto la pretenderá si continúa usted con esa vida... ¿Y su caballo?

—Lo vendí... —mintió ella, recordando que se había quedado en la posada de Pozo de Luna. Era un buen caballo, muy caro.

Múfler la hospedaba en pleno centro de la capital, sin hacer muchas preguntas, pero concediéndose el derecho de sermonearla cada vez que su conducta le parecía reprobable. La señora Múfler guardaba su secreto; y para muchas personas en la corte, Sala era hija o sobrina de la casera rechoncha. La joven la había ayudado con varios asuntos de impuestos atrasados que podrían haberla obligado a cerrar la pensión gracias a los contactos que Sala poseía, y de este modo, Múfler guardaba celosamente el secreto del oficio terrible de Sala. De vez en cuando incluso le había recogido encargos…, como el de aquel herrero desesperado por la suerte de su hija. Uno de los alguaciles de su distrito se había encaprichado con ella y pretendía forzarla al casamiento. La joven, una noche, fue asaltada por varios encapuchados y el herrero, viéndose deshonrado, estuvo al borde del suicidio.

Una flecha desde un tejado en un callejón de las afueras de la plaza de los mercados, en la parte baja de Venteria, en las inmediaciones de sus murallas jayanas, dio fin a la angustia y los problemas del herrero. El asesinato no extrañó a nadie, pues en todas partes la injusticia sembrada por el alguacil era de sobra conocida. Los posibles responsables del crimen eran tantos que el caso quedó sin resolver, como tantos otros en Venteria.

Pero un alguacil corrupto que abusa de su cargo no era lo mismo que uno de los cuatro generales del ejército de Vestigia. Sala era partícipe de un plan en el que no tenía convicción de victoria. No podía tener éxito. Era un suicidio pretender eliminar a Selprum Omer.

—Tena, mañana debes entregar esta nota al chico y que se la lleve al señor Coster.

La señora Múfler miró a Sala que, después de un baño de agua caliente, ataviada con una estola de gasa de algodón, aparecía realmente hermosa. Tena Múfler no había tenido hijas. Madre soltera de un varón muerto en la Gran Guerra, le tenía un cariño especial a aquella morenita de ojos dulces.

—Sala, mi niña…, ese Coster no te trae nada bueno nunca.

Lord Coster era su contacto, un hombre que le había conseguido el trabajo, un noble venido a menos, con cierta cojera en su pie derecho de la que presumía en las ceremonias. «Herida de guerra», decía siempre que alguien miraba más abajo de sus caderas al detectar el vaivén de sus andares. No estaba ciertamente cojo, pero bastó eso para alejarlo de las armas y así conseguir una venia del rey para dispensarle en caso de guerra. Coster era conocido en la corte y todos sabían que se le podían encargar ciertos asuntos. Selprum lo había usado varias veces para teñir de seguridad oscuros destinos y, en el caso de Moga el Nigromante, Coster se estaba jugando su prestigio y el favor del general ambicioso.

Sala se acostó después de beber un tazón de leche y abrió la ventana para contemplar las estrellas. Estaba preocupada por Remo. Se suponía que debía andar enfrentándose a Moga y a Bécquer mientras ella cumplía su cometido en la capital. Quizás podía estar muerto, o combatiendo en ese preciso momento en que ella suspiraba sobre su almohada, pese a que la noche aparentase sosiego y tranquilidad.

El proyecto de venganza de Remo pasaba porque ella contase a Selprum que Moga estaba vivo y reuniendo a un grupo peligroso de secuaces para conspirar contra el rey. Que Remo y los demás asesinos habían muerto intentando matarlo, pues disponía de una camarilla de soldados. Pensaba provocar la ira de Selprum, para que este en persona viajase a resolver lo que los asesinos no habían logrado. Mientras tanto, Lorkun debía reclutar viejos camaradas y llevarlos lo antes posible a la Ciénaga, lugar que Remo pretendía perfecto para diluir la ventaja numérica de Selprum. En resumen… una locura en la que muy pocos se enfrentarían a muchos.

Quería pensar que todo saldría bien, que volvería a ver a Remo pronto y lo abrazaría ilusionada por el éxito de su plan…, pero se le antojaba inverosímil aquel final perfecto. En la vida muy pocas veces había conocido finales así. ¿Por qué se alegraba tanto ante la posibilidad de volver a tenerlo cerca? ¿Por qué odiaba la idea de que lo matasen? «Apenas conoces a ese hombre y todo lo que sabes de él te lo han contado otros, él ni te mira…, él…, él no mira a nada que no le permita acercarse a su destino, a su venganza». En cierto modo era un acto de amor que le rendía a Lania. Para Sala eso marcaba la diferencia y de forma misteriosa no podía más que seguir el plan suicida de ese hombre quizá porque el mero mecanismo del amor siempre lo había entendido ella como algo alocado y sin sentido. Debió de amarla tanto…

A la mañana siguiente fue cuestión de horas que los hombres de Lord Coster se presentaran en la casa tras recibir el recado.

—¡Sala, baja! —gritó Tena Múfler desde el recibidor en el primer piso. Sala se enfundó un cuchillo en el cinto, se recogió el pelo rizado con una hebra de tela y después bajó las escaleras. Se sorprendió de que el propio Coster estuviese allí.

—Sala, debes acompañarme.

Ella asintió y abrazó a Tena para despedirse de ella. La enorme casera tenía el rostro enrojecido de preocupación. Fuera, en la calle, Sala preguntó.

—¿Adónde vamos?

—Sube a ese caballo, vamos a palacio, a ver a Selprum. Quiere que le expliques qué ha pasado exactamente. En tu nota decías que querías verlo, ¿no? Pues no me hizo falta convencerlo de que te recibiese. Apenas le conté que los demás asesinos habían muerto, tal y como decía tu escrito, quiso que fueses a verlo.

Cabalgaron despacio por las avenidas de Venteria hasta la muralla del castillo de Tendón. Allí se dirigieron a las caballerizas. Un séquito de la Horda los esperaba. Era la guardia personal de Selprum, que siempre rehusaba ser protegido por la guardia real del castillo. Usaba a sus propios hombres como escolta.

En las dependencias del general fueron recibidos por un Selprum nervioso que no paraba de mirar por las ventanas el patio de armas, donde varios jóvenes de la familia real practicaban con famosos maestros de esgrima.

—¿Tú eres Sala? —preguntó Selprum.

—Sí.

—Dime, ¿qué pasó en Pozo de Luna?

Sala le regalaba una sonrisa, pero viendo que Selprum no la miraba a la cara cambió su semblante. Esperaba al general más adusto y severo, un hombre con más aplomo. Sin embargo, sentía miedo cuando pensaba en las historias que Lorkun le había contado de él. Se imaginó de pronto que su expresión cambiaba y la tornaba de satisfacción mientras su hombres separaban a Remo de su mujer años atrás, o cuando ordenó que dejasen tuerto a su amigo.

—He conseguido sobrevivir de milagro señor…, ese Moga tiene un séquito que…

—¿Y Remo? Cuéntame qué pasó con Remo el arrogante.

Sala estaba maravillada por el interés que suscitaba Remo. Años después, el general demostraba una determinación absoluta en cerciorarse del destino fatal de su viejo adversario. De pronto Sala sentía proporción entre la necesidad de venganza de Remo y el desprecio que parecía suscitar en su enemigo.

—Remo murió, como Fulón y Menal. Para Moga trabajan varios hombres valiosos, tiene además a su servicio a los alguaciles de la zona y a sus hombres, todos desertores de nuestro rey.

—Quiero que me cuentes cómo mataron a Remo.

—Fue Bécquer…, el lugarteniente de Moga, un espadachín consumado. Mató a Remo en un duelo, yo estaba luchando en otra parte y…

Selprum aporreó la mesa y el golpe pareció vibrarle en las sienes.

—¡Es imposible! Mientes…, un espadachín… Remo no caería por la espada. Solo su ansia de traición, sus ambiciones y su orgullo lo desterraron de las canciones que se hicieron tras la Gran Guerra. Remo diezmaba las leyes naturales con su espada salvaje…

Sala enrojeció. De repente sintió que debía aumentar la mentira para que fuese creíble, pues la que tenía preparada no parecía surtir efecto. Selprum parecía respetar mucho a Remo como rival.

—Señor…, es que…

—¡Qué, habla!

—Temía que lo que voy a contar no sería más que una alucinación que tuve, pero juraría que Remo murió a manos de Moga, mientras este volaba hacia él. Estaba luchando con Bécquer sí…, hasta que de repente Moga saltó por encima de Bécquer, a varios metros del suelo y cayó golpeando a Remo en la cabeza con una vara larga. Remo comenzó a decir cosas incongruentes y entonces fue cuando Bécquer le asestó una estocada terrible.

Selprum la miró directamente a los ojos. «No se lo ha creído», pensó Sala; sin embargo, había una fascinación especial en las pupilas de Selprum, parecida a la de los hombres que miran el fuego mientras escuchan viejas historias.

—Ese Moga…, ¿usó un trampolín oculto?, ¿algún tipo de catapulta?

—No lo sé… Yo…, bueno…, salí corriendo cuando me di cuenta de que los demás estaban cayendo. Nuestra emboscada no fue factible. No pido que se me pague por el trabajo pues no conseguí mi objetivo, pero al menos puede ser valiosa la información…

—¡Prendedla!

—Señor…, ¿por qué? —preguntó Coster inmediatamente—. Para mí bastante desgracia es no cobrar este trabajo, pero si la retenéis, no podrá compensármelo con otras misiones.

—Hasta que esta historia no se aclare, estará en un calabozo —enunció Selprum con una serenidad elocuente inédita. Sala quedó fascinada por su cambio de actitud, ahora sereno y frío. Estaba segura de que el tono con el que fue a comunicarle su desgracia a Remo fue exactamente ese, un lametón áspero en una herida congelada.

Así, la primera parte del plan de Remo había salido mal para ella, aunque esperaba que no para los fines que perseguía él. Suplicó a los dioses haber sembrado en Selprum suficiente inquietud y ganas de resolverla como para convocar a sus hombres y marchar hacia el sur. Suplicó a los dioses no padecer la decepción de Remo.

Coster, en la noche, le hizo una visita en la celda, para tratar de aliviar sus pesares. Guiado por un carcelero gigantesco que apestaba a sudor, su aliado vestía una capa negra con capucha con la que seguro habría protegido su identidad.

—Sala, yo no sabía que esto iba a pasar. Ese hombre no es de fiar. Jamás volveré a trabajar para él —afirmó Coster una vez dentro de la celda, mientras el carcelero se quedaba fuera vigilando y su hedor contagiaba el pequeño cubículo, que ya en sí conservaba perfumes inmundos a heces y orines.

—Nadie en este tipo de trabajos es de fiar, amigo, no te culpes. Ese hombre además, según tengo entendido, es cruel y no posee valor alguno más allá de la ambición que lo corroe. ¿Qué está pasando?

—Según he podido saber, ha tenido una audiencia con el rey sobre todo este asunto. El rey ha montado en cólera cuando ha conocido la deserción de sus alguaciles del sur y ha accedido a las pretensiones de Selprum.

—¿Qué pretensiones?

—Selprum ha rogado a su majestad la oportunidad de aplastar él mismo la rebelión. Le ha pedido permiso para convocar a la Horda y partir cuanto antes. El viejo Tendón, sabiamente, para no alarmar a la población ni causar daños desproporcionados a la región, le ha concedido la petición, limitando la convocatoria a un contingente pequeño. Selprum partirá con un puñado de los cuchilleros de la Horda del Diablo en pocos días.

—Vaya… —susurró la mujer fascinada por la precisión con la que se había cumplido el pronóstico de Remo—. Sácame de aquí, Coster, ese hijo de perra se cebará conmigo. En esta sección de las mazmorras están los potros de torturas, creo que no se tragó la historia que le conté y va a hacerme picadillo.

—No puedo hacer nada por ti… He sobornado a varios guardias para que te vigilen y que nadie se sobrepase en los turnos de guardia… Pero si Selprum quiere interrogarte, no podré impedírselo.

—Y cuando Selprum parta…, ¿podrás sacarme?

—No puedo… —el tono de Coster era cada vez más sombrío—. Verás…, te han encarcelado por orden directa de un general, sin juicios ni procedimientos. Sólo el propio Selprum puede revocar su orden, por encima de él está el rey y creo que ni siquiera me recibiría para tratar un asunto tan nimio para él.

—¿Y si Selprum no regresara?

—Mira, yo voy a hacer todo lo que esté en mi mano; intentaré implorar al general Gonilier. Quizá él sí pueda conseguir un salvoconducto para ti del rey…, pero más vale que Selprum regrese, porque es el único que puede sacarte de aquí con garantías.

Sala sentía cuchillazos de miedo recorrerle el cuerpo, y en la mente se le atropellaban imaginaciones terribles. Remo no sabía que esto había pasado. De repente sintió pánico. Pensó que Remo no conocía el hecho de que ella había sido apresada y que si mataba a Selprum, quizá no viniera a liberarla. «Tal vez piense que yo estoy tranquilamente disfrutando de la buena vida en la ciudad», pensaba. ¿Cómo iba a saber nadie que ella estaba encerrada si Selprum era quien lo había ordenado? Remo podría pensar cualquier cosa. Quizá después de su venganza iniciase un viaje, tal vez no lo volviera a ver más. Esa opción era quizá la más optimista con el plan de Remo, porque lo más normal sería que Selprum volviese victorioso y ni los dioses sabían qué podría reservarle el hombre monstruoso que dormía bajo la fachada de militar condecorado.

CAPÍTULO 26

La mazmorra

Sala temblaba de frío y miedo. Encadenada a un potro de tortura, en una mazmorra sumida en las tinieblas, permanecía quieta, con la esperanza infantil de que se hubiesen olvidado de ella los dos hombretones que la habían conducido a la fuerza a su nueva ubicación. Allí la habían abandonado con la compañía gélida de un centinela que más que humano parecía animal. Aún no había recibido ninguno de los maltratos que se presuponía para su condición de prisionera y su miedo crecía, inmersa en aquella atmósfera corrompida. Los gritos de otras estancias la tenían sumida en el pavor. El sonido de cadenas, de mecanismos, de crujidos de madera, calderos de agua y viscosidades, risotadas de los torturadores, cuchillos afilados tropezando con otros utensilios, el hedor y la oscuridad se mezclaban infundiendo en ella un miedo paralizante, una sensación de indefensa agonía. Sala comenzaba a sentir que las muñecas apresadas por las argollas acabarían rajadas por la presión necesaria para sostenerse a sí misma erguida. Su propio pelo ensortijado y húmedo le impidió ver con claridad una luz que venía acompañada de pasos.

—Espero que no la hayas tocado… —enunció una voz con aspereza y un agudo propio de una serpiente.

Sala estaba al borde de un ataque de nervios… se derrumbó mientras contemplaba cómo los recién llegados acomodaban sus antorchas y el pequeñito extendía una gamuza que albergaba toda suerte de instrumental de tortura.

—Maldita sea… —susurraba ella.

—Bien, querida…, nuestro general en persona quiere entrevistarse contigo. Te advierto que todo esto puede quedar en una simple conversación o en la última noche que vivas entre nosotros. Siempre les aconsejo a los interrogados que sean sinceros, que lo sean no solo en sus palabras, sino en su forma de decir las cosas. Nuestro querido general es un tanto susceptible y sospecha que el dolor aclara las ideas.

Selprum tardó un buen rato en llegar. Toda una eternidad en compañía de aquellos personajes macabros. Durante la espera, ella se dedicó a consumirse por dentro devorada por un miedo cada vez más frío y siniestro, mientras contemplaba cómo el torturador limpiaba el instrumental que supuestamente había traído para usarlo con ella.

Vestido de negro con jubón de terciopelo, el general Selprum la miró con ironía mientras se paseaba por la estancia sin acercarse a nada en concreto que pudiera manchar su fachada ruidosamente colmada de elegancia en contraste con el agujero infernal.

—Bien, Sala..., quiero que me cuentes todo lo que sepas.

La chica permaneció en silencio. Con un gesto de su mano Selprum dio la venia al torturador que alcanzó un gancho enorme y afilado. Se acercó con intenciones funestas a sus piernas.

De pronto el instinto de supervivencia la hizo hablar.

—Si me tocas te juro que morirás en dos días —dijo la mujer con una voz de ultratumba—. ¿Sabes a qué me dedico pedazo de escoria? Mato por dinero y todos mis amigos se dedican a eliminar gente como tú...

El torturador vaciló. De pronto eliminó de su cara esa sonrisa estúpida y parecía sopesar la amenaza de la mujer.

—Parece que tenemos una chica valiente —dijo Selprum divertido.

El esbirro clavó el gancho en la pierna de Sala, con odio. La mujer chilló con todas sus fuerzas.

—¡Como ese malnacido me toque otra vez me cortaré la lengua! —gritó la chica como una loca, desgarrando la voz.

Selprum se acercó y extrajo el gancho.

—Creo que sé cómo hacerla hablar...

Sala pidió a los dioses una ayuda que jamás tendría. Pero el caso es que Selprum salió de la mazmorra y ordenó al torturador que no la tocara. Aquella pausa la alivió pero temía el regreso más que a la muerte.

Y el general volvió…, y esta vez venía acompañado.

—¿Reconoces a esta mujer?

Habían ido a por Tena. La pobre mujer enrojecida del sofoco, lloraba y emitía temblores que hacían tiritar sus miembros. Selprum colocó un cuchillo en la garganta de Tena Múfler mientras el torturador emitía una risa estridente y jugueteaba con el gancho ensangrentado.

—Remo vive —dijo Sala con la voz colmada de humillación. Sentía vergüenza por ver a Tena descendida a aquel lugar funesto. No iba a permitir que esa mujer sufriera ningún daño.

—Soltad a Tena ahora mismo —rogó la mujer—, os voy a contar todo lo que sé…, pero por favor ella padece del corazón…

Selprum no sonreía, pareció quedar paralizado al conocer la noticia de que Remo estaba vivo.

—Vaya…, es curioso lo mucho que se aclaran las ideas cuando uno está motivado —dijo el torturador.

Selprum lo mandó callar.

—Habla mujer.

—Quiere enfrentarse a ti en Pozo de Luna… Remo ansía la venganza. Piensa emboscarte en la Ciénaga.

—¿Emboscarme? ¿Cómo?

—Piensa que, al saber que él está muerto, no bajarás con todas tus fuerzas a su encuentro…

—¿Sabes lo gracioso de este asunto…? Que me imaginaba algo así. Imaginaba que ese Moga era un charlatán. Nadie puede volar ni turbar la mente de las personas —decía mientras hurgaba entre las piezas terribles de tortura, como quien escoge canapés de un plato en un banquete—; no…, mañana por la mañana serás conducida a tu hospicio para que te cambies de ropa. Nos acompañarás en este viaje a mí y a mis hombres. Necesitaremos una guía en esas tierras. Ahora vas a explicarme detalladamente el plan de ese estúpido asesino.

Cuando a Sala le comunicaron que haría de guía para la Horda, entendió que le sería útil a su captor y que, por tanto, no la matarían.

—No sé nada más…

—¿Quién va a ayudar a Remo?

Sala volvió a negar con la cabeza.

—Estúpida zorra, si no quieres que yo mismo te mate, empieza a colaborar de forma productiva.

Selprum la abofeteó con furia hasta cuatro veces. Ya en el segundo golpe ella se había rendido. No por el dolor en sí, sino por la cara de sufrimiento que tenía Tena Múfler mirando cómo la pegaban.

—Lorkun…, el…

—Tuerto maldito —completó la frase de forma despectiva.

Sala tardó lo que pudo en decir lo que tenía en su interior. Acabaría dando todos los detalles que conocía, como por ejemplo la intención de avisar a los Glaner…, no tuvo otra opción.

A la mañana siguiente solo tendría en su rostro y en su pierna una pequeña huella de la tortura, aunque conservaría en el ánimo el horror padecido.

CAPÍTULO 27

Batora

La ciudad de Batora, en la meseta de Meslán, albergaba el mayor asentamiento militar del interior de Vestigia. A la vera de un río caudaloso, el Mesilo, las llanuras doradas de cereal, las planicies de girasoles y los maizales cercaban la única ciudad sin muralla del reino. Allí casi toda la población en tiempos de guerra se marchaba a ejercer su oficio; sin embargo, en la paz actual, estaba siempre creciendo y proliferaban los negocios con Venteria. Quizá eran las familias de los militares y nobles las únicas capacitadas para el mantenimiento de explotaciones agrarias, y de Meslán salía la mayor parte del trigo y el maíz de Vestigia. El rey y sus leyes impedían que los caudillos de Batora expoliasen y se hicieran dueños de las llanuras de Gibea, gobernadas por nobles corruptos en la inmunda Luedonia. Las malas lenguas aseguraban que Luedonia no fue cedida a los señores de Batora porque de allí provenía la reina Itera, esposa de Tendón, mujer frágil asolada por una salud volátil, que muy pocas veces se dejaba ver en público.

En la periferia de la gran Batora, en el costado este, se apostaba el regimiento de la Horda del Diablo. Nada que ver con el enorme despliegue de terreno que poseían otros destacamentos más nutridos del ejército de Vestigia. La Horda no representaba ni la décima parte del ejército vestigiano. Sin embargo, su carácter y los sonados éxitos en los campos de batalla la habían colocado al frente de la élite.

Los gemelos Glaner y Lorkun el Lince, llegaron al atardecer. Lorkun recordaba muy bien allende los años cuando él mismo viajó a Batora para alistarse en la Horda. Muchos años habían retorcido su destino y, sin embargo, sentía nostalgia de aquellas tierras y de esos tiempos en que era un adolescente en busca de aventuras. Allí conoció a Remo.

—Lorkun, es una locura presentarnos de este modo en la maldita boca del lobo.

—Te equivocas…, el lobo está en la capital, aquí tan solo ha dejado sus dientes —contestaba risueño Lorkun siguiendo la metáfora de Uro. Su hermano Pese guardaba silencio, pero tras sus ojos se adivinaba la misma inquietud.

—Somos proscritos, Lorkun, indeseables —insistía Uro.

—Ninguna ley nos impide visitar Batora, esto no es Venteria, ni tampoco vamos a ondear una bandera y conspirar contra el rey a gritos. Cuchichearemos en la noche…, tan solo será eso.

Descendieron el pequeño remonte desde el que contemplaban el asentamiento de tiendas de campaña y casitas de madera donde había estandartes de la Horda. Lorkun sabía con quién debía hablar, la indicación de Remo fue muy precisa y lógica. Trento era el hombre que podría provocar una alteración en la suerte de su plan.

—Esperaremos al anochecer para entrar en el campamento.

Mientras el sol se apostaba entre lejanas montañas, los tres miraban las luces de las antorchas ir y venir con el ajetreo normal del toque de queda del asentamiento de la Horda. Cada cual en su memoria revisaba viejas estampas del pasado común, de cuando ellos mismos estaban dentro de las tiendas que ahora vigilaban desde lejos, cuando hacían hogueras, entre risas y bravuconerías, apostando por la suerte futura en batallas. Dormían siempre a pierna suelta, sin peso en la conciencia.

—Nos lo robaron todo —susurró Lorkun—. Era nuestra forma de vida. Jamás me he vuelto a sentir completo desde que caí en desgracia.

—¿Ni con la religión?

—Remo tenía razón. La religión me ha dado la paz para saber aceptar mi desgracia y para seguir viviendo, como el caballo se acostumbra a vivir en el establo, aunque sienta nostalgia del tiempo en que corría libre por los campos. Pero mi virtud estuvo aquí y fui despojado injustamente de ella. La religión me dará paz para no volverme loco tras la venganza.

—Hablas muy bien para ser tuerto —dijo Pese Glaner.

Los tres rieron su ocurrencia absurda. Con la noche iniciaron su caminata, agachados. Una vez cercanos al linde de almenaras que cercaba el Asentamiento Este, se vistieron de religiosos tal y como había previsto Lorkun.

—Que los dioses nos perdonen por esto.

Se sorprendieron de lo profunda que fue su incursión hasta que les dieron el alto. Con un poco de suerte habrían conseguido llegar a las primeras tiendas de campaña.

—¡Vosotros, alto ahí!

Rápidamente fueron rodeados por dos lanceros que los amenazaron con sus armas. No parecían estar de broma.

—¿Qué hacen tres clérigos en un campamento militar? —preguntó uno de ellos—. ¡Dad media vuelta! El acceso a la ciudad de Batora para los forasteros es al sur y, a estas horas, necesitaréis buena razón para que os dejen paso.

—Venimos buscando a un viejo amigo. ¿Conoces al maestre Trento de los cuchilleros de la Horda?

—Con la noche cerrada no se le puede molestar. Esto es territorio militar. Largaos. Mañana la facción de los cuchilleros se marcha al alba, así que perdéis el tiempo.

Los tres se miraron.

—¿Todos los cuchilleros?

—Sí, hasta se ha llamado a la reserva. Orden del general. Todos. Así que lo siento, pero estáis perdiendo el tiempo aquí.

—Verás, nosotros necesitamos hablar con él. Es muy urgente. Id a avisarlo si no queréis que se entere de que no recibisteis a Lorkun el Lince.

El centinela lo miró fijamente y lo empujó. No parecía merecerle respeto un hombre tuerto apodado el Lince vestido de sacerdote religioso. Lorkun entonces se despojó de la capa y los atuendos de monje y quedó semidesnudo frente a ellos. Se giró y, a la luz de la antorcha, pudieron contemplar el tatuaje inconfundible de la Horda.

—Mi nombre es Lorkun, maestre cuchillero de la Horda del Diablo, soldado a las órdenes del rey en la Gran Guerra, sirviente del gran capitán Arkane y compañero entre otros de Remo y Trento. Estos son los gemelos Glaner, igualmente servidores patriotas en la Gran Guerra contra Nuralia: Uro y Pese Glaner, caballeros de la Horda. Desde aquellos tiempos de locura, tras las batallas, consagramos nuestras vidas al servicio del dios Huidón señor de las montañas.

Los tipos se miraron.

—Ahora sois clérigos… Debió de ser una guerra horrible. Está bien… Ve a avisar a Trento de que Lorkun el Tuerto está aquí.

—El Lince… Lorkun el Lince.

CAPÍTULO 28

El Lince

El joven Remo llegó a la ciudad de Batora con la firme intención de ganarse la vida como soldado del ejército de Vestigia, a la edad de trece años. Una espada de madera de fresno a su espalda, de la que colgaban los bultos de sus enseres, era su único equipaje. Una muda de ropa, un vaso de madera, un cuchillo y una bolsita con pocas monedas, inserto todo en una bolsa de piel de castor, recuerdo de su difunta madre.

Caminaba orgulloso examinando los estandartes en el asentamiento del ejército, donde se estaban realizando las pruebas de admisión a las distintas compañías militares. A Remo le fascinaban los militares. Tan sólo los había visto en una ocasión de paso por su poblado, levantando truenos en las montañas, haciendo temblar el suelo a su paso, con esas armaduras relucientes y los estandartes bregando con el viento.

Ensimismado en la hilera de banderas, se percató de que otro joven parecía estar en mitad de una búsqueda semejante. Averiguó qué buscaba la Horda, porque en su mano portaba un pañuelo con la marca de la compañía.

—¿Buscamos juntos? Mi nombre es Remo.

—Me llamo Lorkun…, encantado de conocerte Remo.

El chico, espigado, poco más alto que él, aunque menos recio, caminaba silencioso arrastrando un petate mucho más voluminoso que el de Remo.

—¿Quieres pertenecer a la Horda?

—Sí —afirmó Remo.

—¿Qué edad tienes?

—¿Importa?

—Creo que el límite de aprendices es de quince años. Porque, tú no eres hijo de un noble… ¿Verdad? —Lorkun no preguntaba, retenía la risa…

—Me temo que no…, así que quince…, justo los que tengo yo —mintió Remo.

Ambos rieron.

Remo y Lorkun no tardaron mucho en descubrir el paradero de su estandarte favorito. Una pequeña aldea de tiendas de campaña decoraba el fondo de un campo de hierba fresca presidido por las banderas de la compañía. Dos hileras de voluntarios asediaban un tenderete de inscripción en las pruebas.

—¿A qué regimiento quieres pertenecer? —le preguntó Lorkun.

Remo desenvainó teatralmente su espada de madera.

—Quiero ser espadero de la Horda, ¿y tú?

—Llevo toda la vida preparándome para ser cuchillero…, tan solo la Horda del Diablo tiene una compañía específica de cuchilleros, son legendarios. El General Rosellón fundó la Horda del Diablo con esa compañía, es la facción fundadora.

—¿Has estado estudiando para esto? —preguntó con ironía. Remo jamás había lanzado cuchillos en su vida, y le pareció extrema la admiración que despertaba en su nuevo amigo.

Junto a ellos se hizo un alboroto. Los jóvenes acudieron al tumulto. Pudieron contemplar cómo venían camilleros portando heridos. Un enorme soldado se dirigió a la multitud.

—¡Esto no es un juego! ¡El que no quiera ser herido mejor que se apunte en las pruebas de otra compañía!

De pronto Remo se percató de que eran los más jóvenes.

—Cuéntame más cosas de la Horda… —solicitó Remo a Lorkun para no pensar en las circunstancias, tratando de apartar un nerviosismo que le comenzaba a provocar tembleque en las manos. Cada vez que pasaba junto a uno de aquellos soldados enormes, pertrechados de armadura, incluso los que iban simplemente con jubones de tachuelas metálicas, le producía una sensación odiosa de pequeñez.

—Bueno…, son consideradas fuerzas especiales… la élite. Cuando se requiere un asesino, una infiltración, un espía… suele salir de las filas de la Horda, y no te molestes…, pero es en los cuchilleros donde suelen reclutarse esos hombres. Los espaderos entran en combate en las batallas, pero no en esas misiones.

—Yo es que no he lanzado un cuchillo en mi vida…

En el mostrador apuntaron sus nombres y esperaron la charla de presentación de las pruebas.

—¡Bienvenidos a las pruebas de selección de la Horda del Diablo! Soy el maestre Gorcebal de los hacheros…, la Horda se divide en cuatro compañías, cada una administrada por un Capitán y todas ellas gobernadas por nuestro señor el General Rosellón. Los espaderos poneos aquí, los hacheros conmigo, los lanceros allí y los cuchilleros al fondo. Lo importante en estas pruebas es demostrar que tenéis cualidades por encima del resto como para pertenecer a nuestro batallón. Bienvenidos al infierno.

Remo se acercó a la fila de los espaderos para alistarse. El encargado de apuntar los nombres advirtió su juventud.

—¿Qué edad tienes chico?

La pregunta fatídica puso colorado a Remo.

—Quince años.

—Enséñame tu papiro.

Remo no tenía carta de nacimiento.

—Lo siento pero sin la carta no puedes alistarte.

—Pero señor, le aseguro que tengo quince años…

—Da igual lo que tú asegures hijo, mientras a mí me parezcas famélico y demasiado crío, mis intuiciones son mejores pruebas que tu palabra y no tienes la maldita carta... Así que vuelve cuando tengas barba.

Decepcionado, Remo se apartó de la fila. Vio a Lorkun en la de los cuchilleros, a punto de entregar sus credenciales. Corriendo se fue para allá.

—Lork, no tengo carta de nacimiento y dicen que no parezco de la edad... ayúdame.

—Vale, quédate conmigo.

Remo deseaba tanto entrar en la Horda que poco le importaba ahora si cuchillero o espadero. Deseaba entrar, sabía que era su destino y aceptaría ser limpiabotas si era necesario para alcanzar su meta. Tendría tiempo después de cambiar su suerte inicial.

—Carta de nacimiento... —pidió con voz cansina el soldado de los cuchilleros. El famoso Capitán Arkane lo acompañaba. Miraba a la cara de cuantos se inscribían.

Lorkun entregó su documento y quedó inscrito.

—Este es de mi aldea —comenzó a decir—, fuimos compañeros aprendices...

Con un gesto el Capitán le indicó que se largara.

—Carta de nacimiento...

—Señor no tengo la carta de nacimiento..., mi familia era muy humilde y mis padres murieron.

El soldado miró al Capitán. Arkane clavó sus ojos felinos en el muchacho. Remo lo miró fijamente.

—¿Por qué has cruzado la fila?

Remo enrojeció como un tomate. ¿Cómo era posible que el Capitán hubiese reparado en él, un joven de pobres vestiduras, carente de todo interés?

—Me pidieron la carta de nacimiento y no me aceptaron porque piensan que soy demasiado joven. No creen que tenga quince años.

—¿Y los tienes? —preguntó Arkane con sequedad.

Remo iba a mentirle. Sí, para eso había cruzado, para mentir en esa mesa ayudado por Lorkun. Sin embargo, cuando miró a los ojos de Arkane, quien le infundía un respeto casi místico, sintió el impulso de decir la verdad. Sintió que Arkane estaba deseando escuchar la verdad.

—No, no tengo quince años.

Remo nunca olvidaría lo que el Capitán diría en esos momentos después de estar un infinito tras otro ensimismado en el misterio de su mirada.

—Dejaré que hagas las pruebas porque has escogido bien a quien mentir y con quien confesarte.

Repartieron unas alforjas llenas de pedruscos y los hicieron correr por un bosque portando ese peso. Algunos avispados, en mitad del bosque, descargaron parcialmente su peso para fatigarse menos. El joven Remo se vio tentado a copiarlos pero finalmente prefirió no hacer trampa. Tenía la convicción de que la vida te hace pagar cuestiones como esa y, de nuevo, su intuición tuvo recompensa. Los tramposos acabaron convirtiéndose en los primeros eliminados, pues en el punto de encuentro los militares contaron piedra a piedra la carga que debían llevar. Todos poseían veinte piedras y no se admitían excusas para los que tenían menos piedras. No era una prueba de resistencia, sino de honradez.

Remo estaba exhausto, no había comido bien en los últimos días de viaje y allí nadie parecía dispuesto a concederles un mendrugo de pan. Le preguntó a Lorkun si tenía comida y este deslió de su cinto un pellejo que tenía manteca y carne seca.

—Chupa esto…, si lo masticas te dura menos.

Le hizo caso mientras los maestres se preparaban para la siguiente prueba. Un joven se ocuparía de darles instrucción de puntería.

—Es Selprum Omer… dicen que entró también con nuestra edad —comentaba Lorkun que parecía saberlo todo de la división—. Un niño prodigio.

—He oído que hay un infiltrado en las pruebas… Alguien que vino para ser espadero y que finalmente cambió de fila. ¿Puedo saber quién es?

Remo se levantó. Azorado pero convencido de que no debía ocultar la verdad. El joven maestre Selprum alcanzó varias piedrecitas, no más de cinco, y comenzó a jugar con ellas pasándoselas de una mano a otra.

—Bien os voy a explicar la importancia de la puntería con un ejemplo práctico. Y a ti… ¿Cuál es tu nombre? ¿Eres acaso un crío sin nombre?

Odió que lo llamase «crío» delante de todos, estando su edad precisamente en entredicho.

—Me llamo Remo, hijo de Reco.

—Bien… —ahora Selprum alzó la voz—. Dadle a Remo una espada.

Un soldado se acercó con un arma magnífica, nada que ver con la espada de madera que Remo usaba para entrenarse. Le tendió el pomo y sintió con terror que pesaba más de lo que había imaginado cuando la sostuvo entre sus manos.

—Haremos una demostración sin precedentes…, una espada bien afilada contra mis pequeñas piedrecitas. ¿Qué me dices Remo? ¿Aceptas?

No estaba seguro de si debía aceptar. Estaba nervioso.

—Con esta espada puedo herirle, señor…

Remo lo decía sinceramente y esto hizo desternillarse de risa a todos los soldados que acudían para ver la ingeniosa prueba que Selprum estaba tramando. Al joven maestre las risas no lo animaron ni a sonreír siquiera…

—Si consigues herirme, me encargaré personalmente de que entres en la Horda sin pasar ninguna otra prueba. Arkane confía mucho en mi criterio y te aseguro que lo tendrá en…

Selprum detuvo su explicación porque el propio capitán Arkane se había acercado para contemplarlos. Su presencia envaraba los cuerpos de todos los militares que adquirían postura marcial de inmediato. El silencio con el que lo reverenciaban entusiasmó a Remo, que siempre había soñado con pertenecer a algo así, un grupo con esas reglas sagradas de respeto al superior.

—Chico. Si lo hieres…, estás dentro.

Las palabras de Arkane insuflaron valor en Remo, evitándole la sensación pesada en sus brazos.

Selprum comenzó a caminar describiendo un círculo amplio. Remo blandía su espada dudando si debía atacar. Se acercaba poco a poco cambiando de peso de una pierna a otra con rapidez, por si el maestre decidía lanzar una de sus piedras. Con una espada como aquella, a poca distancia no sería muy difícil herir a un hombre desarmado… Decidió atacar.

Se lanzó en carrera y de pronto sintió un ruido ensordecedor y seco. Un dolor intenso en su frente. Le temblaron las piernas. Selprum le había acertado con una de sus piedras en toda la cabeza. El dolor parecía insoportable, pero Remo más que nada sintió que la humillación podría matarlo, así que apretó los músculos y trató de levantarse. Selprum esta vez lo aguijoneó en el costado, después en una rodilla. Parecía divertirse. El dolor hizo a Remo perder su espada y agarrarse la rótula que le vibraba por el golpe. Entonces cayó en la cuenta de que Selprum andaba triunfal y distraído. ¿Cuántas piedras le quedaban? Miró sus manos y se percató de que sólo disponía de dos proyectiles. ¿Podía soportar dos nuevas pedradas? Para cumplir su sueño estaba dispuesto a soportar mucho más que eso. Agarró la espada y se fue corriendo hacia Selprum. Este reaccionó tarde y ya no dispuso de distancia suficiente para herir a Remo pues él trazó un arco con la espada que casi le rebana el cuello y tuvo que esquivarlo concienzudamente. Remo sintió una pedrada en la espalda, pero esa no dolía. Se giró y volvió a embestir. Ahora Selprum lo esquivó por poco, echándose a un lado mientras él avanzaba con una estocada al vientre. El maestre le pegó un puñetazo en la cara y Remo pensó que se desmayaría; escuchó cómo la mandíbula crujía y temió que el militar se la hubiese destrozado. En el suelo, sin saber dónde estaba su espada recibió un puntapié en el costado.

—¡Puerco malnacido, pensabas trincharme! —gritó Selprum enloquecido mientras le arreaba otro puntapié. Remo se revolvió y sintió una pedrada de nuevo en la frente. Esta fue brutal. Ensordecedora y muy dolorosa, nubló el entendimiento de Remo, que perdió el equilibrio y quedó tendido en el suelo fangoso.

Mientras tanto Selprum recuperó una de sus piedrecitas y se dispuso a lanzarla contra el alumno desmayado. Lorkun, que estaba viendo todo esto alarmado se preguntó si alguien lo impediría. Pero el mismísimo capitán Arkane parecía impasible ante el sufrimiento de su nuevo amigo. Sintió un impulso nacer muy de dentro.

—Te vas a enterar… —decía Selprum apuntando para apedrear la cabeza de Remo. De repente perdió la postura y se le cayó la piedra de la mano. Gritó de dolor—. ¡Ah! ¿Qué demonios?

Se revolvió como buscando a un espíritu y encontró a Lorkun levantado entre los angustiados candidatos. Jadeante. Supo que había sido él. Lorkun le había acertado con una piedra para impedir que rematase a Remo.

—¿Tú me has lanzado la piedra?

—Remo no puede defenderse…

Selprum se llevó la mano al cinto y extrajo un cuchillo.

—Calma… Sel, el chico tiene razón.

Era el capitán quien intervenía ahora. Remo volvía en sí reanimado por sus palabras.

—Remo ha aprendido la lección. Todos la han aprendido. Los cuchillos son armas muy peligrosas a la distancia adecuada, ni las lanzas, ni las espadas, ni las hachas nos proporcionan su versatilidad ni su rapidez. Ni siquiera las flechas, pues un arquero necesita más preparación para realizar un disparo eficaz.

Hubo silencio. Arkane ayudó a Remo a levantarse.

—Si superas las pruebas de resistencia estás dentro. No te preocupes por la puntería ahora. Has demostrado valor.

Selprum puso mala cara ante la decisión de Arkane.

—Gracias —susurró Remo que no podía ocultar su alegría mientras recogía con su mano la sangre que le goteaba por la barbilla. La última pedrada le había abierto una herida en la frente.

—Capitán y…, ¿qué hacemos con el gallardo defensor de Remo? —preguntó de forma burlona Selprum.

—Acertaste en la mano de Selprum… ¿por casualidad? —preguntó Arkane.

—No.

Ahora volvieron las risas de los soldados.

—Vaya… parece que este chico también quiere aprobar antes de tiempo.

—Si vences a Selprum en un reto de puntería…, por supuesto estarás también dentro de la compañía de cuchilleros.

Dispusieron dos dianas a una distancia de quince metros. Demasiado lejos para lanzadores inexpertos. Se lanzarían cinco cuchillos a esa distancia. Después pasarían a los blancos móviles construidos de forma rudimentaria, como péndulos en estructuras de madera.

Selprum poseía una puntería endiablada. De los cinco cuchillos tan solo uno se desvió un poco del punto rojo central de la diana. Sus cuchillos silbaron y alguno estuvo a punto de atravesar la madera.

—Mejora eso…

Lorkun se tomó su tiempo para colocarse. Remo supuso que sentía la presión de sus nervios. «Llevo toda la vida preparándome…» recordaba que había dicho. Deseaba que Lorkun consiguiese al menos colocar un par de cuchillos en el punto rojo, por lo menos para que lo respetasen los demás. Para un arquero diestro aquella prueba no supondría mucha dificultad, pero con los cuchillos era distinto. Estaba demasiado lejos. Además Remo dudaba que de los brazos delgados de Lorkun pudiera salir fuerza suficiente como para alcanzar la diana con tiento para dirigir bien.

Lorkun lanzó el primer cuchillo, que trazó en el aire bastante parábola. Parecía que pasaría muy alto, por encima, o que tanta parábola daría con el filo en tierra antes de la diana. Pero el cuchillo acabó posado como por arte de magia en el justo centro del punto rojo.

—¡Madre mía! ¿Habéis visto eso?

Remo no sabía si había sido casualidad. De hecho el lanzamiento no había contraído el cuerpo de Lorkun arrugándole el semblante o haciéndole padecer un esfuerzo muy patente. Lorkun parecía haber lanzado una pluma, pausadamente. Volvió a lanzar y su segundo lanzamiento eliminó las dudas de quien pudiese pensar en la casualidad. Otra diana. De nuevo lanzó y otra diana más. Ahora cambió su forma de lanzar y lo tiró muy ladeado. Remo pensó que ese lo fallaba, pero la divina punta que se revolvía en el aire girando y girando adquirió un efecto que dio como resultado alojarse justo en el punto derecho de la diana, que comenzaba a estar saturada de acero. Después hizo un lanzamiento exactamente gemelo pero en la izquierda y la última daga fue a incorporarse en la parte izquierda del punto rojo.

Los aplausos y los vítores no cesaron. Había mejorado los lanzamientos de Selprum.

Lorkun en las dianas móviles perdió su ventaja con Selprum que hizo la máxima puntuación, así que, finalmente Lorkun había empatado.

—A partir de hoy, Lorkun, puedes considerarte cuchillero de la Horda…, siempre que pases las pruebas físicas… Serás conocido como «el Lince». Te adiestraremos para que esa puntería no se pierda cuando tengas frente a ti enemigos de carne y hueso.

Se las prometían muy felices Remo y Lorkun, pero las pruebas de resistencia pronto les aguarían la fiesta…

—Más importante que la destreza con las armas; más importante que la misma inteligencia; para un soldado en el campo de batalla le será útil su capacidad para aguantar, soportar el dolor y vencerlo, aceptar una herida, la pérdida de un miembro…, bienvenidos a la prueba de resistencia que decidirá realmente las ganas que tenéis de entrar en esta sagrada orden militar.

Dicho esto el capitán se marchó dejándolos allí colgados.

Los músculos le dolían y sentía las cuerdas como argollas de metal clavándose en su piel. La lluvia al principio sofocó el dolor con su aliento frío sobre el cuerpo, y ahora su constancia gélida provocaba una tiritera imposible de sofocar. La prueba era inhumana para un chico tan joven y el Maestre Gorcebal estaba a punto de detenerla. El Capitán Arkane miraba a los candidatos sin atisbo de compasión.

—Mi señor, han pasado una noche así…, el chico, el chico no puede más.

—¿Y por qué no abandona?

—Está loco, o ha perdido la capacidad de razonar…, no quiero ser responsable de la muerte de un chico tan joven…

Lorkun había abandonado antes de media noche y lloraba desconsolado en una arboleda cercana. Remo lo miraba angustiado prometiéndose que él no lloraría. Su vida había sido tan dura hasta ese día que no consentiría que el dolor físico lo apartase de su objetivo. Arkane se había acercado en tres ocasiones a revistar quién había resistido y quién había abandonado. Remo estuvo a punto de echarse atrás cuando el dolor era insoportable…, pero la aparición de Arkane le hizo enmudecer. Como si derrotarse frente al capitán fuese una humillación, Remo se prometió que apenas se fuese el capitán, suplicaría que lo bajasen de las cuerdas. Arkane tardó mucho en irse. Remo no podía más, creía incluso que desfallecería.

—Señor… yo… —comenzó a decir Remo trantando de llamar la atención del maestre instructor, pero su voz era apenas audible. Quería que lo bajaran ya.

—¡Está bien, la prueba ha finalizado!

Estuvo tres días recuperándose en la enfermería con los músculos vendados. Se le pasaron volando porque Lorkun no paraba de visitarlo. Remo estaba feliz pese al sufrimiento. Su amigo sin embargo aún tenía mucha incertidumbre porque no había superado la prueba. Tenía la esperanza de que finalmente lo admitieran gracias a su demostración de puntería.

—Muchachos, fuera os están esperando —dijo el Maestre Trento que irrumpió en la cabaña que compartían junto al asentamiento militar.

Una comitiva de figuras encapuchadas portaba antorchas en semicírculo alrededor de la entrada de la tienda de los aspirantes. Remo sintió desconfianza.

—Es el ritual de iniciación —explicó Lorkun junto a Remo.

Las antorchas señalaron primero a Remo y después a Lorkun, que no pudo reprimir un pequeño grito de alegría pese a lo ceremonial que se mostraban aquellos encapuchados. Fueron conducidos en carromato. Reinaba el silencio. La noche era clara y la luz de la luna plateaba la silueta del camino. Compartían carro con otros aspirantes que callaban como si el destino de sus vidas fuese a revelarse esa noche. Remo así lo sentía.

Bajaron del carro y siguieron a la comitiva hacia una cueva que se abría en el pie de una loma. La entrada estaba iluminada por dos pebeteros con fuego blanquecino propio de los polvos de símil.

—Entrad solos.

Tanto se rodeaba de misterio el ritual que Remo llegó a sospechar que fuese otra prueba más. Pero la tranquilidad de Lorkun le hacía sentir bien. Dentro de la gruta se escuchaba una música pausada de arpa y un hermoso cántico anidado en gargantas femeninas. Era un coro constante que hacía de gaseoso contrapunto al tono del arpa. Bellísimas mujeres los recibieron en una sala amplia. Los rodearon y pausadamente los despojaron de sus vestimentas. Remo estaba azorado en presencia de aquellas mujeres. Su corazón latía fuerte. Una chica bellísima, agarró su muñeca y tiró de él hasta conducirlo a una sala pequeña.

—Arrodíllate en esa alfombra y relaja tus brazos —susurró la mujer mientras se sentaba en un cojín a la espalda de Remo—. Eres muy joven. Me esforzaré contigo, debes de ser especial.

Él obedeció y enseguida comprendió el propósito de aquella ceremonia. Una caricia en su espalda precedió dulcemente a un rasguño constante y doloroso propio de los tatuajes de aguja fina. Remo sonrió pese al dolor. El tatuaje de la Horda lo convertía en soldado del ejército de Vestigia.

CAPÍTULO 29
El ritual de la luna llena

En Pozo de Luna todo estaba preparado para la llegada del Nigromante. Gentes de todas las aldeas costeras, incluso de la ciudad portuaria de Mesolia, se acercaron al pueblo sureño para contemplar las ceremonias de Moga. En un risco que presidía un pequeño cerro, a las afueras del pueblo, se daría lugar el ritual. El cónclave se había convertido en constante ir y venir de sombras de todos los que acudían a la ceremonia atravesando un camino señalado por antorchas. Todos debían llevar puesta la capa con el estandarte de Moga. Para el pueblo había supuesto un negocio fructífero la venta de las capas del brujo. El Nigromante llevaba aterrorizándolos muchos años. Al principio fue cosa parecida a un curandero. Pero Moga se rodeó de misterio desde que se fue a vivir a la Ciénaga Nublada, practicando las técnicas nigromantes, el arte funesto de desvelar el futuro mediante el estudio de cadáveres. Pronto instauró ceremonias que cada vez convocaban más y más público, a la par que implicaban un aumento de barbarie. Al principio fueron animales, después tendió un puente a mayores poderes en la oscuridad de rituales con humanos. Sembraba el terror cuando visitaba el pueblo y seleccionaba víctimas para sus ritos. Las gentes del pueblo comenzaron a servirlo, buscándole foráneos para impedir que se cebara con ellos y, poco a poco, se acostumbraron a su sombra.

Los habitantes de Pozo de Luna aprendieron que si bien no podían enfrentarse a un hombre que tenía el control sobre los alguaciles, al menos les dejaba sacar tajada con la confección de los trajes y emblemas del mago, así como el abastecimiento de sus bacanales. Cualquier persona a la que se le preguntaba por los supuestos poderes de Moga, sin vacilar, daba fe de ellos.

Así, la expectación por la ceremonia de la luna llena de esta noche tenía ajetreado a todo el pueblo. Cuando el encargado de presentar al brujo subió al risco y descubrió su cabeza retirándose la capucha, se hizo un silencio inmediato.

—Hombres y mujeres de toda Vestigia, bienvenidos a la ceremonia de la luna llena. Como sabéis, hoy haremos el sacrificio para recibir los dones de los dioses. La sangre se derramará esta noche de luna llena para que no sea derramada fuera de este ritual.

En ese momento, varios individuos encapuchados se acercaron al portavoz.

—Estas son las ofrendas que Moga os tiene preparadas, ¡Oh dioses eternos! Esperamos vuestros dones.

Los que se acercaron resultaron ser las chicas jóvenes que iban a ser sacrificadas. Así quedó evidenciado cuando dos ayudantes les fueron retirando las capas, revelando su desnudez femenina a la luz de las antorchas.

Remo, que contemplaba alejado la ceremonia, no podía dar crédito a lo que veía. Nadie parecía dispuesto a impedir el sacrificio de aquellas chicas. No estaba seguro, pero una de aquellas jóvenes le resultaba familiar. En efecto, se trataba de Fige, la muchacha que lo había ayudado cuando estaba en la celda de la taberna, al comienzo de aquella locura. Era solo una niña…

Desde detrás del risco, una sombra comenzó a elevarse. Parecía un pájaro que ascendiese despacio. Su tamaño era más grande que el de cualquier ave. No sabía cómo, pero aquella silueta flotaba en el aire, volando, aproximándose desde la oscuridad del bosque hacia el risco de piedra. Todo el mundo se quitó entonces la capucha para contemplar la llegada de Moga el Nigromante. Remo descubrió también su cabeza con la esperanza de no ser visto por alguien que pudiese reconocerlo. Entre tanta gente lo creía poco probable.

—¿Alguien de los aquí presentes duda del poder de Moga el Nigromante? —preguntó Moga a un público entregado que enmudeció cómplice. Remo se percató de que portaba su espada. Se acercó entre la multitud, con parsimonia, tratando de no llamar la atención.

—Sé que entre vosotros hay gente que duda de mi poder. Eso es como dudar del poder de los dioses, porque ellos son los que me dan, los que me otorgan mis dones. Muchos piensan que hay truco, que mis predicciones son falsas, que cuando vuelo voy sujeto por cuerdas finas… ¿Quién de vosotros duda de mí?

Remo seguía acercándose. Era su espada. Estaba seguro de que era su espada el arma que Moga señoreaba en el pedrusco elevado. No podía, sin embargo, saber si la piedra continuaba albergando la lucecita roja o si en cambio estaba negra.

—Sabed que vuestro rey tirano, Tendón, envió asesinos para eliminarme… ¡Estas son sus cabezas!

De detrás del risco, dos ayudantes trajeron dificultosamente un cesto colmado de cabezas. Remo contó hasta cuatro que sobresalían de la canasta y supuso que habría más en su interior. Menuda farsa, pensó. La multitud parecía jubilosa y aplaudía exaltando aquella atrocidad. Moga se colocó detrás de una de las chicas desnudas y desenvainó la espada.

—¡Yo no creo en ti, Moga el Farsante! —gritó Remo con todas sus fuerzas. En aquel cerro y con tanta gente, su voz llegó a oídos de Moga pero distorsionada. El brujo abandonó la idea de matar a la joven para preocuparse por escuchar mejor esa réplica. Escudriñaba entre sus fieles de dónde había nacido aquel grito adverso. Así mismo, todo espectador giraba su cabeza de un lado a otro, tratando de comprender la interrupción.

—¡Moga el Farsante! —gritó una vez más Remo, abriéndose paso a empujones por entre máscaras de incredulidad y bochorno.

—¿Quién eres? ¡Dejad que se acerque! ¡Que nadie ose tocarlo! —gritó Moga y localizó al rebelde con la mirada.

—¡Soy Remo! —respondió él, controlando más su tono de voz, acercándose. Miró la piedra y apreció que permanecía negra—. ¡Te reto a un duelo, Moga! Si vences tú, podrás demostrar ante tu público la grandeza de tu poder... A cambio, quiero que sueltes a esa niña, que la dejes ir ahora mismo.

Los hombres de Moga, por entre la multitud, alcanzaron a Remo y lo apresaron. Sin embargo él estaba seguro de que Moga había probado ya el poder de su espada, pues cuando se la arrebataron estaba cargada. Ahora Moga se sentiría muy seguro de sí mismo para enfrentarse a él.

—Subidlo...

Remo fue conducido por la parte de atrás del cerro hasta la plataforma desde la que hablaba Moga. Entre los árboles Remo pudo ver un artilugio con poleas y cuerdas. El vuelo de Moga era falso.

—Suelta a la niña y después podrás demostrar a todo el mundo lo poderoso que eres.

Remo no poseía un plan más allá de salvar la vida a Fige. Estaba improvisando sobre la marcha.

—Eres un loco, Remo —dijo Moga en voz baja—, el poder de esta piedra no tiene rival posible... ¿No comprendes que en mis manos ese poder se multiplica hasta el infinito?

Moga levantó los brazos.

—De acuerdo, descended a la joven…, hoy revelaré mi verdadero poder matando a este guerrero insensato. A este profano ateo que desafía mis dones —dijo Moga dirigiéndose a la multitud.

—Gracias, mi señor Remo —gritó la chica mientras era llevada en volandas hacia abajo. De entre los fieles, una mujer se aproximó llorando a recibirla. Miró a Remo a los ojos y lloró mientras abrazaba a Fige y la cubría con una de aquellas túnicas siniestras.

Moga, como era de esperar, no combatiría contra Remo sin la ventaja de la piedra, así que se acercó hacia una de las jóvenes que ahora estaba aterrorizada. Clavó la espada atravesándola. Remo, desarmado, no paraba de pensar qué podría hacer para luchar contra el brujo. Suponía que los esbirros de Moga lo soltarían cuando este tuviera el poder de la joya.

La chica murió y la piedra se cubrió de una rojez tenue. Moga recuperó la espada de las entrañas del cadáver y se fue hacia la última chica. También la mató. No contento con eso, cegado por un ímpetu asesino, pidió que le subieran a otra víctima, pues defendía que los dioses para esta ocasión le habían pedido tres sacrificios. Cuando mató a otra mujer, la piedra lucía ya un color rojo perfecto. Entonces Moga se la acercó a la cabeza gritando:

—¡Dioses, de vosotros recibo estos dones!

En ese momento Remo observó los ojos de Moga que se tornaron luminosos enrojeciéndose. Lo que aconteció después sorprendió a Remo. Moga comenzó a elevarse del suelo; sus ropas parecían aventadas por un tifón inexistente. Su pelo se volvió blanco. Una luz comenzó a encenderse bajo su piel, en sus manos y en su rostro. Gritaba, no se sabía si de dolor o presa de alguna posesión demoníaca. Sus manos comenzaron a alargarse, así como sus brazos. Sus dedos crecían a mayor ritmo y pronto se transformaron en zarpas de uñas negras y curvadas. Su espalda se arqueaba y le surgían dos jorobas que parecían pompas de un guiso maloliente, batiéndose desde el interior, hasta que explotaron en fluidos rojos mientras de su centro nacían unas alas que crecían y crecían hasta medir tanto como su espalda en solo unos segundos. Su cabeza se alargaba por una hinchazón anormal, muy pronunciada en su frente. Esta hinchazón acabó rebanada por dos heridas puntiagudas, de las que emanaron manantiales de pus y sangre, hasta que aparecieron dos cuernos que taponaron los fluidos y que crecían al mismo ritmo que las alas de su espalda. Estos alones ya medían más que sus piernas. La barbilla se alargaba y unas fauces de colmillos largos como zanahorias se abrieron durante un alarido semejante al gimoteo de un perro al que le pisan una pata, aumentado decenas de veces. Después del chillido, se oyó una estridencia gutural más próxima al relincho de un caballo, mezclado con el bufido de un oso en celo y el enfado de una fiera salvaje.

El terror fue generalizado y, aunque al principio muchos de los fieles parecían disfrutar de aquellos acontecimientos, pronto se generó un caos absoluto, pues Moga lanzó una llamarada que arrasó a varios de sus más fieles seguidores. Los más próximos a la cima del risco quisieron huir despavoridos hacia abajo. Unos se pisaron a otros mientras, finalmente, todos decidieron escapar intentando no volver la vista atrás. Remo fue el único que se quedó inmóvil, pues había percibido que en la transformación, las manos se habían convertido en zarpas gigantes incapaces de sostener la espada, que calló a los pies del monstruo. Soldados del pueblo acudían pero, al ver las dimensiones de aquella presencia demoníaca, no se atrevían a intervenir.

—¡Traed lanzas! —gritó Remo, con la esperanza de que ante aquella adversidad evidente y sobrenatural hiciesen causa común.

—¡No atacaremos a nuestro señor Moga!

En ese momento el engendro pareció sufrir una extensión de tamaño y su alarido tornó a ser rugido draconiano. Y de sus fauces una llama creció extendiéndose varios metros. Moga se había transformado en un dragón oscuro y curvado. Su deformidad se iba remediando conforme crecía, dándose una mayor armonía al definirse como dragón.

—¿Quién está al mando? —preguntó Remo, que había descendido del risco y corría hacia los soldados—. Quiero hablar con vuestro superior.

De entre la decena de hombres de la guarnición del pueblo, uno se avanzó un paso.

—Yo soy el alguacil Maniel. ¿Quién eres tú?

—Soy Remo, el tipo que habéis estado buscando, uno de los cuatro que vinieron a la taberna.

Remo se identificó provocador, pues detectó en la mirada de Maniel que ahora estaban del mismo bando. Corrió hacia donde estaba el alguacil.

—Moga es un monstruo ahora, olvidaos de la relación que os uniese antes, de vuestro vasallaje indigno. Es hora de hacer valer la Ley del rey Tendón en Pozo de Luna.

—No me insultes, forastero, o mandaré que te prendan.

Remo se contuvo. Se giró hacia la cima del monte. El dragón volvía a vomitar fuego cada vez con más intensidad. Ahora además, batía las alas con más soltura y conseguía elevar su envergadura varios metros del suelo.

—¿Puedes acabar con él? —preguntó Maniel a Remo.

—Si me ayudáis, creo que sí. Moga arrasará Pozo de Luna. Está fuera de sí.

—No hace falta que me convenzas. Moga era ya un monstruo antes de transformarse en esa bestia. Mis hombres te ayudarán. ¿Qué necesitas?

Remo estudió la situación mientras observaba el primer vuelo circular del dragón alrededor del peñasco.

—Necesito que llaméis su atención por el flanco derecho mientras yo doy la vuelta por el otro lado. Necesito que me cubráis hasta que recupere la espada con la que ha sacrificado a esas jóvenes. Las flechas, creo que podrán incomodarlo en su vuelo…

—¿Y con tu espada, qué? ¿Podrás matarlo?

—Es la mejor opción que tenéis.

En ese momento el dragón se posó en el peñasco. Remo se percató de que bregaba por conseguir sujetar la espada con las garras de sus patas, pero que no lo conseguía.

—¡Ahora, vamos!

Remo corría ascendiendo el monte agachado. Los demás hicieron bien su trabajo porque gritaban mientras corrían hacia el dragón, y hacia ellos dirigió su mirada aterradora. Moga se izó en la noche batiendo las alas recién nacidas y se lanzó hacia ellos en picado. Al llegar cerca del grupo de soldados, estos se dispersaron mientras vomitaba fuego. Después, en un giro rápido, logró volver a dar otra pasada, pero esta vez, en lugar de tratar de abrasarlos, avanzó contra un grupo de cuatro con sus zarpas preparadas. Destrozó a dos arrancándolos del suelo con sus garras. Los desmenuzó como si estuviesen constituidos de barro, tijereteando con sus uñas terribles. A otros tres los derribó en su pasada. Remontó altura agitando con violencia las alas y después se quedó suspendido escrutando la ladera para localizar a los supervivientes. En picado volvió sobre sus presas escupiendo fuego, planeando a solo unos metros del suelo. Esta vez sí logró infectar de llamas a tres soldados que gritaron con el martirio. El fuego salía a presión de sus fauces y prendía con facilidad en las ropas y los cuerpos. Su temperatura debía de ser devastadora, pues los infelices cesaron sus gritos en el resumen chamuscado en que se descomponían sus cuerpos con facilidad, hasta que se desmenuzaban como papel.

Mientras esto sucedía en la parte de media altura del cerro, Remo ya había conseguido alcanzar la cima. Subió el peñasco y por fin pudo recuperar su espada. El mango enjaulado entre sus dedos lo reconfortó. Miró hacia los demás, que gritaban intentando una retirada imposible con aquella bestia alada.

—¡Mooooogaaaaaaaaa! —tronó Remo desde la cima. El dragón en que el Nigromante se había transformado debía de tener buen oído, pues enseguida buscó su voz. Viendo venir al dragón pensó que no tenía pensado ningún plan. No sabía cómo iba enfrentarse a aquella cosa, pero estaba seguro de que para apartarlo de su espada el monstruo debería de cortarle los brazos. Ese era su empeño, no perder su arma otra vez.

El dragón hizo una primera pasada intimidatoria, tratando de embestir a Remo volando a ras del risco. Él consiguió esquivarlo tirándose al suelo. Después la criatura volvió y escupió fuego en otra pasada pero no acertó a Remo. Así, varió su vuelo y se aproximó para posarse en la cima. En ese momento pareció tomar aire para transformarlo en una bocanada de llamas lo suficientemente amplias para que él no pudiese esquivarlo. No tenía tiempo de saltar, así que en lugar de eso, avanzó hacia el monstruo cuando este estaba a punto de escupir su bocanada de fuego. Algún soldado se tapó la cara de horror pensando que Remo estaba loco. Las llamas comenzaron a salir de las fauces del dragón. Remo insertó la espada en el bajo vientre del monstruo con rapidez. La hoja entró en su totalidad. El dragón agachó su cabeza y escupió un torrente de llamas que envolvieron a Remo. Gritó abrasándose. El calor que lo rodeaba ya ni tan siquiera se podía reconocer como calor. Era algo irracional. Con los ojos cerrados, ardía por doquier sin poder comprender totalmente el dolor que lo colapsaba.

Los soldados, desde más abajo en la colina, cuando vieron a Remo clavar su espada en el vientre del monstruo, se apresuraron a ir en su ayuda. El dragón agonizaba pero prolongaba su llamarada sobre él, tratando de matarlo antes de que no pudiese emitir fuego. Finalmente el monstruo se retorció dejando de abrasar a Remo, que cayó inerte humeante, negro en todo su cuerpo, en el que había pequeños incendios aún sin extinguirse.

—¡Aaaaah! —gritó absolutamente rota su voz, mientras comprobaba que su piel hervía allí donde quedaba piel.

El dragón, en su retorcimiento, trataba de extraer la espada sin éxito. Aullaba y gemía de dolor. Los soldados entonces se le acercaron clavando también sus espadas por todo el cuerpo de la bestia. Una vez que el monstruo estuvo inmóvil, fueron a socorrer a Remo que permanecía quieto, momificado por las quemaduras.

—¿Está muerto? —preguntaba uno de los guardias del pueblo con la mano tapando su boca y nariz cuando se acercó al guerrero quemado—. Apesta…, ufff.

—Yo creo que sí está muerto. Traeremos después una camilla y lo llevaremos con las demás víctimas para enterrarlo.

Entonces Remo se movió de golpe.

—¡Ah! Traedme la espada —logró decir aquel rostro demacrado por las quemaduras. Los hombres, inmóviles por el asco y el horror, lo miraban con los ojos muy abiertos—. No puedo moverme…, ¡traedme la espada, por piedad! —gritó desesperado desgarrándose parte de la cara al emitir el voceo.

Ante la insistencia de Remo, el cabecilla de los supervivientes accedió a su petición e indicó con la mirada a los demás que lo obedecieran.

—No se le niega un último deseo a un hombre, a un guerrero que quiere morir junto con su espada en la mano. ¡Haced lo que os dice!

Con cierta parsimonia irritante, dos hombres, presas aún del miedo a la criatura muerta, se acercaron al enorme cadáver para sacar el arma que, empapada en sangre, brilló en la noche de cara a la luna llena. La acercaron a la mano del quemado y después rezaron una oración al dios Kermes, señor del fuego, mirando los cielos.

Remo, gritando de dolor, con desgarrados alaridos que entorpecieron los rezos de sus benefactores, logró acercarse la espada con la gema engastada. Entonces, como el agua que refresca las ansias ardorosas de un sediento, una sensación espumosa sucedía por su cuerpo. Los soldados echaron pasos atrás viendo aquella extraña ebullición.

Remo tuvo visiones de la Isla de Lorna; a vista de pájaro la sobrevoló, como si la piedra quisiera donarle una visión apacible. O eso es que le había llegado la muerte y se dirigía al lugar de los muertos, persiguiendo las nubes hacia tierras lejanas, en aquella isla recóndita llena de misterios, frontera de las tierras prohibidas.

No, Remo sabía que no había muerto. Probablemente había estado más cerca de la muerte que en otras ocasiones, pero poco a poco percibió cómo sus músculos se iban recomponiendo y cómo su piel volvía a liarse y se desarrollaba.

—Esto es brujería…; mirad su piel, mirad su cara, los brazos, las piernas… están volviendo a la vida.

—No puede ser brujería —dijo otro soldado mirando de cuando en cuando al dragón muerto, no fuera que también se estuviese recuperando—. Esto debe de ser cosa de los dioses. No es posible una curación como esta.

Pronto, aún con ciertas sombras en la piel, Remo consiguió estar en pie ayudado por su espada.

—Os agradezco vuestra entrega.

—¿Cómo es posible que estés curado de semejantes quemaduras, forastero? ¿Quién eres? —esto lo dijo el alguacil que, viendo de lejos la escena del combate con el dragón y el desenlace, había decidido a acercarse.

—Mi señor, este hombre estaba totalmente quemado, al borde de la muerte —explicaba acelerado uno de sus hombres—, es obra de los dioses.

—Responde, Remo. ¿Eres un enviado de los dioses? ¿Cómo es posible esto que mi corazón desconfía haber visto mientras mis ojos me lo han mostrado? No sólo venciste al dragón…, te has curado de semejantes heridas.

Remo caminó hacia el borde del risco y saltó hacia la ladera. Allí se enfrentó cara a cara con el alguacil.

—Los dioses no envían a gente como yo… No razonéis algo que jamás podríais comprender —ahora miró a los demás—. Ni en los días venideros os preguntéis por lo que habéis visto. He matado al monstruo, estáis en deuda conmigo.

—¿En qué podríamos ayudarte? ¿No era esa tu misión, acabar con Moga?

—Primero retiremos el cadáver del dragón… —sentenció Remo.

CAPÍTULO 30
Hacia el sur

Las tropas se reunieron en el patio de armas junto a las caballerizas. El contingente de La Horda que vivía en la corte real haciendo labores de escolta y vigilancia era reducido, apenas cuarenta hombres. El general, ataviado con la armadura de combate decorada con dos colas de zorro blanco y una capa de pieles, habló a sus hombres emanando pesadillas en su mirada. Era tradición que las primeras instrucciones las diese el propio caudillo a sus leales soldados.

—Nos encaminamos a las llanuras de Gibea para reunirnos con nuestros hermanos que partieron de Batora anoche, en las estribaciones del bosque de Verenia. Allí nos esperan para cruzar hasta los campos de Firena. Al sur, desde las entrañas del mismísimo odio, del veneno que despierta la compasión inmerecida, un grupo de traidores siguen a un hombre exiliado por traición. Quien me entregue su cabeza subirá de rango de inmediato y recibirá el pago de dos meses de batalla. Si me lo entregáis vivo, yo mismo le regalaré al captor una cuadrilla de caballos blancos y las armas doradas de nuestra sagrada Orden.

Los hombres jalearon por un instante y después volvieron al rictus castrense. Los maestres dieron instrucciones a voz en grito y el destacamento marchó seguido de tres carromatos.

A Sala tuvieron que ayudarla a subir al carruaje en el que fue confinada como una esclava, entre víveres del contingente militar. Encadenada y con el alma pegada a su cara, entre restos de lágrimas, Sala tenía la sensación de que la tragedia se avecinaba. Le habían curado la pierna. La herida del gancho ahora apenas le molestaba, pero sentía un pesar hondo por lo que se avecinaba.

El sol emergió calentando la mañana. El vaho de los resoplidos de los caballos se fue disipando. El destacamento avanzaba en fila de a dos, con trote lento, permitiendo a los carros mantener el ritmo. Sala podía escuchar comentarios susurrados entre los soldados.

—¿A quién se refiere? ¿Quién se ha levantado en armas en el sur?

Ese tipo de preguntas se colaban por las lonas del carro donde estaba alojada. Tenía los pies y las manos atadas y una argolla metálica en el cuello, con una cadena pesada sujeta a la estructura de la carreta. No podía desplazarse y muy a duras penas cambiar de postura.

Al atardecer del segundo día llegaron al punto de encuentro. Lo dedujo por un sonido abrupto que comenzó a rodearla, de muchos hombres marchando al mismo paso, y algún que otro saludo se lo confirmaron. Entonces un soldado entró en la tienda y agarró su cadena soltando el enganche. Después, como si esa cadena no estuviese asida a su cuello delgado, el tipo tiró y ella fue sacada del carro a rastras.

—Me haces daño, por favor… —suplicó Sala que veía que aquel hombre era capaz de romperle el cuello tirando de forma inclemente. Resolvió el extraño en cargar con ella como si de un saco se tratase. Fue a depositarla a los pies del imponente corcel negro del general.

—¡Quitadle la cadena y las ataduras! Subidla a un caballo. A partir de ahora cabalgarás a mi lado. Mira a tu alrededor, siente el poder de la Horda.

Sala se sintió intimidada cuando, al erguirse en el caballo, miró a su alrededor contemplando cientos de ojos que miraban hacia allá. Los destellos de armadura impedían la visión del horizonte. ¿Mil hombres? ¿Dos mil? No podría asegurarlo. Lo que sí sabía era que el plan de Remo se había ido al traste por su culpa. Aunque pronto descubriría que la situación era aún más grave de lo que parecía.

Abriéndose paso por entre la multitud de hombres a pie, varios jinetes se acercaron; uno iba seguido de un carro.

—Mi señor —dijo el que traía el carro tras de sí.

—Capitán Sebla. Dime, ¿qué traes?

—Creo que un presente de sumo interés para su señoría. Sabrá apreciar su valor enseguida.

El carromato se giró y, entre dos hombres, descubrieron las lonas blancas con el estandarte de la Horda impreso repetido en bordados. Dentro, una jaula contenía a varios hombres maniatados con un aspecto deplorable. Selprum al principio no los reconoció; acercó su corcel a la herrumbre y pudo discernir rostros familiares. Sala lloró al reconocer a Lorkun entre los capturados. Le habían quitado el parche y su cicatriz provocó un escalofrío a Sala.

—Menuda suerte la mía, pero si es nuestro «Lince». ¿Has dejado los hábitos de los dioses por las conspiraciones? ¿Conoces a mi nueva amiga? Vaya, pero si te acompañan los gemelos Glaner. No puedo creerlo…, tantos exiliados en tan poco espacio. Capitán Sebla, ¿cómo fueron capturados?

—El mérito de la captura no es mío, ni pertenece a ningún otro más que al maestre Trento, quien seguro gustoso os lo contará.

Trento saludó con el brazo; había desmontado del caballo y acariciaba una rueda del carro de los prisioneros.

—Vinieron preguntando por mí, en la noche… Yo aún no dormía, estaba preparando mis enseres para el viaje cuando me avisaron los centinelas de que tres sacerdotes de Huidón preguntaban por mí y que uno era tuerto.

—Trento, viejo amigo —dijo el general entusiasmado por su narración—, ¿qué vinieron a contarte estos miserables exiliados?

—Señor…, la más loca y poco juiciosa historieta de traición, que rápidamente corté. ¡Los muy desgraciados querían que desertase!

—Cuán necio fui en mi misericordia… ¡Qué hábiles son los hombres para la mentira! —gritó a los cielos visiblemente afectado, como si él estuviese en un peldaño elevado en la condición de «hombre» y acabase de descubrir el origen oscuro y poco fiable de aquellas criaturas—. ¡Los dioses, que nos miran desde el cielo, desde las montañas, desde lo más profundo del océano, saben que os perdoné la vida aquel día! Ahora seréis juzgados por traición ante el Tribunal Real y me encargaré de que vuestra ejecución pública sirva de ejemplo a los opositores de nuestro rey. ¡Capitán, nos dirigimos al sur, a la caza del mayor de todos los traidores! ¡REMO ha de morir sin juicio ni piedad, pues sus pecados escuecen ya los pies de los dioses! A mí la Horda. ¡TODO POR LOS DIOSES, NUESTRO REY Y NUESTRA GLORIA!

La tropa rugió repitiendo el eslogan que tantos años había gobernado las batidas de los vestigianos de la Horda del Diablo. Sala pudo ver tristeza en los ojos de los gemelos Glaner. La mirada del ojo sano de Lorkun estaba vacía, fija en un punto imposible en el interior del carruaje. Ella no pudo contener las lágrimas. Remo estaría esperándolos…, haciendo esfuerzos por preparar una trampa desactivada de antemano. Sala pensaba que no quería verlo morir, ni contemplar su rostro orgulloso cuando fuera consciente del desenlace de su plan.

CAPÍTULO 31
Remo el Matadragones

Remo andaba nervioso. Después de matar a Moga, no cesaron los agasajos en Pozo de Luna. Sin perder oportunidad de hacer valer su hazaña congregó con la ayuda de Maniel a todos los alguaciles insurrectos que tuvieron solícitos favores con el brujo. Una reunión de cobardes bien podía acabar muy lejos del valor que Remo les requeriría, pero Remo debía intentar atraerlos a su causa. Toda ayuda sería poca contra las tropas de Selprum.

El pueblo cambiaba de ídolos con suma facilidad, ahora lo adoraban a él: Remo el Matadragones, lo llamaban por las calles. Fige lloró en sus brazos suplicándole ser su esclava. Los mismos que antes argumentaban entusiasmados que Moga estaba dotado de dones divinos, ahora aseguraban que los mismos dioses habían descendido en Remo para liberarlos. Quizá otro se hubiese acomodado en la nube del acopio, en la bondadosa sensación de heroicidad correspondida por un pueblo necesitado.

Remo, no.

Maniel le era sumiso. Quizá porque había presenciado con sus propios ojos cómo burló a la muerte. Quizá porque Remo contaba con la admiración de sus hombres y, sobre todo, porque había matado a Moga el monstruo, el dragón diabólico y a su peligroso lugarteniente Bécquer. Más que ningún otro alguacil, Maniel había sufrido el yugo y el terror hacia Moga. Así, el alguacil de Pozo de Luna comenzó hablando en una mesa con varias piezas de caza cocinadas, entre panes y vasos colmados, que ajedrezaban el tablero largo de la mesa de roble. Remo no probó bocado ni sorbió vino.

—Os presento a Remo, el hombre que ha destruido el miedo y el terror en el que Moga nos tenía sumidos. Derrotó a sus hombres y finalmente mató al dragón, un monstruo que acabó por rebelarse desde las entrañas del Nigromante. Yo lo presencié con mis propios ojos. Remo, el divino, mató a la bestia y burló a la muerte.

Después de largas frases de agradecimientos proferidas por los presentes, mientras devoraban los muslos y pechugas de las aves cocinadas, Remo tomó la palabra.

—Bien saben los dioses que no todo ha acabado aquí. Moga ha muerto sí…, pero el rey no perdonará tan fácilmente a sus siervos. Nuestro rey, mal aconsejado, es conocedor de una verdad a medias, que son las verdades más peligrosas. En pocos días, tendremos seguro un destacamento del ejército de Vestigia que vendrá a ajusticiaros.

Todos habían dejado de comer y lo escuchaban babeantes. Remo se sentía asqueado entre aquellas miradas viscosas.

—¿Ajusticiarnos? Somos alguaciles al servicio del rey, no hemos cometido ningún…

—¡No me interrumpáis, aún no he terminado! —gritó Remo causando pavor entre los presentes. Después respiró hondo y continuó—: fui contratado para aplacar la rebelión que, a sabiendas de la corte, se estaba produciendo en los alrededores de la Ciénaga. Matar a Moga como cabecilla era la primera de las acciones. Después los alguaciles corruptos que habían sucumbido y habían desatendido la Ley Real serían ajusticiados por sus faltas —mintió Remo intentando asustar, acercándoles hacia el precipicio de sus objetivos.

Remo necesitaba implicar a los alguaciles para su plan. No por ellos, pues escaso valor poseían, pero sí para disponer de sus hombres.

—La misma Horda del Diablo descenderá a vuestras tierras a ahorcar a quien estime pertinente.

—¿Y qué sugieres? Has matado a Moga y, sin embargo, ahora parece que eso ha sido perjudicial, que ahora, en lugar de perseguir al malvado muerto, vendrán por nosotros. ¿Qué podemos hacer?

—Luchar contra el destacamento y después demostrar que rendís pleitesía al rey.

—¿Estáis loco? ¿Acaso no sería esa la gran prueba de nuestra traición? Moriríamos luchando contra los soldados del rey, o bajo las hachas de los verdugos en la gran plaza de Venteria.

—Esta misión proviene del general Selprum, tanto la muerte de Moga como el control de la zona. Deberéis confiar en mí. Ese hombre viene a mataros. Os estoy ofreciendo la única salida que tenéis de conservar el pellejo. Tengo un plan…

—¿Cómo podríamos nosotros enfrentarnos a semejantes fuerzas? Nuestros hombres no son expertos guerreros de la vanguardia del ejército. No podremos enfrentarnos a ellos… ¡Por todos los dioses: es la Horda del Diablo! ¿Qué podemos nosotros contra eso?

—He dicho que tengo un plan.

De entre todos los alguaciles levantó la voz el más anciano:

—¿Qué sacas tú de todo esto? Has matado a Moga. Según alcanza mi entendimiento después de tu exposición, lo mataste por encargo del general al que ahora quieres dar muerte… No tiene sentido. ¿Acaso no serías digno de recompensa? ¿Cómo es posible que ahora pretendas salvarnos?

Remo miró a los ojos del viejo. Todos poseían en sus ojos un brillo en el que Remo se sentía cómodo, el sello de la admiración que le proferían por haberles librado del brujo. Todos, a excepción del más mayor, que parecía estudiar la situación sin el apasionamiento ni la cobardía de los demás.

—El general Selprum provocó la caída de muchas familias, la pesadumbre y el exilio para muchos buenos soldados tras la Gran Guerra. Llegó al poder sin merecerlo y es momento de que pague sus pecados.

—Así que se trata de una venganza. Algo personal…

No se hizo esperar el barullo de especulaciones, los comentarios que poco a poco se alzaron de tono.

—¿Quieres que nos enfrentemos a un cuerpo de élite del ejército solo por satisfacer una venganza? ¿Pretendes arrastrar nuestros pueblos al suicidio solo porque tú encierras antiguas rencillas con el general?

La indignación se propagaba con más rapidez que el vino en sus vasos de barro.

—¡Me lo debéis! —tronó Remo.

—Este hombre ha matado a Moga, que seguramente hubiese acabado por darnos muerte o algo peor —argumentó Maniel en su defensa—. Además, la realidad es que Selprum vendrá a estas tierras con la venia del monarca para hacer correr nuestra sangre.

—Quizá quiere cerciorarse de que ha muerto Moga. Le prepararemos un buen recibimiento, calmaremos sus dudas sobre nosotros, le ofreceremos pruebas tangibles de nuestra lealtad al rey. Engalanaremos los pueblos con estandartes reales…

—Yo conozco a ese hombre. Cuando llegó a ser capitán de su destacamento, exilió a todos los que le eran hostiles, mató a muchos y a los demás nos quitó todo cuanto poseíamos. No dialogaréis con el rey, ni con ningún sabio que analice vuestra lealtad ni tampoco con un astrónomo que miraría temeroso las estrellas para designar vuestra suerte. Aquí vendrá una fuerza militar opresora quemando casas. Ahorcará indiscriminadamente, pasará por la espada a cuantos pretendan cambiar su visión preconcebida del problema. Torturará a vuestros vecinos para que declaren en vuestra contra y acabaréis bajo el hacha de un verdugo en el mejor de los casos. ¡Pensad con frialdad y, por una vez en vuestra vida, dejad de tener miedo!

Estas últimas palabras vinieron acompañadas de un puñetazo terrible a la mesa, donde los manjares temblaron con la fuerza de Remo. Después, con paso lento, abandonó la estancia para dejarlos pensar.

CAPÍTULO 32

Los dominios del Nigromante

El caballo de Sala fue atado a la grupa del corcel del capitán Sebla, cabalgando junto a Selprum en la vanguardia de jinetes. Hicieron muchas millas a pie a paso ligero, y otras tantas al trote, a la voz en grito de Selprum para forzar a sus hombres sin cabalgadura a ejercitarse. Al anochecer habían penetrado en las cercanías de los Campos de Firena. Desplegaron un campamento organizado en cuadrícula para celebrar una gran comilona, de la que Sala solo pudo obtener ecos de risas. Fue enjaulada literalmente en la tienda del general, custodiada por tres turnos de guardia. Cuando Selprum fue a sus aposentos, cubrieron la jaula con lona oscura y tuvo la sensación de ser un pájaro al que sus dueños obligaban a dormir. Selprum no le dirigió la palabra. Sala pudo conciliar el sueño, acogida precisamente por ese desdén, pues el desprecio de su carcelero la sosegaba, ofreciéndole horas de indiferencia en las que apaciguar su miedo; sin embargo, un rumor la despertó en la noche. Fueron las voces de la guardia personal del general alertándolo con urgencia.

—Mi señor, despierte, ha ocurrido algo… Necesitamos saber qué hacer.

—¡Habla!

—En la confusión de la fiesta de reencuentro con nuestros hermanos, parece que falló un turno de guardia… Lorkun y los Glaner han escapado.

Sala escuchó una maldición y después el estallido de lo que podía ser una jarra de barro. Unos pasos violentos se acercaron hacia donde estaba su jaula. La lona fue retirada con violencia.

—¡Ella…! Está aquí —dijo el general calmándose un poco.

—Señor…, creo que tenemos el rastro de los fugitivos. ¿Quiere que lo sigamos?

—Sí. Que diez hombres a caballo los persigan, nosotros partiremos al alba tal y como lo teníamos previsto. Son desperdicios, meros desperdicios que nada pueden contra los cuchilleros de la Horda, que urden un destino mucho más funesto del que ya se habían granjeado.

Sala no pudo evitar contagiarse de cierta ilusión. Esperaba que Lorkun tuviese tiempo de perder sus huellas, que consiguiera llegar junto a Remo para explicarle la situación, para hacerle entrar en razón y que depusiera su plan suicida. Todo había salido mal. Selprum había reunido a toda la división de cuchilleros, no a un puñado de hombres, y conocía las intenciones rebeldes de Remo. Pidió a los dioses, en especial a Huidón, que cuidasen de su amigo. Con la vida que llevaba no solía rezar ni demostrar respeto a lo divino, pero pidió al gran dios de las montañas que protegiese a Remo, pues en su macabra empresa se divulgaba su innegable valor.

Horas más tarde, a mediodía, estando el sol disimulado entre nubarrones, los rastreadores del destacamento volvieron al galope, alterando la paz del avance del grupo. Selprum les dio audiencia.

—¡Señor, una columna de humo negro se eleva sobre Pozo de Luna! Tras esos cerros, el pueblo parece haber sido atacado. Tuker, dile lo que has visto tú… Él se adelantó más.

—Señor, brujería… A las afueras del pueblo hay estandartes del brujo, la gente de la aldea intenta apagar los incendios, todos dicen que el brujo Moga, El Nigromante, los está castigando y…, bueno, hay un monstruo…

—¿Un monstruo? Ven, insensato…

El general parecía molesto con el informador por comentar ese detalle en voz alta, delante de toda la tropa.

—Sí, mi señor…, por lo visto Moga les envió una bestia que arrasó el pueblo… —susurraba temeroso el soldado, desmontando del caballo y colocándose junto a la bota de su señor—; eso me narraron unos aldeanos y en sus caras no se podía adivinar mentira sino fatigas y temor a los dioses. No quise hacerme notar, así que no me interné en la aldea.

—¿De los fugitivos se sabe algo?

—Nada, todo el mundo anda muy atareado paliando los incendios.

Selprum aferró las riendas de su caballo y gritó.

—¡Paso ligero de a pie! Tras esos montes está Pozo de Luna. ¡A mí la caballería…, nos encontraremos en la aldea!

Después de dar la orden se volvió hacia Sala profiriéndole odio con la mirada.

—¿Qué demonios sucede? ¿No decías que Remo vive? Que planeaba matarme allí, en Pozo de Luna. ¿Remo ha dejado con vida a Moga? ¿Se ha aliado con el Nigromante?

—Bueno…, se suponía que él acabaría con Moga, pero tal vez…

Sala estaba perpleja por las noticias que trajeron los exploradores. Sus palabras emitían incertidumbre y miedo. Selprum debió de entenderlo así también, porque no insistió mucho en las cuestiones, presto a atravesar el paso entre los montes y alcanzar Pozo de Luna. Sala, desde que separase su camino del de Remo, había partido de una premisa: Remo vencería a Moga para llevar a cabo su plan. ¿Cómo era posible lo de los estandartes y la quema del pueblo? Una lija raspaba con incertidumbre su estómago, pensando que tal vez estaba todo perdido, que Remo podía llevar muerto días siendo su desgracia el final más lógico a tan arriesgado plan.

Las columnas de humo ascendían alimentando un disco nuboso que parecía a punto de vomitar lluvia negra. Una de las vaharadas era más oscura que las otras. Provenía de una casa, donde, al parecer, había barriles de aceite y petróleo para lámparas y antorchas, licores, incluso ingenios pirotécnicos. Todos los habitantes parecían afanados en apagar ese fuego. Cuando aparecieron los jinetes del ejército, niños y mujeres se arracimaban alrededor de los recién llegados suplicándoles ayuda.

—Mi señor, ayuda… Este fuego, el monstruo casi destruye toda la aldea…

Selprum miraba con desconfianza el panorama lamentable.

—¿Y el monstruo?

—Allí, mi señor, allí —dijo una mujer señalando un tejado maltrecho. En él, por entre restos de cañas, paja y maderos desvencijados, se adivinaba una garra, las alas y la cabeza de lo que parecía un ser abominable.

—Dioses… —susurró Selprum, que indicó a su caballo que se acercase al lugar pese a las reticencias que demostraba relinchando. Su séquito lo circundó frente a la fachada—. ¿Cómo murió? ¿Hay alguien al mando en este pueblucho?

—Señor…, el dragón mató a muchos hombres. Moga secuestró a otros para sus rituales, quedamos pocos —dijo un anciano junto a dos hombres tiznados de mugre y ceniza.

—¿Qué sucedió?

—Moga inició sus ceremonias de la luna llena y, como no hicimos los sacrificios que nos pidió, llamó a la criatura. Afortunadamente el dragón se estrelló contra ese tejado y quedó atravesado por los maderos.

Selprum miró a sus soldados que poco a poco se acercaban a la zona. La mayoría era incapaz de abrir la boca, de opinar siquiera. En el rostro de todos había una mezcla de miedo y asco, de superstición y cansancio.

—Hacía mucho tiempo que no se sabía de un dragón. Siglos. Ese Moga comienza a ser una amenaza. ¿Y el alguacil de la zona? ¿La guardia?

—Muchos murieron. Los demás se internaron en la Ciénaga persiguiendo a Moga y sus secuaces. Nada sabemos de ellos.

En ese momento, el maestre Trento, que había estado escuchándolo todo, mirando con desprecio a la bestia muerta, alzó la voz.

—Señor, deja que me lleve cien hombres, y esta misma noche volveré con la cabeza de Moga en una lanza.

Selprum sonrió.

—Está bien, dales tiempo a recuperar el aliento y llévate cien hombres a la Ciénaga. Nosotros reconstruiremos el pueblo mientras tanto.

El general descabalgó y se dirigió hacia una casa que no parecía afectada por los incendios: la herrería. Allí sus subordinados echaron fuera a los dueños preparando un despacho con comida y bebida. Sala fue llevada a presencia de Selprum.

—Bueno, Sala, parece que tus mentiras no tienen cobijo en la realidad. Si no quieres morir… ¡Habla!

—Le dije todo cuanto sé, mi señor. Creo que algo salió mal… —Sala no pudo evitar derramar lágrimas al comentar la posible muerte de Remo—. Remo volvería a la Ciénaga para luchar contra Moga, lo mataría. Yo le describiría a usted que Moga se estaba convirtiendo en un peligro y así usted vendría para sofocar la rebelión… Tal vez… Remo lo estaría esperando, pero algo ha salido mal… Ese Moga sigue vivo, contrata dragones de los mismos infiernos… Remo…, Remo fracasó.

—Irás con la avanzadilla de cien hombres para guiarlos por la Ciénaga hasta la guarida de ese brujo. Les daré orden de matarte si les complicas o retrasas. ¿Entendido?

CAPÍTULO 33
Avanzadilla

Atravesaban el fango en el mayor de los silencios que cien hombres pueden conseguir, pertrechados con armaduras ligeras. Trento mantenía a Sala unida a él con una cadena al cuello. Ella los guiaba hacia el cerro que se elevaba en el centro de la Ciénaga, recordando a los difuntos Fulón y Menal, que la habían acompañado días atrás. Daba la sensación de que hubiera pasado mucho tiempo desde entonces.

La idea era subir al cerro para descender más tarde hacia el escondrijo anegado de Moga. Arrinconaban a la niebla entre los árboles, pero ni rastro de los secuaces del Nigromante. Sala tenía frío, estaba muy cansada por el viaje, tenía ganas de llorar y su esperanza se hundía junto a sus pies en el fango.

Fue al descender la colina cuando Trento levantó la mano en señal de parada. Sus hombres se detuvieron.

—Recuento.

La orden fue pasando de uno a otro hasta los últimos de la columna.

—Noventa y tres —gritó el último de la columna.

—¡Señor, hemos perdido siete hombres! ¿Dónde están los demás?

En ese momento atravesaban un claro de bosque completamente empantanado de agua. La marea densa y negra los cubría hasta las rodillas y, en la tropa, el nerviosismo dejaba ecos acuosos. De repente, de aquel lago sembrado, comenzaron a salir cuerpos negros, lodosos. Rápidamente se abalanzaron hacia los soldados chapoteando en el agua. En ese momento, Trento tiró de la cadena del cuello de Sala y la obligó a caer al agua. Sala intentó salir pero unos brazos poderosos la mantenían sumergida. Intentaba zafarse, pero la cadena le estorbaba y aquellos brazos le imposibilitaban salir a respirar. Chapoteó con las piernas, tenía urgencia por volver a llenar de oxígeno sus pulmones. Pensó que moriría tragando fango y agua, pero, de repente, la presión sobre su espalda cesó y pudo sacar la cabeza fuera del agua. La cadena no estaba tensa. Abrió los ojos mientras tosía con fuerza. Veía borroso. Todo oscuro a su alrededor, mucho alboroto de figuras nervudas como raíces gigantes, como hombres árbol, bailaban en sus pupilas. Se restregó con la mano para tratar de apartar el agua oscura y pudo contemplar cómo toda la tropa había desaparecido por completo.

Tardó en asimilar lo ocurrido. Tardó en encajar todas las piezas del rompecabezas. Lo que sí veía sin lugar a dudas eran decenas de siluetas cubiertas de barro, observándola. Poco a poco comenzó a vislumbrar retazos de armadura mientras el barro caía de los cuerpos de muchos hombres y salpicaba en el agua.

—Hola, Sala. Me alegro de verte.

Era uno de aquellos hombres de barro negro. Ella retrocedió asustada. Los ojos penetrantes la hipnotizaron mientras estaba recordando qué le resultaba familiar de aquella entonación seca de su voz. ¡Era Remo!

—Remo…, ¡Remo! ¡Remo! —sin pensarlo dos veces se abalanzó hacia él arrastrando la cadena que ahora parecía sin dueño. Lo abrazó justo antes de adivinar una sonrisa en el rostro del hombre—. Remo, estás vivo…, ¡estás vivo!

El fango que tenía adherido al cuerpo Remo no le importaba. Lo abrazó con todas sus fuerzas.

—Para, para…, me vas a quitar todo el barro —protestaba Remo, aunque en su voz había cierta ternura, algo inusual, inhóspita en el carácter del guerrero. Sala rompió a llorar sin dejar de abrazarlo. Al percatarse de que todo el mundo les estaba observando, divertidos, guardó distancia.

De pronto observó a Trento que se deshacía del barro que manchaba su armadura. Muchos hombres andaban también limpiando sus armas.

—¿Qué demonios sucede? —preguntó la mujer tiritando de frío, incrédula ante los acontecimientos.

—Tranquila —dijo Remo mientras usaba una llave que le entregó el maestre Trento para quitarle el collar de hierro—. Seguro que tienes hambre y frío, solucionemos primero eso. ¿Cuántos hombres habéis dejado escapar?

—Creo que tres; tuvimos que matar a este, que se obsesionó por combatir —respondió bien humorado Trento. Sala estaba tan sorprendida que abría la boca perpleja.

—Bien, esta noche, en Pozo de Luna, la leyenda de Moga seguirá creciendo. Un dragón y la aparición de los «Hombres de Barro», son dos circunstancias imprevistas. ¡Seguidme, hermanos!

Remo hizo de guía de toda la tropa. Hombres de barro y soldados de la Horda caminaron juntos hacia las profundidades de la Ciénaga. Sala en el paseo distendido no dejaba de mirar a Remo, observando su liderazgo y su conocimiento de las tierras pantanosas. Por primera vez caminaba sin temores en aquel paraje ominoso. Tenía ganas de celebración.

CAPÍTULO 34

Reencuentros y explicaciones

A la luz del fuego, cubierta por una manta, Sala no dejaba de recibir atenciones de Remo y sus compañeros. Le habían explicado una y otra vez lo sucedido, el plan completo del que ella tan solo había recibido una parte. Pero no le entraban en la cabeza los acontecimientos de Pozo de Luna y la deserción en masa de la avanzadilla de Trento.

—A ver, ¿yo estaba muerta de miedo por la captura de Lorkun y resulta que eso lo tenías previsto?

—Sí, Lorkun y los gemelos eran fundamentales para convencer a Trento en Batora. Necesitábamos traer a Selprum confiado, seguro de su victoria. Por eso Trento fingió que los había capturado. Cuando ellos escaparon, con la ayuda de Trento, ya estaban cerca de Pozo de Luna. Esos detalles del plan… No podía arriesgarme a contarte todo, porque sabía que Selprum te haría hablar.

—Entonces Trento estuvo siempre de tu parte…

—Sí… —dijo el aludido con una sonrisa bonachona que estiró su barba—. Remo, Lorkun, los gemelos, todos sobrevivimos a las batallas, nos salvamos la vida unos a otros en la Gran Guerra —Trento hablaba con ilusión—. Aquella contienda marcó nuestras vidas, pero no fueron las únicas batallas, hubo muchas más, y siempre sentíamos la hermandad que nuestro capitán Arkane nos supo transmitir. Jamás traicionaría esos lazos. La noche de la fiesta, antes de dejar escapar a Lorkun, conseguimos juntar adeptos a nuestra causa, hombres que, como nosotros, saben la verdad, la enorme ambición de Selprum. El joven Sebla es el capitán de los cuchilleros, y ni siquiera combatió en la Gran Guerra, pero fue promocionado por Selprum. Por derecho propio ese puesto pertenece a Remo. Hubo testigos de las palabras de Arkane, gente que, para no perder todo lo que tenía…, es difícil de explicar… ¡Maldigo el día en que no me levanté contra la injusticia! Nos atemorizaron. Remo y los gemelos fueron exiliados, pero otros murieron; Lorkun, el cuchillero con más puntería que teníamos, fue mutilado… El plan de Remo libera nuestro honor, libera nuestras almas.

El discurso del maestre creó un remanso de silencio respetuoso. A la luz de la fogata, aquellos hombres tenían en la cara la misma expresión dolida, la misma determinación de eliminar el vacío de sus vidas y resolver el contrato con los dioses: el destino.

—Mañana será un día de sangre —sentenció Remo.

—¿Y el dragón? ¿De dónde habéis sacado un dragón? —preguntó Sala recordando ese detalle. Sin poder creer lo que había sucedido.

—Es lo que queda de Moga. Ellos no lo saben, pero Moga está muerto, lo maté cuando se convirtió en dragón. Tuvimos que trabajar duro para colocarlo en el tejado de aquella casa… Ahora mismo piensan que aquí habita un demonio, un mago poderoso que es capaz de convocar dragones, y nosotros les estamos dando motivos para andar asustados. De su avanzadilla de cien hombres, los tres supervivientes que huyeron contarán con pavor cómo cientos de hombres de barro aniquilaban a sus tropas. No imaginarán la deserción.

Trento reía jactándose de la maniobra.

—¿No te percataste de cómo pasaba mensajes entre todos los hombres mientras cabalgábamos hacia Pozo de Luna? Cuando recluté a cien, noventa de esos estaban conmigo y con el plan de Remo. Por el camino matamos a siete y dejamos que se escapasen tres para sembrar miedo.

Sala asintió. Lo había comprendido. Estaba todo claro pero el resultado de aquel magnífico plan no la sosegaba. Selprum seguía apostado en Pozo de Luna con cientos de soldados, maestres bien entrenados.

—Por ahora parece que el plan va bien, pero… —Sala miró a los ojos del guerrero—, son demasiados Remo. Son muchos hombres…

Sala tenía una pena honda instalada en la alegría del reencuentro. Sentía la premura, la tristeza de la fugacidad de una puesta de sol en aquel descanso nocturno. No dejaba de echar cuentas…, y no le salían. Remo había reunido soldados de los alguaciles y algunos aldeanos. Ahora, con la incorporación de los desertores, sumaban doscientos hombres, de los cuales solo los de la Horda estaban de veras preparados para el combate.

—Sala, moriremos luchando si es necesario. Los que estamos aquí no contemplamos la retirada —dijo Lorkun.

Remo permanecía en silencio mirando el fuego, que resumía fulgores sobre su rostro belicoso. Se levantó y fue a sentarse junto a Sala. Los demás se marcharon para continuar con los preparativos de la batalla.

—Sala..., ¿cómo te encuentras? —preguntó Remo, esquivando la mirada directa de la joven.

—Bien. ¿Y tú? Seguro que has descansado de mis constantes preguntas.

—Quiero que sepas que suponía que Selprum te atraparía, pero que estaba dispuesto a ir a buscarte. Lorkun me avisó de que te habían traído. Siento haber arriesgado tu vida... Espero..., espero que no te hicieran daño...

Sala sentía un torrente de emociones desbordar su corazón. Quedaba muy lejana aquella noche que sufrió la soledad de los calabozos. Aquellas palabras de Remo parecían rescatarla realmente de aquella prisión. Las lágrimas volvían a aparecer pero apretó las mandíbulas y evitó el llanto. No había lugar para sensiblerías en aquel campamento.

—Amenazaron a mi casera, esa mujer ha sido como una madre para mí. Tena Múfler..., les dije todo lo que sabía, no pude hacer otra cosa. Selprum se quedó estupefacto al llegar a la aldea y ver que Moga seguía haciendo de las suyas. Había creído mi versión y, al comprobar que Moga parecía seguir con vida, pensó que estabas muerto. Yo también creí que Moga te había derrotado. El dragón es una prueba demasiado contundente para dudar del poder de un brujo. Si hubieras visto el rostro de Selprum cuando vio a la bestia…

—Pensé que era mejor presentar como adversario al brujo para infundir miedo en la tropa. Jamás temerían a soldados. Fue algo improvisado sobre la marcha. Selprum me dará por muerto. Estoy deseando ver la cara que pone cuando me tenga en frente.

Hubo un silencio cálido frente al fuego hasta que Remo insistió.

—Dime que no te hicieron daño.

—¿Te importa realmente, Remo?

Ahora él la miró a la cara con cierta dosis de incredulidad. Sorprendido por la pregunta de la mujer.

—Pues…

—Vamos… ¿Me has echado de menos, verdad? —ahora la chica reía. Remo estaba colorado. Se levantó.

—Descansa…, mañana será un día duro.

Sala volvió a ponerse seria.

—Remo, abandona, ve a los puertos del sur, Mesolia no queda lejos, huye en cualquier embarcación…, sobrevive como siempre has hecho.

—Llevo diez años sobreviviendo. Diez años a merced de la suerte. Diez años sin descanso, sin rumbo; mañana, sea cual sea el resultado, tendré más paz que la que conseguiría huyendo.

En ese momento Fige llegó a la fogata.

—Mi señor Remo, ya hemos limpiado las armaduras y los trajes de los soldados. ¿Alguna orden más?

—Nada por ahora Fige, gracias...

Sala sonrió a la recién llegada. Ella, visiblemente curiosa ante la presencia de Sala, se le acercó.

—¿Quién eres?

—Se llama Sala. Esta es Fige... Me ayudó a escapar de una celda en el pueblo —decía Remo explicándole a Sala la presencia de la joven.

—Me retiro a descansar, señor Remo.

Cuando la chica se hubo marchado, Sala no pudo contener más la risa.

—¿Señor Remo?

—Calla, intento que no me llame así..., pero no lo consigo. Moga estuvo a punto de asesinarla. Desde que la salvé no se despega de mí.

Sala miró hacia arriba tratando descifrar alguna estrella entre la maraña de ramales de los árboles de la Ciénaga.

—¿Estuviste atrapado en una celda? —preguntó recordando lo que la niña acababa de decir.

—Sí, la maniobra de dejaros atrás en la taberna me salió mal. El tabernero me engañó como bien sabes. Acabé en una celda y allí conocí a Fige. La retenían para usarla como sacrificio en los rituales de ese loco.

—Parece que le gustas —dijo Sala mofándose.

—No sigas por ese camino Sala…

Ella se echó a reír.

—Tengo algo para ti —dijo Remo y se alejó un momento.

—¡Eso ha sonado romántico Torno! —gritó ella recordando el nombre fingido que se pusieron para pasar aquella noche en la posada en la que fingieron ser un matrimonio.

Sala quedó sola junto al fuego, mirando de lejos los preparativos de los hombres de Trento, escuchando el viento desmoronarse en las ramas de los árboles. Aún le daba escalofríos la Ciénaga, aunque ahora fuese su cuartel general. Miró el fuego y parte de un asado que descansaba sobre un pincho metálico. Tenía hambre. Llegó a esa conclusión mientras hundía sus dientes en la carne después de arrancar un alón del ave asada. No tardó mucho en regresar Remo.

—Toma, lo rescaté del baúl del Nigromante.

Remo le tendió su arco y el carcaj repleto de flechas. Se puso muy contenta de recuperarlos. No es que tuvieran un valor sentimental…, pero sí un valor real. Eran de la mejor calidad. Abrazó a Remo eufórica.

—Me has echado de menos…, lo sé —bromeó ella y Remo la separó de un empujón tierno.

Divertida, la mujer insistió.

—Sólo tienes que decirlo… «Sala te he echado mucho de menos…».

—Eres insistente.

CAPÍTULO 35
La leyenda de los hombres de barro

Corriendo, con las armaduras manchadas de lodo, los tres supervivientes de la incursión en la Ciénaga entraron en el pueblo jadeando. Solicitaban audiencia con el capitán Sebla.

El joven capitán los recibió alarmado, cuando sus hombres advirtieron que tres, únicamente tres soldados habían regresado de los cien que componía la facción que el maestre Trento había seleccionado.

En la plaza central de Pozo de Luna habían hecho una gran fogata con largos maderos, alrededor de la cual la mayor parte de la tropa descansaba y comía carne asada. Los rumores y las habladurías del regreso de los tres supervivientes se difundieron como el aceite, engrasando la imaginación y la fantasía, mientras los restos del dragón, aún en el tejado de una de las casas, parecía vigilarlos.

—Dicen que fueron atacados por demonios de barro.

—Hablan de cientos de criaturas de barro que los emboscaron.

Ese tipo de comentarios se extendían por los corrillos de soldados y apartaban de las conversaciones el otro gran tema: el dragón muerto.

—Contadme lo ocurrido —pidió el capitán Sebla, que los había apartado de los demás soldados para tener audiencia privada con ellos.

—Señor…, ocurrió todo tan deprisa…

Podía verse el miedo pintado en sus rostros y Sebla sabía que no era bueno para el batallón un golpe de moral así. Quiso informar cuanto antes al general Selprum, pero no tuvo que ir en su busca. El rumor del regreso se había extendido tanto que el propio General hizo acto de presencia. Selprum traía consigo un enfado visible y al principio los hombres temían su reacción.

—¿Qué ha sucedido? ¿Y los demás? ¿Dónde está el maestre Trento?

Los hombres se encogieron ante la presencia del general.

—¡Hablad! —gritó enfurecido mientras miraba de un lado a otro a los posibles oyentes que tenían pese a andar apartados—. Venid conmigo.

En la avenida principal del pueblo, cerca de la posada, podía adivinarse fácilmente la casa donde habían ubicado el cuartel general porque, patrullando fuera, rígidos como la piedra; se concentraba la guardia personal de Selprum. El general estaba alterado. ¡Cien hombres! La moral de sus compañeros podía venirse abajo con una noticia así. Debía manejar el asunto con inteligencia.

—Señor…, caminábamos en fila de a dos, como tantas veces. Trento lideraba el grupo. Sentimos algo extraño…

—Explícate…

—Fue como si nos observasen desde todas partes incluso desde el suelo…, atravesábamos una zona muy empantanada y era como si el agua tuviese ojos.

Los otros dos soldados no hablaban, pero asentían ante la descripción del compañero.

—Desde mi posición todo acabó rápidamente. Vi a esas criaturas saltar sobre nosotros rugiendo. Proferían gritos espeluznantes.

—¿Qué eran? —interrumpió el General.

—Eran de barro, algunos surgieron del mismo suelo anegado que nos rodeaba, otros vinieron desde una ladera. Nos estaban esperando, de eso no cabe duda. Eran demonios de barro. No tiene otra explicación…

—Demonios…, los demonios no emboscan. Eran hombres con barro en el cuerpo —sentenció el General—. ¿Hubo combates? Trento vendería cara su muerte. Lo conozco desde hace muchos años… ¿Qué me dices de los combates?

—Fue todo tan rápido que solo se explica por la obra de diablos. Agarraban a nuestros compañeros y los hundían en el lodo con tal rapidez, que en cuanto giré mi cabeza de un lado a otro me vi prácticamente solo. Los gritos aterradores de los nuestros me hicieron salir corriendo. Escapé de milagro. No fue posible combatir. No era una batalla.

—¿Y vosotros? —preguntó Selprum a los otros dos.

—Yo vi aún menos…, me empujaron al lodo. Caí en una charca profunda. Pensé que me ahogarían pero me soltaron. Cuando me levanté no vi ni rastro de los nuestros. Había cientos de esas figuras horrendas retirándose. Pero no había ni rastro de nuestros soldados. Corrí cuanto pude para alejarme de allí.

Con un gesto el general invitó al tercero a contar su versión.

—Mi general…, me agarraron por atrás y me pegaron en la cara. No pude ni mirar el rostro negro del que me agredía. Me soltaron y corrí. Corrí hasta toparme con ellos dos. Nos costó mucho volver al pueblo. Creo que nos persiguieron hasta la linde de la Ciénaga.

Selprum tragó saliva. Sentía una rabia interna que lo devoraba. Le daban ganas de asesinar a los tres desgraciados por no traer al menos una historia más alentadora, menos fantasiosa y más práctica. Hubiera preferido mil veces un enemigo real a esa sarta de supersticiones.

—Es importante que no contéis esa historieta a nadie. ¿Me oís? Sé que el mal ya está hecho y que ahora mismo todo el regimiento anda contando estupideces sobre los hombres de barro…, pero es importante que no aumentemos la incertidumbre. Decid ahí fuera que eran hombres de carne y hueso. Estáis asustados, la razón la tenéis nublada por todo lo sucedido. Si se propaga el rumor de que hay demonios en esa ciénaga esperando para emboscarnos, vuestros compañeros mañana tendrán miedo…, os aseguro que fue una emboscada de hombres. Hombres muy bien organizados…

Trató de imaginar esa emboscada y los hombres necesarios para neutralizar a un contingente en formación de a dos, de cien hombres, en poco tiempo…, no le salían las cuentas. Cabía también otra posibilidad…, miró a los supervivientes. Eran jóvenes, inexpertos, quizá escaparon nada más comenzar el baile. Estaba seguro de que esa era la explicación más plausible. Se asustaron y salieron corriendo abandonando a sus compañeros en la batalla. Si les perdonó la vida fue porque pensó que no debía escatimar más efectivos para la batalla del día siguiente.

Había otra posibilidad, la misma que poseía las mentes de la mayoría de los soldados arracimados al calor de las hogueras en el pueblo. Ese Moga había convocado un dragón…, cuando en todos los rincones del reino jamás se había avistado uno en siglos. Si podía convocar a un dragón… ¿Acaso no podría reunir a demonios con el favor de la diosa oscura?

CAPÍTULO 36
Estrategias

Niebla espesa, quebrada en nublos bajos, repasaba la Ciénaga Nublada anclada en un frío cadavérico momentos previos al amanecer. Los hombres pisaban los charcos y atravesaban lodazales haciendo del frío una costumbre. Las luces del alba, como cintas celestes, se desenrollaban desde los huecos de la espesura huesuda de los árboles. La batalla final estaba a punto de decidirse.

Remo dividió sus fuerzas. Los hombres del sur al servicio de los alguaciles, totalmente cubiertos de barro, vigilaban en la distancia la incursión sosegada del contingente de la Horda. A estos, se les habían sumado algunos de los cuchilleros de Trento, deseando untarse en barro; sin embargo, la mayoría de los desertores, con las armaduras perfectamente limpias, esperaban en el cerro central de la Ciénaga Nublada las órdenes de Remo.

La caballería, como era de esperar, tenía serios problemas para avanzar en los cenagales y, al poco de la incursión, tuvieron que retroceder y descabalgar. Iban todos a pie. Remo había preparado varias trampas para los soldados. La más espectacular se la mostraron los secuaces de Moga que tenía prisioneros después de matar al brujo. Le explicaron cómo despertar a las arañas topo.

Las madrigueras de los insectos, con el humo de pequeñas fogatas, creaban una avalancha de arácnidos cuyo instinto sería sobrevivir y atacar a cualquier ser vivo que se interpusiera en su huida fuera de la Ciénaga. Eran animales agresivos con el acicate de la supervivencia, temibles en la región. Una sola picadura no era mortal, pero el dolor era intenso. Varias picaduras podrían mermar mucho la capacidad combativa de un hombre.

—Yo las he sufrido y te aseguro que son efectivas —recomendaba Sala mientras escuchaba el plan de ataque, al alba.

El aluvión de las arañas consiguió una efectividad superior a la esperada. El caos generado tentó a Remo a realizar una emboscada a las tropas en ese instante. El general, a gritos, logró que sus soldados se dirigiesen hacia delante. Los alaridos de los hombres poblaban el bosque anegado. Cuando los arácnidos se fueron, Remo comenzó a aproximarse por los flancos hacia el final del enorme destacamento. Avanzaban en formación irregular, socorriéndose unos a otros con ungüentos contra las picaduras. Remo calculaba que eran setecientos. Supuso que habría tropas en el pueblo. Se instaló un barullo ruidoso entre los soldados: quejidos de dolor, heridos clamando ayuda, temor a cualquier sombra que se movía entre la maleza. Era la confusión perfecta para una emboscada. Remo decidió atacar.

Arrastrándose junto a él, los «hombres de barro» conseguían sorprenderlo por su sigilo. Parecían adiestrados. La idea de cubrirse de lodo tuvo su efectividad. Remo atacó desde un flanco, acuchillando a diestro y siniestro a la primera fila de hombres del costado izquierdo, en la parte central de la columna. El camuflaje causó pavor. Al principio, en las caras de los soldados, contempló un miedo radical en lo más profundo de la línea entre la superstición y el terror. Gente asustada por algo sobrenatural.

—¡Son los demonios de barro! —gritaban muchos.

Remo usaba el cuchillo con velocidad. Todos conocían el objetivo de ese primer ataque. Tenían que herir al menos a un soldado enemigo y batirse en retirada hacia el norte. Remo sabía que no podrían ganar una batalla a tantos soldados por muy asustados que estuviesen. Los soldados de la Horda pronto descubrirían la humanidad de los hombres de barro y comenzarían a lanzar cuchillos con más precisión. Fue muy tajante con respecto a eso: Nada de enzarzarse en combates por muy favorables que les pareciesen. Herir y correr, esa era la consigna. Así, la mayoría consiguieron escapar siguiendo a Remo. Hubo quien tuvo peor suerte y acabó sucumbiendo a los cuchillos voladores y a las espadas.

—¡Son hombres, no demonios…! ¡Traedme a ese! —gritó Selprum.

Uno de los hombres de barro, que había tropezado con la raíz de un árbol, herido por un cuchillo en una pierna había tratado de escaparse sin éxito. Lo ataron al tronco de un árbol. Selprum desde varios metros de distancia practicó puntería con sus cuchillos. Los gritos de dolor del prisionero se elevaron por encima de los árboles y llegaron a oídos de sus compañeros. Remo conocía la crueldad del General. Sabía que no tendría piedad con los supervivientes a ese día.

—Mirad en qué ha quedado el miedo. Son hombres, sangran y como cobardes se ocultarán siempre. Ellos nos temerán a nosotros —decía cerca del cadáver del desdichado, mientras extraía uno a uno los diez cuchillos con los que lo había torturado hasta darle muerte. Los había lanzado con furia y le costaba trabajo recuperarlos.

—Mi señor, los demás han ido hacia el norte —comentaba el capitán Sebla.

—Perseguidlos hacia el norte —ordenó Selprum—. Nosotros iremos hacia el sur. Nos juntaremos en la montaña. En la falda sur.

Remo viró al este y abandonó a «los hombres de barro» a toda la velocidad que sus piernas le permitían. Confiaba en que el grupo consiguiera escapar de Sebla, que perdieran el rastro. El joven capitán parecía resuelto y peligroso. Le recordaba a él mismo, muchos años atrás, entregado a la disciplina castrense, ungido por la responsabilidad de impartir justicia y obedecer a sus mandos. Aún debían cicatrizar muchas heridas en su cuerpo para poder semejarse a la sombra de lo que Arkane fue: ese capitán firme y seguro que conduce a la tropa sin miramientos, evaluando siempre las situaciones y cuidando de sus hombres.

Con el sol ya alto en el cielo, en la mitad del día, las tropas que comandaba el general Selprum llegaron a la falda de la montaña y viraron hacia el sur, rodeándola.

—Ahora me toca a mí —susurró Sala apuntando con su arco. Respiró hondo apartando de su cabeza las circunstancias y tratando de imaginar el recorrido limpio que haría su proyectil en el cielo hasta derrotarse en parábola y clavarse en sus enemigos. Estaba encaramada entre dos ramas de un árbol bien escogido que le permitía adquirir una postura cómoda. Veía el grueso de las tropas en la lejanía. Sabía que podía acertar.

Muchas flechas cayeron sobre los soldados en una zona pantanosa en la que el agua dificultaba mucho las intenciones de esquivarlas. No podían ver desde dónde venían los proyectiles. Nuevamente parecían asediados por fantasmas. Sala lanzó flechas sin parar, instruyendo a otros en los misterios de la inclinación necesaria para acertar desde lejos. La compañía de militares era tan voluminosa que, por muy mala puntería que se tuviese, todas las flechas sembraban desconcierto aunque no clavasen en carne humana. La puntería de Sala era formidable.

—Las flechas las lanzan hombres de carne y hueso. Encontradles, traedme la cabeza del brujo. ¡Quiero su cabeza!

Varias facciones se dividieron para iniciar un registro escudriñando los alrededores. Remo y sus hombres tuvieron que retroceder y variar su posición porque uno de esos grupos estuvo a punto de descubrirlos. Cuando localizaban una nueva situación segura, volvían a lanzar flechas. Los maestres distribuían a sus rastreadores para encontrar la fuente del desconcierto. Entonces comenzó la fase final del plan.

Mientras tanto, al otro lado de la Ciénaga, Sebla, desesperado, había perdido el rastro. Decidió volver sobre sus pasos hacia la montaña, donde se suponía que se reuniría con Selprum. Sus hombres andaban agotados y los «hombres de barro» se habían esfumado. Hartos de pisar agua y soportar la sujeción del suelo fangoso, cansados de perseguir sombras escurridizas, los soldados comenzaban a aflojar la marcha. El joven capitán se había visto superado por las circunstancias. No esperaba un ataque como aquel. Podía asumir un enemigo bravo al que costaba trabajo doblegar, pero no un adversario que apenas comienza a golpear huye despavorido. No habían tenido tiempo de reaccionar. Para colmo, la persecución no había dado fruto. Ellos no conocían bien el terreno y en muchas ocasiones hubo que salvar del ahogo a varios imprudentes que, con el ansia de perseguir a sus enemigos habían caído en pantanos profundos. Con el peso de las armaduras y la densidad del fango tuvieron que esforzarse en rescatarlos.

Selprum, después de desperdigar su contingente, junto a los veinte hombres que formaban su escolta palaciega, esperaba noticias de éxito en medio de aquel día retorcido. No pudo sospechar de hombres perfectamente ataviados con los uniformes de la Horda, con las armaduras quizá demasiado limpias.

—¡Mi señor, por aquí! Hemos capturado a Moga y sus secuaces.

Con premura, Selprum y su séquito abandonaron el claro de bosque hacia la profundidad de la Ciénaga, al sur. Un camino escogido por Remo. Eran hombres con rostros conocidos, con las armaduras puestas… El general, inmerso en el caos, no los identificó como las tropas supuestamente capturadas la jornada anterior. Quizá perseguía con tal vehemencia la posibilidad de dar por finalizada aquella búsqueda, de matar a Moga y volver victorioso a Venteria, que no atendió a los pequeños detalles. Poco a poco, la escolta personal de Selprum iba perdiendo efectivos. Sobre todo en la retaguardia.

Selprum fue conducido al barrizal donde Moga tenía ubicada su guarida, junto a un horripilante sembrado de cadáveres ensartados con palos. Allí contempló un gran número de soldados que rodeaban el cadáver de un hombre ataviado con ropas de corte místico, con los estandartes de Moga, junto a varios árboles enormes y una cabaña siniestra. Los soldados estaban sonrientes…

—¿Ese es Moga? Le llevaremos al rey su cabeza.

De entre los soldados apareció un hombre cubierto de barro totalmente. Caminaba despacio sin la más mínima preocupación. Viendo que no lo detenían, Selprum pensó que tal vez era uno de sus hombres después de haber caído en un charco fangoso. Algo en la cadencia de sus pasos, una seguridad aristocrática, un desafío en su forma de acercarse en línea recta, le hizo sospechar. Una espada a la espalda…, esos ojos…

—Hola, Selprum.

El general lo miró de arriba abajo. Tras la negrura viscosa que tamizaba su cuerpo se deducía con facilidad que no poseía armadura. No era uno de los suyos. Lo había llamado por su nombre de pila sin formalidades, sin la carga de respeto.

—¿Quién demonios eres?

Los hombres con armadura comenzaron a rodear el séquito de guardaespaldas de Selprum ya muy mermado. Todos desenvainaron las espadas e hicieron acopio de cuchillos voladores.

—¿No me reconoces? ¿A mis amigos tampoco?

Lorkun y los gemelos aparecieron a su espalda. Sala, con una flecha preparada en su arco, también se coló entre los demás. Trento sonreía mientras desenvainaba su espada con una mano y un cuchillo con la otra.

—Trento, ¡captúrales!

—Creo que harías bien en pedir a tus guardianes que tiren sus armas —dijo Remo.

—¿Qué demonios significa esto? ¡Habéis desertado! ¡Todos! —Selprum se giraba en derredor enloquecido—. ¿No comprendéis que estáis sentenciados a muerte? El rey mismo os mandará ejecutar. Detened ahora mismo a Remo y a los demás, y os prometo que seré condescendiente con vosotros. ¡Maldita sea, mis tropas están esparcidas por toda la zona…, acabarán con vosotros!

—Sí…, siempre que se enteren de lo que aquí va a suceder… Pero tal vez no lleguen a tiempo.

Selprum se revolvió enfadado.

—¡Atacadles! ¡Morid por vuestro general! —gritó enfurecido. La escolta dudaba: habían sido rodeados y estaban en inferioridad numérica, pero finalmente embistieron, leales a la jerarquía, sumisos a las enseñanzas que habían memorizado desde sus inicios. Las tropas rebeldes no tuvieron contemplaciones y la guardia fue aplacada inmediatamente. Los cuchillos volaron y la mayoría fueron rematados en el fango retorciéndose por las heridas. La muerte de aquellos hombres no enorgulleció a Remo.

CAPÍTULO 37

Cuchillos y espada

—Solucionemos esto, Selprum. Yo quiero algo que tú puedes darme.

Remo caminó en círculo acercándose a Selprum con cautela. Sus hombres cerraron un corro amplio alrededor de ellos. El corazón de Remo latía rápido y sus pulmones no encontraban aire suficiente para calmar la ansiedad. Tenía delante de sí al hombre al que había maldecido durante años, el responsable de su desgracia. Pese a estar rodeado, Selprum no perdía la expresión burlona de su cara. Ese rostro cruel que tantas veces había visto salpicado de sangre ajena, sangre inocente víctima de sus crueldades. Esa mirada que siempre había jurado torcer de pánico en un combate. El hombre que le robó la vida, la prosperidad y el amor.

—¿Qué quieres de mí? —preguntó Selprum contemplando a los hombres que los rodeaban, como si quisiera memorizar sus rostros para futuras represalias.

—Quiero que me digas dónde enviaste a Lania.

Selprum, acorralado, miraba en todas direcciones. Guardó silencio como si Remo no hubiese formulado la pregunta. Probablemente ganaba tiempo por si sus hombres lograban encontrarlo.

—Desde que te conozco jamás vi en ninguno de tus actos un atisbo de compasión. Escucha atentamente: no te pido compasión. Ni te lo voy a pedir dos veces. Dime dónde está Lania o te mataré.

—¿Aún sigues buscando a esa mujer? ¿Después de tantos años sigues buscando a esa esclava?

Albergaban tanto desprecio sus palabras que no indicaba intención de colaborar…, estaba claro que ganaba tiempo.

—Habla o muere.

Selprum entendía que no tenía muchas alternativas. Se despojó de su capa de zorro arrojándola con rabia al fango. Los rebeldes los rodeaban a distancia prudencial, para respetar el combate. Remo, cubierto de barro negro, parecía muy vulnerable a los posibles cuchillos y, en oposición, la armadura de su rival lucía una solidez impenetrable.

Remo alcanzó su espada atada a la espalda. La piedra estaba oscura. De tener luz se habría bañado en ella y habría aprovechado sus ventajas. Pero no había tenido ocasión de cargar la piedra, obsesionado con la perfecta ejecución de su plan.

—Vas a pagar caro esta rebelión. ¡Todos pagaréis! Te voy a dar una lección que debí darte hace muchos años —amenazó Selprum—. ¿Te acuerdas Remo? Siempre hemos tenido algo pendiente…, siempre quise enfrentarme a tu espada con mis cuchillos. Esta pelea ha tardado demasiado en producirse.

No había duda de que hablar favorecía a Selprum, que aguardaba un rescate dudoso de sus hombres o la llegada del captián Sebla. Remo no le iba a permitir ganar más tiempo en discursos estériles. De Lania no había dicho ni palabra el muy canalla y no parecía tener intención de cambiar eso.

—Te voy a matar Selprum, despojo.

De improviso, el general dio un paso atrás estirando mucho su brazo izquierdo. Remo tuvo que agacharse para evitar el cuchillo volador. Escuchó un grito a su espalda. No había acertado, pero el cuchillo pasó rozando a uno de los soldados.

—¡Alejaos más! —gritó Remo.

El círculo barroso creció. La armadura del general de los cuchilleros estaba plagada de cuchillos en pequeñas fundas plateadas, en brazos, piernas, los costados y la cintura. Selprum era aún muy peligroso en la media distancia.

Remo embistió como un loco. Se lanzó hacia Selprum en carrera pues sabía que en la distancia en la que se encontraba ahora estaría a merced de sus cuchillos. Selprum trató de retroceder mientras lanzaba las dagas voladoras. Remo tuvo que detener su carrera suicida viendo los aceros cortando el aire. Se zafó en zigzag. El general, con una puntería endiablada, le acertó en el antebrazo derecho. Un dolor intenso comenzó a agarrotarle la muñeca. Apenas sí había visto venir la cuchilla silbando en el aire. La sangre comenzó a crear ríos desde la herida hasta la mano sobre la superficie de barro que cubría su piel.

—Para matarme tendrás que usar a tus hombres Remo. Nunca fuiste rival para mí —se jactaba Selprum.

El antebrazo le dolió horrores cuando extrajo el cuchillo. La provisión de proyectiles que tenía su adversario, y la distancia que guardaba, posicionaba a Remo en una situación de clara desventaja. Selprum ya tenía dos nuevos aceros brillando en sus manos dispuesto a lanzárselos. Remo pensó que la cosa cambiaría si lograba acercarse lo suficiente. Estiró sus brazos, respiró hondo concentrándose y, después de un par de zancadas preparatorias, saltó hacia el suelo próximo al general.

Selprum no esperaba que Remo fuese a optar por esa forma de acercarse, así que caminó con presteza alejándose de Remo sin lanzar cuchillos. Remo se irguió después de rodar por el fango, sobre sí mismo, y persiguió con grandes zancadas a Selprum. Ahora sí que lanzó sus cuchillos el general. Uno fue desviado por la espada de Remo, demostrando muy buenos reflejos, pero el otro le atravesó el hombro. El dolor lo hizo gritar.

Remo trató de hacer caso omiso a ese fuego terrible de sus heridas que lo intentaba incapacitar. Apretó las mandíbulas con fuerza. Sabía que Selprum ahora estaba más cerca y que tendría que proveerse de dos nuevos cuchillos. Con el arma por delante, intentó asestar una estocada. Su enemigo lo esquivó con facilidad y le dio un puñetazo en la cara. Remo se tambaleó. Selprum quiso rematarlo rápido y trató de apuñalar su corazón, pero Remo lo recibió en el antebrazo herido, para proteger su pecho. La nueva herida le dejaba inservible la movilidad de esa mano. Selprum desenvainó su propia espada y trató de ensartarlo. Remo, aturdido, dio varios pasos atrás. Después, paró una embestida brutal de Selprum que, a dos manos, trataba de cansarle el brazo sano. Selprum volvió a acertarle con otro puñetazo en el rostro, en un descuido de su guardia y perdió totalmente el equilibrio. Tendido en el suelo viscoso trataba de flotar por encima de la soporífera marea de inconsciencia en la que el golpe lo había sumergido. Se le nubló la visión por la fuerza del impacto y escuchó los pasos de su adversario por el crujido de los engranajes de la armadura…, justo cuando Selprum iba a trincharlo a placer, indefenso, tendido con la espalda en el suelo Remo, se volteó y, con la ayuda de su brazo bueno y la espada logró incorporarse.

—¿Quién será el siguiente? —gritó el general Selprum antes de lanzar un espadazo a la guardia endeble de su víctima.

Lorkun tenía un cuchillo en la mano temblando mientras veía cómo su amigo estaba en apuros.

—¿Puedes acertar desde aquí? —preguntó Sala en un susurro. Tenía los labios fruncidos por la preocupación y las manos agarrándose de vez en cuando la cara.

—Creo que sí.

—Acaba con él. Remo está herido, ya no es una lucha de igual a igual.

—Si hago eso, Remo jamás me perdonará. Mira sus ojos…, es su momento. Lleva soñando con este combate años.

Sala pensó en lanzarle una flecha pero sabía que Lorkun llevaba razón. Remo quería a Selprum para él. Estaba aterrada porque la última vez que pudo intervenir para ayudar en un combate y no lo hizo tuvo como resultado la muerte de Fulón.

Remo recibió otro cuchillo en una pierna y estuvo a punto de volver a caerse. Selprum a dos manos trató de cortarle la cabeza. Las espadas chocaron y Remo fue capaz de detener la embestida con un solo brazo. Pero entonces, con una rapidez pasmosa y, usando ese mismo brazo, Remo retiró primero su espada de la de su enemigo y trazó un arco en el aire hundiendo su acero en el hombro del general. La armadura estalló quebrada por el filo. Selprum chilló cuando sintió la mordida del acero. Remo apretó los músculos de su miembro sano exigiéndose un último esfuerzo. Ahora tenía a Selprum a distancia de espada, herido y accesible…, pero el dolor de sus propias heridas y el cansancio de toda la jornada podía jugar en su contra.

—Jamás te diré el paradero de esa esclava… —se burló el general intentando demostrar que la herida no era tan terrible.

—¡Malnacido! —gritó Remo enloquecido.

Lanzó varios sablazos horizontales que el general detuvo a duras penas, retrocediendo, hasta que Remo aumentó la velocidad y, avanzando hacia Selprum con una zancada amplia, hizo fuerza girando su cintura y el filo de su espada se hundió en el brazo izquierdo de Selprum, por encima del codo, donde no llegaba la armadura. El miembro cayó al suelo acompañado de bastante sangre. La mano sufrió un estertor tirada en el suelo, como si acabase de percibir que había perdido contacto con su dueño.

—¡Aaaarg! —gritó el general de los cuchilleros de la Horda del Diablo, presa del pánico, observando su brazo inservible sobre el barrizal. Tratando de taponar con la otra mano el torrente de sangre.

Remo le propinó un puñetazo, después otro, lo pinchó en el costado con la punta de la espada y, por fin, Selprum cayó rendido. Rápidamente le atravesó el peto con la espada, cerca del abdomen. Se echó encima de la empuñadura con todo su peso para atravesarlo. Lo clavó al suelo caminando su acero de parte a parte las entrañas del cuerpo del general.

Selprum no podía creer que estuviese sucumbiendo. Remo se arrodilló a su lado exhausto.

—Selprum…, ahora contemplas las puertas de la muerte, lugar al que a tantos enviaste. Antes de cruzarlas, ¡congráciate con los dioses! Dime el paradero de Lania.

—Lania… —Selprum escupía sangre mientras trataba en vano con su único brazo de sacarse la espada que lo estaba matando—. Lania…, será ahora la esclava de algún depravado. Jamás podrás encontrarla, jamás podrás averiguar en qué lugar llora tu ausencia…

—¡Maldito seas!

Remo agarró la cabeza de su enemigo con ambas manos. Estuvo a punto de terminarlo, de girarle la barbilla hasta sentir su muerte… pero no lo hizo. Selprum murió despacio, en la agonía del acero en su pecho. Llegó a suplicar por su muerte. Pero Remo no hizo nada más que contemplar su agonía con ojos vidriosos.

Cuando hubo muerto, con desgana, Remo extrajo su espada de las entrañas del general. Una luz roja habitaba en el interior de la piedra que decoraba la cruceta del arma.

CAPÍTULO 38

La canción del guerrero

El fuego consumía los maderos en mitad de la plaza de Pozo de Luna, bailando en ocasiones al compás de la música. El olor a carne asada, el sonido de numerosos vasos de barro chocando en los brindis constantes contagiaban a sonrisas y jolgorio. Trento y sus hombres coreaban las canciones que iniciaba Lorkun, bien con palmas o con sus gargantas colmadas de emoción.

Grandes historias se cuentan ya
de los cuatro soldados borrachos que
mataron caballos horrendos con
lanzas robadas al dios Huidón.

Gran mentira dirán que fue,
estos cuatro valientes murieron de
dolores profundos el día después
de bañarse desnudos en el mar Tesén.

Sala, en una casita humilde, era acicalada por la joven Fige, que luchaba por prender flores entre los rizos de la mujer. Le había aplicado un poco de color en las mejillas y rosado en los labios. La madre de la muchacha le había cedido gustosa un vestido de lino blanco, muy sencillo, que le caía estupendamente y con el que después en la plaza seguro descorcharía silbidos. Sala tenía ilusión por aquella fiesta improvisada, idea de Lorkun. Los hombres de Trento estuvieron de acuerdo. Después de la gesta: tenían derecho a celebrarlo.

—¿Qué tal estoy?

—Niña, siento no tener un espejo para que os podáis mirar —se disculpaba la madre de Fige.

Después de matar a Selprum, Trento había desempeñado un papel determinante para el éxito de Remo. Cuando por fin Sebla, capitán de los Cuchilleros, encontró el destacamento, casi una hora después del duelo a muerte en el que cayó Selprum, Trento había disipado los recelos de Sebla.

—Mis hombres y yo hemos visto cómo Remo consiguió matar a Moga, quien, antes de llegar nosotros, había destrozado con sus hombres de barro la escolta personal de nuestro difunto general Selprum. Por lo visto este hombre cumplía un encargo real de aniquilar al brujo. Si no fuese por Remo, Sala, Lorkun y los gemelos... habría conseguido escapar. Remo logró liberar a los prisioneros que tenía Moga y pudo por fin derrotarlo.

—¿Cómo murió el general? —preguntó Sebla mientras sus hombres registraban los alrededores por si había rastro de más hombres de barro.

—Moga lo mató —dijo Trento.

Sebla no parecía muy convencido de que hubiese sucedido así. Era joven, no había vivido la Gran Guerra y su experiencia en batallas reales era escasa. Su anhelo inmediato después de conocer la pérdida del general era largarse cuanto antes de aquella ciénaga maldita con el cadáver de Moga como prueba de su triunfo y, con el cadáver mutilado del general, para que lo homenajeasen en Venteria.

Tan solo Remo, Lorkun, Sala y Trento conocían la identidad del hombre que se llevaron como trofeo, vestido con las ropas del brujo: Bécquer, el maestre de espada.

Cuando se propuso la fiesta, Sebla y la mayoría de sus hombres prefirieron no participar para conservar el luto al general. Trento sin embargo no dudó en sumarse con buena parte de sus subordinados, cuestión bastante peliaguda, que incomodó a Sebla y su famosa rectitud.

—Hemos matado a un brujo…, hemos recuperado a nuestros hermanos capturados: hay que celebrarlo —había dicho el maestre Trento.

Cuando Sala acudió a la fiesta fue piropeada por muchos hombres que, ávidos de un guiño o cualquier otra gracia, le sirvieron vino y la acompañaron a sentarse junto al fuego. Lo cierto es que Sala buscaba en particular a

Remo, pero no conseguía distinguirlo entre los que allí se reían a carcajadas. No estaba cerca de Lorkun en la fogata, ni junto a Trento, así que se puso en pie para buscarlo. Tampoco lo encontró en los extremos de la plaza. Después del combate ella se había interesado por curarlo, pero él había demostrado una vez más aquellas dotes extraordinarias para sanar… Deseaba verlo, preguntarle cómo se sentía después de haber conseguido llevar a buen puerto su plan.

Remo andaba cerca, algo alejado de la fiesta. Preparaba un caballo regalo de Maniel, el alguacil. En sus alforjas andaba atareado entre víveres y ajustando correas. De lejos le llegó el sonido de la voz cálida de Lorkun entonando una balada antigua. Las risas y los vítores se calmaron cuando la garganta de Lorkun comenzó la tonada. Remo conocía esa canción y se detuvo para escucharla mejor…

La canción del guerrero Daren
es triste como el viento de invierno;
a su amada dejó al partir
a luchar a la guerra, al infierno.

Pasaron los años y ella
lo esperaba al sol y en las noches,
sin dudar de que Daren volviera
a cumplir su promesa eterna.

Los años pasaron y un día
un viejo le trajo el recuerdo
de Daren, su amor,
en la letra de un cuento.

Esta es la historia de Daren,
y es triste como el viento de invierno.
Partió a luchar a la guerra,
quebró su espada un lamento,
y antes de morir nos dijo:
«Llevadle a mi amada este cuento,
rompí mi promesa en el frío,
no volveré cuando llegue el invierno».

—¿Te vas?

Remo, que se había quedado inmóvil escuchando la canción lejana, se giró hacia quien le hablaba. Al principio no logró reconocerla, pues no esperaba ver a Sala sin sus pantalones y su jubón. Tardó en responderle mientras la miraba como si la misma Lania se le hubiese aparecido. Vestía de blanco, una prenda generosa con las virtudes de su silueta que se deslizaba en el interior.

—Sí. Me voy —respondió Remo secamente, volviendo su mirada al caballo.

—¿No te quedarás ni para la fiesta?

Sala tenía la sonrisa en la cara, pero sus ojos no podían ocultar una amargura extraña. De pronto Remo se marchaba y ella pensaba que eso no estaba bien. Su intuición femenina le había advertido después de toda la jornada, cuando las tensiones se relajaron, que aquello podía suceder…, pero Remo había preparado ya un caballo. Era demasiado inminente. Su sonrisa era decorosa, como impulsada por la lógica alegría de haber triunfado frente a la adversidad, pero contenida por otra emoción. Remo ajustó la última correa y se colocó justo enfrente de ella.

—¿No pensabas ni decir adiós? —preguntó Sala mostrando un poco de indignación. Pensaba en ella misma, pero también en los demás, Trento, Lorkun, los gemelos, incluso Maniel…, lo que habían hecho juntos había sido portentoso. Toda una gesta. Estaba segura de que de ellos tampoco se había despedido. Irse sin más… le parecía bastante desconsiderado después de haber estado codo con codo en la batalla.

—Me voy… No sé qué decir. No me gustan las despedidas. Cuento contigo para hacérselo entender a todo el mundo.

Sala apartó su mirada hacia el suelo. Luchaba al parecer por evitar la mirada de Remo y, al mismo tiempo, parecía necesitar volver a mirarlo, y andaba girando la cabeza de un lado a otro. Los ojos le brillaban en la luz escasa de la noche, traída en su mayoría por las estrellas y los retazos luminosos cambiantes que provenían de la hoguera lejana.

—¿Volverás? Quiero decir… Supongo que después de lo de Moga, creo que Trento va a intentar que te levanten el exilio para que puedas visitar Venteria. Ya no serás un proscrito en la capital. Sebla tiene sus sospechas, pero Trento afirma que no será un problema. ¿Por qué no te quedas al menos esta noche?

Estaba nerviosa. No sabía qué decir, pero sabía que el silencio acarrearía la marcha irrevocable del guerrero. Sala detestaba esa idea, pero no encontraba valor para tratar de impedírselo frontalmente.

—Supongo que algún día os visitaré…

—No lo dices muy convencido, Remo, yo… —tenía el corazón galopando en el pecho y un nudo en la garganta—. ¿Adónde vas?

—No lo sé exactamente…, me apetece viajar.

Ella asintió como si entendiese lo que Remo pretendía decir más allá de ese «me apetece viajar». Un diálogo sin palabras que, para ella, tenía un significado claro: Remo seguiría tras la pista de Lania. Aunque hacía años que no tenía pistas.

Una lágrima resbaló por la mejilla de la mujer. Lo supo Remo, porque en uno de sus movimientos un hilo húmedo brilló en la cara resbaladiza de la joven.

—Ha sido un honor, Sala… —comenzó a decir él. Entonces la joven dio un paso adelante y lo abrazó. Remo, totalmente inmóvil, se dejó abrazar.

—No me trates como a un camarada, como a cualquiera de tus amigos, Remo… Mejor calla, como siempre. El corazón de una mujer es frágil.

Remo hizo caso a Sala y permaneció en silencio. Fue cuando correspondió al abrazo de la mujer, cuando percibió que ella se derrumbaba llorando con más vehemencia, gimiendo a veces con sutileza, como tratando de evitarlo, pero sufriendo la tiritera imposible de esquivar en la tristeza que posee al cuerpo. La dejó llorar aferrándola con fuerza.

Sala pensó horrorizada que no deseaba llorar, no deseaba más que alegría esa noche, y se sintió demasiado expuesta. Apretó los dientes y cortó el llanto. Lo que menos deseaba, aceptando que Remo se marchaba, era que él se llevase ese recuerdo compungido de ella.

—Tranquila…, seguro que volveremos a vernos —dijo Remo.

Después, con delicadeza, deshizo el abrazo y montó en el caballo. El animal se volteó con lentitud, y jinete y corcel iniciaron un paso exquisito y armonioso. Sala lo contempló perderse en la oscuridad hacia un repecho y, más allá, internarse en la negrura del bosque.

Un buen rato los ojos de la mujer, sumidos en lágrimas, persiguieron movimientos en la oscuridad, sin saber exactamente cuándo dejaron de contemplar al hombre a caballo.

El tesoro de la Isla de Lorna

Aconteció en la segunda fase de la Gran Guerra, antes de la invasión de Aligua, que se le encargó una misión especial al capitán Arkane. Firmada una tregua entre Nuralia y Vestigia, ambas naciones no hacían sino urdir tramas preparándose para volver a combatir.

En aquellos tiempos de paz tensa y frágil, las conspiraciones, los asesinatos encargados y las misiones secretas atareaban a guerreros como Remo: un joven de dieciocho años obsesionado con la idea de ascender, de abandonar su condición de mero soldado y convertirse en caballero de la Horda del Diablo.

Cuando Arkane convocó a la División de cuchilleros en Venteria, él pensó que la paz había flaqueado, que volverían las batallas. Sin embargo, los designios de Arkane eran distintos. El capitán los hizo subir a una loma fuera de la ciudad y allí les ordenó que se sentaran contemplando la urbe en la lejanía.

—Señores, mi llamada en tiempos de tregua tal vez os haya inquietado. No vamos a combatir. Necesito voluntarios para una misión. Un trabajo largo pero acotado. Si todo sale como yo espero, en un par de meses, o a lo sumo tres, estaremos de vuelta. Os advierto que no daré más información a propósito del fin al que os uniréis. Caballeros y soldados, cualquiera será bienvenido en el grupo. Necesito diez valientes.

Remo, como un resorte, se levantó el primero. Ya no era considerado un novato y, tras las batallas, se había ganado el respeto como guerrero.

—Preferiría haber visto levantarse antes a los caballeros de la Horda, a los maestres, no a los soldados… Pero como has sido primero, vendrás conmigo —dijo Arkane. No era un secreto para nadie que Arkane valoraba el carácter obstinado de Remo. Solía prestarle más atención que a otros soldados, por su inagotable voluntad, su inefable ímpetu por el deber cumplido.

Dos días más tarde, Remo, Arkane y otros nueve cuchilleros formaban parte de los pasajeros del navío La Tramposa. Iban de incógnito, pagando como los demás, en un trayecto peligroso hacia las islas Pictas, al norte de Avidón, en el confín de los océanos del Oeste. El capitán del barco hizo pocas preguntas. La suma de dinero que Arkane le ofreció por llevarlos a bordo fue persuasiva.

Remo tenía curiosidad por saber cuál era el contenido de su misión. Arkane guardaba celosamente el secreto. Recluido en su camarote durante días, hubo rumores incluso sobre una posible enfermedad, o de haberse vuelto loco y haberlos arrastrado a aguas profundas sin existir encargo alguno. Nadie osó molestarlo, ni tan siquiera tocar su puerta.

Remo solía pasar el tiempo en cubierta, admirando la labor de los marineros y contemplando el mar, el inmenso misterio de las aguas, el oleaje sin rostro. A cada jornada de travesía empeoraba el tiempo y la navegación se hacía más molesta. El mar parecía fruncir el ceño y convertía el barco en un pedazo de madera con el que juguetear. Llegó a vomitar tres o cuatro veces el día en que Arkane salió por fin de su confinamiento.

—Venid conmigo —ordenó con voz carrasposa, rajada por la humedad. Su mirada parecía revelar locura, pues jamás se le había conocido mueca alterada fuera de batallas y entuertos de sangre. Arkane debía de estar consumido por la espera balanceada del viaje en barco, quizá mareado como Remo o viendo los fantasmas de una misión que parecía oscurecerse a medida que avanzaban los días.

En el camarote de Arkane no cabían todos, así que primero habló con cinco y después con otros tantos. En el segundo turno fue cuando le tocó pasar a Remo. Aquellos primeros cinco parecían contagiados de aquel aspecto febril que poseía a Arkane. Nada bueno habían escuchado.

—En la tercera semana de travesía llegaremos a las islas Pictas. Habrá un desembarco en el puerto. Se cargarán provisiones y el capitán de la nave y sus marinos harán los negocios para los que se enrolaron en este navío. Ellos pretenden atracar allí durante una semana. Cuando estemos de nuevo camino de Vestigia, tomaremos el control del barco.

Los caballeros de la Horda guardaron silencio mientras el capitán explicaba el plan de motín.

—Señor, en este barco hay muchos marineros armados, será complicado controlarlos a todos. Además, necesitamos que sigan haciendo navegar el barco... —dijo Selprum.

—Una vez capturado el capitán, le propondremos un trato a la fuerza. Un trato con el que obtendrá beneficios. Si es el tipo de hombre que creo que es..., aceptará.

—¿No sería mejor ofrecerle el dinero sin amotinarnos? —insistía Selprum.

—Ningún marino se adentra en el Mar de las Tempestades... y es allí hacia donde nos dirigimos. En una charla apacible con una oferta de dinero, el capitán pensaría en su tripulación, en todas las desgracias que podría acarrear la misión, y se negaría. Sin embargo, si nos amotinamos y precisamente amenazamos la seguridad de su tripulación, aceptará. La única opción es obligarlo a ir allí, ofreciéndole además una buena recompensa. Un hombre siempre está deseando luchar contra sus fantasmas pero jamás lo hará si no se le da un empujón.

El Mar de las Tempestades... Sonaba bastante mal.

—Es una locura adentrarse en esas aguas, señor...

—El que no esté de acuerdo que se quede en las Pictas. Que regrese en cualquier otro barco.

Remo permanecía en silencio mientras los demás cuchicheaban mirando al capitán Arkane.

—Yo voy donde diga el capitán —dijo Remo, que odiaba la falta de confianza en Arkane. Pese a verlo tan deteriorado mentalmente, aún sentía seguridad cumpliendo sus designios.

—Muchacho, si me demuestras tu valor en esta misión, te ascenderé a caballero.

Remo disimuló su alegría. No le importaban los peligros. Ya antes había estado en peligro y siempre obedecer a Arkane había sido sinónimo de victoria. No le asustaba ese Mar de las Tempestades del que nunca había oído hablar.

—Mi capitán…, ¿qué buscamos en el Mar de las Tempestades? —preguntó Selprum.

—Todavía no es el momento de que lo sepáis…

En cubierta, varios caballeros de la Horda se reunieron en la proa del barco. Remo se acercó a ellos.

—El capitán nos lleva a una muerte segura… —dijo Trento, un hombre fornido del que jamás hubiera sospechado Remo que tuviera inquietud por peligro alguno—. En ese mar hay males peores que los vientos y las tormentas… Esas aguas hace años que no las atraviesan nuestros barcos.

—¿En serio pensáis que estamos cumpliendo órdenes de arriba? Creo que esto es un mero capricho de Arkane —comenzó a decir Selprum—. Intentaré persuadirle de que cambie de idea, pero comentarios como el tuyo no nos ayudarán.

Selprum se dirigía a Remo. Todos lo miraron.

—No es momento de ser valiente —decía Trento con cariño en sus palabras, alejado del tono de desprecio de Selprum—; si hubieras escuchado la mitad que yo de esos mares… Le caes bien a Arkane, estoy seguro de que te elevará a caballero sin necesidad de que te hagas el héroe… De nada te servirá si acabamos naufragando, muertos, flotando en las aguas.

—No tengo miedo a las habladurías…

—¡No son habladurías! Puedo jurar que yo mismo he visto una zarpa de zraúl con mis propios ojos… Yo soy de la costa oeste, de Nurín. En mi ciudad todo el mundo se dedica a la mar… Chico, créeme si te digo que es un suicidio adentrarse en esas aguas. ¿Qué demonios hacemos los cuchilleros de la Horda allí? ¿Por qué tenemos que robar un barco como piratas? Hay muchas cosas en esta misión que no me gustan.

—¿Qué es un zraúl?

—Espero no tener que explicártelo… El Mar de las Tempestades es la frontera del oeste. Nadie ha ido más allá y ha regresado. Hace muchos años, los marinos intentaban averiguar si había nuevas tierras allá, pero ese mar siempre acababa destrozando sus barcos. Esto no solo se sabe en Vestigia. Las peores leyendas las cuentan las gentes de Avidón. Dicen que tras ese mar se esconden los palacios de los dioses de los océanos, de Fundus y Ocarín, que jamás permiten a los marineros adentrarse en sus aguas. Para eso tienen bestias como los zraúles o las ballenas toro. Cuando un barco penetra esas aguas, comienza el mal tiempo y se despiertan las criaturas. La maldición de los hombres es querer siempre ir más allá, desvelar todos los secretos. Esa es nuestra maldición.

Todos escuchaban a Trento en silencio. El grupo despertó el interés de uno de los tripulantes.

—¿Tenéis una botella de ron? —preguntó divertido ante tal reunión. Enseguida todos se dispersaron.

Remo esa noche, en su camarote, se debatía en una ansiedad extraña, una angustia parecida al miedo y a la espera de un destino glorioso. Recibió una visita inesperada que no haría sino aumentar sus inquietudes.

—¿Duermes, Remo? —preguntó una voz al otro lado de la puerta.

—No… ¿Quién es?

—Arkane.

—Pasad, señor…

Remo saltó de la cama e intentó arreglar un poco el camarote mientras la puerta se abría. El capitán traía un candil y la habitación se iluminó de forma tenebrosa.

—¿A qué se debe esta visita, capitán?

—Remo…, tú estás con los hombres, hablas con ellos…, te respetan. No tienes rango de caballero… pero te respetan… He venido a consultarte.

Remo adquirió rubor en sus mejillas. ¿El capitán Arkane quería su consejo? De pronto se sintió una hormiga confundida con un elefante. Sin embargo, el mero hecho de que Arkane lo escogiese a él no hacía sino evidenciar el peligro atroz al que se enfrentaban.

—Señor, no sé si yo puedo ayudarlo…

—Remo…, ¿qué dicen los hombres?

—Bueno, por lo visto esas aguas…, ese Mar de las Tempestades, tiene mala fama. Ellos preferirían no ir allí, pero supongo que son leyendas viejas…

—No son leyendas, Remo. Es una misión muy peligrosa la que tenemos encomendada. ¿Quién está en contra?

—Señor, no diré nombres… Lo que no entienden es por qué secuestrar el barco, se sienten como piratas y, bueno, ¿existen los zraúles y las ballenas toro?

—Mucho me temo que sí, mi joven amigo. Existen cosas que no comprendemos, por mucho que en nuestra pequeña Vestigia sintamos que el mundo es acaso conocido y seguro. Pero no todas las leyendas hablan de bestias y peligros, Remo. También se habla de prodigios, de los dones con los que los dioses construyeron la Naturaleza, de tesoros más allá de la imaginación limitada de un vestigiano joven como tú.

—Mi capitán…

—Pregunta, Remo, pregunta.

—¿Por qué? No veo ahora en vos, ni con anterioridad, codicia o ganas de poder; ¿qué buscamos, Arkane?

El militar sonrió.

—Remo, buscamos por orden de otros… Me conoces bien. Si de mi dependiera no estaríamos aquí, pero cumplimos un encargo.

—Los hombres dudan de eso también.

—¿Acaso iba yo a ponerles en peligro por un capricho? ¿Creen que estoy loco?

Cuando Arkane salió del camarote, Remo tardó bastante en quedarse dormido. Soñó con bestias marinas que atacaban el barco.

Tal y como estaba planeado, llegaron a las islas Pictas y desembarcaron. Allí los caballeros, Arkane y el propio Remo disfrutaron de las islas durante días. Arkane les aconsejó divertirse, descansar y no dejar embarazada a ninguna nativa… Lo último despertó risas entre los hombres. Remo admiraba la inteligencia de Arkane. Ya al tercer día de diversiones y descanso podían oírse comentarios como: «Ha merecido la pena venir a este viaje…» o «Ya estoy preparado para siete mares de tempestades». El dinero de Arkane parecía inagotable y les pagaba cenas copiosas y residencias caras. No faltaban mujeres ávidas de conocer a los soldados. Las playas de arena blanca de las islas, sus aguas cristalinas, poco podían hacerles prever lo que les acontecería.

Una tarde, Remo estaba solo en la orilla de una playa. El sonido de la «ceremonia del coco» le llegaba interrumpido a intervalos por la sucesión de oleaje. Contemplaba el atardecer, la inminente llegada de la noche.

—Remo, ¿no quieres degustar el vino de coco? Tienen un asado exquisito y muy buena fruta.

Era el capitán, que últimamente parecía más un encargado de cocina que un militar.

—No, gracias. No puedo estar divirtiéndome sabiendo que tendremos que afrontar peligros.

—Remo, me sorprende tu carácter. No sé si eres así o acaso lo pareces para conseguir mi favor. En las batallas te he visto fiero y ágil con tu espada, aunque torpe con los cuchillos, como siempre. No estabas en mi lista para ser caballero de esta división, que es de cuchilleros, pero cumpliré mi palabra si volvemos con vida.

Llegó el día de embarcar. Para los hombres de Arkane se acercaba el motín.

La primera noche después de abandonar el archipiélago, Arkane, Selprum y Trento penetraron armados en los aposentos del capitán del barco. Los demás neutralizaron a los oficiales y desarmaron camarote por camarote a los demás tripulantes. Con el alba echaron ancla y el barco, ya dominado por la Horda del Diablo, fue el escenario de una reunión en los aposentos del capitán del navío.

—Yo lo veo así —dijo Arkane—: si queréis conservar la vida de toda vuestra tripulación, seguiréis el rumbo que yo os he apuntado en esta carta marítima. Podemos hacerlo bien o podemos hacerlo mal. Podemos matar a tres oficiales al azar, para que entendáis que no se deben cometer torpezas ni tratar de rebelaros a nuestro control, o no intentar ninguna locura y hacer exactamente lo que yo os ordene.

El capitán del barco, Hornos, examinaba la situación con uno de los cuchillos de Arkane clavado en la madera de la mesa de su despacho.

—Veo que buscáis la vieja Isla de Lorna… Hay leyendas que afirman que esa isla existe, yo jamás he conocido a una sola persona que la haya visto de lejos. ¿Allí es dónde queréis ir?

—Exacto. A la Isla de Lorna.

—¿Buscáis los tesoros de los dioses? Estáis loco, pero habéis encontrado al marino que os llevará a vuestra locura… Hay trato…, con una condición. En caso de que vuestro rumbo sea el acertado y consiguiéramos sobrevivir al Mar de las Tempestades, mi tripulación y yo participaremos de vuestro botín. Nos quedaremos con la mitad de lo que suba a bordo de La Tramposa. Ahora soltad a mis oficiales.

—De acuerdo…

—Hay otra cosa más. Ninguno de mis hombres pondrá un pie en la Isla de Lorna. Lo que hayáis ido a buscar allí, tendréis que conseguirlo vosotros solos. Os esperaremos durante tres días en el barco. Después partiremos sin mirar atrás.

—De acuerdo.

Remo observó las caras de Selprum y Trento cuando se pronunció el nombre de la isla. Sus ojos se habían abierto de par en par en una mezcla de temor y codicia, de ansia y pavor, como el que sustrae un diamante del dedo huesudo en un cadáver.

Sin violencia, sin muertes, limpiamente, el barco cambió el rumbo y se encaminó hacia un horizonte nuboso, tras el que se expandía el Mar de las Tempestades. La luz del día, con el sol oculto entre las nubes, se posaba en las aguas confiriéndoles un tono plateado en el que la sombra del barco se espejaba con precisión misteriosa. Los marineros encerraban en los ojos la resignación del deber, y los oficiales ejercían de capataces implacables, impidiendo conatos de desobediencia. Nadie cantaba ni reía. El silencio dejaba en soledad al navío en medio del océano que cada vez parecía más ancho y desconocido. El crujir de la madera y las velas que estremecían las ataduras de las cuerdas a los mástiles conformaban una cantinela insípida que no hacía sino recordar una y otra vez la dureza del surco en las olas.

Tres días de tormentas de olas montañosas, dos hombres perdidos por la borda, y cuatro heridos provocaron recelo entre la tripulación, que comenzaba a discutir en corrillos si su capitán había hecho un buen trato. Cuando divisaron un zraúl, toda persona a bordo de La Tramposa exceptuando tal vez a Arkane, hubiera preferido dar media vuelta y abandonar.

Apareció en una mañana en la que el temporal daba tregua y las olas habían desaparecido. Sin viento, el mar parecía un lago de plata. Hasta el cocinero subió a cubierta para contemplar la quietud, asombrado del contraste con el día anterior. Entonces Atino, uno de los hombres de Arkane que estaba combatiendo el aburrimiento lanzando trozos de piel de plátano a unos peces, llamó la atención sobre un hecho.

—Los peces se han espantado.

En ese momento un oficial le prestó atención y miró desde el palacete de la cubierta de popa.

—¿Qué demonios es eso? —gritó lanzando la pregunta a todos los que tuvieran libertad de poder contemplar la cosa que señalaba su mano—. ¡Mirad, es una ballena!

—¡No es una ballena, señor! —gritaba otro que estaba más cerca de la sombra que se acercaba despacio, paciente, hacia la embarcación.

—¡Preparad arpones! ¡Viene derecho a nosotros!

No dio tiempo a preparar nada. La sombra, bajo las aguas silenciosas, se les vino encima. En los últimos metros aparecía con el tono lechoso, similar a la piel de un calamar gigantesco. Emergió llevando consigo espuma y agua, saltando a una altura que les sobrecogió.

La criatura, de más de diez metros, era una especie de dragón marino, al menos sería muy parecido al que cualquier niño vestigiano dibujaría con ojos fascinados si se le pidiese un retrato de un monstruo habitante de océanos. Poseía brazos con zarpas temibles en los costados. Se izaba como una serpiente, quedando erguido y amenazante.

Las flechas no conseguían herirlo. Algunas ni tan siquiera se clavaban en su piel espesa, protegida por legiones de escamas plateadas. Cuando nadaba era como un fantasma blanco que dibujaba círculos a una velocidad irracional. Mostraba sus fauces siempre que se erguía, provistas de dientes como espadas de hielo, puntiagudos y letales. El capitán Hornos mandó cargar el arpón para ballenas. Los marinos no se atrevían a acercarse a la ballesta donde tenían que cargar el arpón, pues fue precisamente en ese lugar donde atacaba el monstruo. Arkane temía que la bestia pudiera romper el casco o algún mástil del barco y dar así por finalizada la búsqueda de la isla.

—¡Selprum, vamos a cargar ese arpón! —gritó Arkane.

El miedo a caer en las fauces de la bestia tenía paralizados a los hombres de Arkane. Eran soldados de tierra no acostumbrados a combatir defendiendo un barco. Selprum resbaló en la cubierta. Trento lo relevó y, junto a Arkane, llevaron el arpón hasta la ballesta gigante. Hornos estaba al timón y trataba de colocar el barco para disparar al zraúl que, como una cobra, se erguía a babor. Sus fauces siempre rezumaban agua y una mezcla aceitosa. Remo juraría percibir el aliento de la bestia, parecido al pescado putrefacto, que probablemente fuese su ingrediente menos ignominioso. El zraúl se inclinó sobre la cubierta y se llevó entre las fauces a un marinero. Los cuchillos de Arkane poco pudieron hacer para impedirlo. La sangre del desgraciado rezumó por sus mandíbulas poderosas. El zraúl parecía excitado recibiendo el sabor de su presa. Agitaba su cabeza como cuando un perro sacude una chuleta de carne, tratando de domeñarla y acomodar cada bocado.

Remo se adelantó con la espada pero, justo cuando parecía que podría clavarla en el lomo del animal, el gigantesco dragón marino se revolvió hacia el mar haciendo tambalearse al barco, causando bastantes daños en un mástil y recibiendo Remo el impacto inmisericorde de la cola del monstruo. Salió despedido por la cubierta patinando por la superficie. El zraúl desapareció en las aguas mientras él acababa estrellándose contra unos barriles de suministros.

—¡Ya te advertí que no eran leyendas! —le gritó Trento a Remo que parecía acordarse de su incredulidad. El monstruo pareció darse por satisfecho con el marinero, pues dejó de molestarlos por el momento.

—¡Comprobad los daños! —gritó el capitán. El mástil que había golpeado el zraúl solo parecía magullado, sin embargo la moral de los marinos se astillaba por doquier.

—¡Señor, abandonemos esta locura! Tenemos familia, hijos… En estas aguas infernales solo hay muerte.

—¡Daré diez latigazos a quien vuelva a quejarse! ¡No consentiré la holgazanería y a los cobardes abordo! —dijo Hornos apurando la virtud de su garganta.

Dos días más tarde, la tormenta les arrebataría el mástil con la embestida de varias olas y el viento tempestuoso. Las montañas de agua los cercaban y era imposible creer en la supervivencia, en la existencia de un regreso. Nadie trabajaba para tratar de navegar la tempestad. El barco se dejaba llevar como un tapón de madera en una bañera de vino agitada por dioses sedientos.

—¡Qué demonios hacéis, recoged la vela holgazanes, ganaos el cielo de los dioses, porque de aquí os vais al infierno! —gritó el capitán Hornos a sus tripulantes.

—Esa isla no existe —decía el capitán Hornos a Arkane, teniendo cuidado de no ser escuchado por sus marinos. Ambos contemplaban las labores de la tripulación para despojar de velamen el mástil caído.

—¡Tierra, tierra a la vista! —gritó entonces el vigía subido en el mástil mayor, mientras descendía a toda prisa por una cordada—. ¡Capitán, se nos viene encima!

Poco faltó para que el barco naufragase en las inmediaciones rocosas de la Isla de Lorna. El capitán Hornos, desbancó a su timonel de la conducción del barco y él mismo hizo la aproximación a una costa negra e indeterminada que parecía engullirlos. Rozaron las rocas apretando las mandíbulas. El calado necesario para el barco parecía seguir una trazada laberíntica. El capitán decidió anclar el barco y esperar a que se calmasen las aguas para hacer la aproximación a la playa. Por la borda se descolgaron cabos y marinos atados para comprobar los daños del casco.

—Capitán, tendrá usted cinco días completos para explorar las leyendas de Lorna, la reparación de mi nave así lo exige… pero le juro que ni un solo día más lo esperaré en esta bahía —comentó Hornos durante la celebración en su camarote de la llegada a la isla misteriosa, en plena noche de tormenta.

Cinco días eran más de los que Arkane habría imaginado. A la mañana siguiente, los once cuchilleros de la Horda del Diablo preparaban el bote que los llevaría a la playa.

Cuando asomaron en cubierta, el buen tiempo los sorprendió. El cielo diáfano destrozaba el mito tormentoso de los días anteriores. El celeste antiguo, perfecto y uniforme parecía el último de los decorados antes del negro estrellado de la noche. La calma parecía haber vaciado de aire la isla. Hacía calor. Apenas el sol cobró altura, hacía hervir las pieles húmedas de los marinos. Las aguas cristalinas transparentaban colores vistosos, turquesas verdes, a veces rojos y amarillos, bancos de corales que parcheaban el fondo marino de roca y arena blanca, rodeando la barca en su avance sosegado hacia la isla.

En un bote se apretaron los once hasta arribar a la orilla de arenas blancas. Las palmeras colmadas de cocos y la vegetación intensa no dejaban averiguar sendero más allá del espacio abierto del arenal de marfil.

—¿Qué buscamos, Arkane? —preguntaba Selprum susurrando, pues el silencio se columpiaba en el vaivén de un oleaje diminuto, capaz de hacerles pensar que soñaron la travesía tortuosa. Mirando el barco desde la isla se recuperaba fácilmente la memoria. Los desperfectos eran evaluados por los sobrecargos del capitán Hornos. Las voces de los marinos se perdían en la distancia hasta el rompeolas. En la playa hervía un silencio misterioso.

—Avanzaremos en fila de a dos. Selprum, perseguimos sueños y fantasmas. Pisamos una tierra que mucha gente jamás creerá que hayas pisado.

Comenzaron su avance y el calor en la jungla se hizo insoportable al poco tiempo de internarse. Los mosquitos parecían las criaturas más numerosas. Aligeraron sus vestimentas en la playa antes de penetrar en la espesura, y aun así se arrepentían de no haber dejado incluso más prendas. Remo se deshizo de su camisola y la anudó en su cintura. Los mosquitos se cebaban con Trento que trataba de cubrir todo su cuerpo con la capa, pero no lograba despejar a sus pequeños enemigos.

Siguiendo las indicaciones de Arkane ascendieron las faldas de un cerro. Una vez en la cima, pudieron tener una vista más fiel de las dimensiones de la isla. Arkane tardó bastante en escoger la ruta a seguir después, mientras sus hombres se dedicaban a localizar el barquito atracado en la costa. Remo contemplaba varias montañas que minimizaban el tamaño del cerro donde ellos estaban.

—Mirad allí abajo, al pie de la montaña.

Todos se concentraron en el punto que señalaba Arkane. Entre la maleza y la arboleda tropical se averiguaban varias piedras graníticas de gran dimensión junto a una negrura sesgada con el verde del follaje.

—Apuesto a que es la entrada a una cueva —comentó Atino.

Descendieron de nuevo a la jungla con el rumbo previsto hacia aquella misteriosa abertura. Caminaban a buen paso, todos intrigados por dar con aquella grieta en la montaña, hasta que de golpe Arkane les hizo detenerse alzando su mano. Pedía silencio. Un ruido profundo hizo temblar el suelo. Otro, y otro aún más atronador, les ayudó a suponer que se trataba de pisadas. Arkane ordenó que se ocultasen en la maleza. Allí, agazapados, contemplaron con una mezcla de pavor y sorpresa una hilera de mugrones desfilando hacia el interior de la isla. Eran enormes, de cuernos prominentes. Vestidos con la corteza de árboles y cuerdas hechas con las venas de las hojas de palmera, imponía ver su tamaño y el volumen de sus corpachones. Sin embargo, pronto descubrieron que aquel ruido profundo no fue provocado por los mugrones, de pisadas mucho más ligeras. Los sonidos volvieron a iniciarse. Los mugrones parecían venir acompañados de algo más grande.

Sintieron el crujir de la madera de varios árboles, antes de contemplar la corpulencia de un ser que les hizo olvidar a los otros que venían acompañándole.

—Es Macronus… —susurró Arkane tan estupefacto como el resto—. Macronus hijo de Fundus, un semidiós…, no puedo… creerlo.

Pero nadie lo dudaba. Macronus, de quince metros de altura, no se caracterizaba exclusivamente por su tamaño.

En todas las historias y canciones mitológicas que Remo había escuchado siempre, llamaba la atención la descripción de Macronus porque su brazo derecho era un tiburón y su brazo izquierdo un enorme pez espada. Y allí estaban el tiburón y el pez espada, enormes, girando los ojos en todas direcciones como si tuviesen vida aparte del cuerpo del divino Macronus.

Tardaron en retomar el rumbo después de aquel encuentro. Lateso y Atino se clavaron de rodillas haciendo plegarias a los dioses, y Arkane no se lo impidió. Jamás volvería ninguno de los allí presentes a dudar de la existencia de aquellos que hicieron el mundo después de contemplar a Macronus, el gigante devorador de ballenas y su séquito de mugrones.

Por fin llegaron a la entrada rocosa; más de la mitad de los hombres quería volver a la playa y no adentrarse en las profundidades de Lorna.

—Mi señor…, no entiendo esas inscripciones pero sí el símbolo inequívoco de Okarín… Nos hemos topado con Macronus dando un paseo, creo que no deberíamos cruzar ese umbral —dijo Trento, intentando aportar prudencia.

Arkane no le contestó, pues se perdió en la oscuridad por la enorme abertura. Remo lo siguió y los demás acabaron haciendo lo mismo incluidos Selprun y Trento, que eran los más reacios.

Tardaron en vislumbrar la luz. Lejos, al fondo del gigantesco corredor, varias antorchas precedían el inicio de una escalinata de mármol, descendente. Arkane alcanzó una antorcha y ordenó a Selprum hacerse con otra. Después comenzaron a bajar las escaleras.

—Señor, no quiero ser pesimista pero si ese gigante vuelve…

—Mira esta escalinata… Macronus no está hecho para estas escaleras. Jamás podría bajarlas sin causar destrozo. Además, este techo no tiene más de cuatro metros de altura. Sigamos.

Descendieron advirtiendo que, a cada paso, el lugar se parecía más a un palacio, pues las paredes de roca se cambiaron por azulejos espejados donde, en muchas ocasiones, mosaicos primorosos describían hazañas de Fundus. El final de las escaleras estaba anegado de agua, así que tuvieron que avanzar con agua hasta las rodillas durante un pasillo largo y majestuoso en el que parecían vigilados por estatuas del dios marino. El pasillo desembocaba en una estancia de la que partían dos corredores.

—¿Y ahora, qué?

—Está muy claro…, unos a la derecha y otros a la izquierda.

Remo, Arkane, Atino y dos más eligieron el de la izquierda; Selprum capitaneó a Trento, Milfor, Tesi, Celeo y Dileno.

El viaje en el templo de Okarín para Selprum y los cinco que lo acompañaron acabó antes. Tan solo sobrevivieron dos, Trento y él, que heridos, muy penosamente consiguieron regresar a la playa. Sin miramientos tomaron el bote y remaron con las últimas fuerzas que les quedaban hasta el barco. Fue al tercer día de atracar en Lorna. El capitán Hornos, después de que recibieran los primeros tratamientos de cura, fue a visitarles al camarote que servía de enfermería.

—¿Y vuestro capitán?

—No lo sé —dijo Selprum fatigado.

—¿Por qué no está con vosotros?

—Nos dividimos, encontramos un templo y para explorarlo nos dividimos… Ha sido una pesadilla. De cinco hombres que vinieron conmigo, tan solo Trento pudo sobrevivir. Fuimos atacados por criaturas que os harían enloquecer. Primero unos perros extraños, después cocodrilos, pero hasta ese momento no había ningún muerto. Fueron los silach los que nos diezmaron.

—¿Silach? No puede ser…

—Ya sé…, parecen cuentos para niños, pero por los dioses que había silach esperándonos en ese maldito palacio.

—¿Y los demás?

—No lo sé, pero nosotros escapamos de puro milagro, así que creo que el capitán y los demás no lo han conseguido.

Trento permanecía silencioso y dolorido hasta ese momento de la conversación.

—No lo sabemos —aclaró.

—¿Crees que podrían sobrevivir a ese infierno?

El capitán Hornos los miraba pensativo.

—Sugieres que nos marchemos… ¿sin esperarlos?

—Sugiero que lo más prudente es elevar el ancla y alejarse de esta maldición. Si los silach, los mugrones o el mismísimo Macronus encuentran este barco, estaremos muertos.

—No sé si la locura se apoderó de vosotros o si realmente os habéis enfrentado a tales peligros pero lo de Macronus… ¿es cierto?

—Macronus pasea por esa isla cuando no está cazando ballenas en los océanos. Lo hemos visto.

—¿Es cierto? —preguntó Hornos esta vez a Trento.

—Sí, pero no nos atacó.

—Prometí al capitán Arkane que esperaríamos cinco días mientras reparábamos el barco, así que esperaremos al menos un día más. Ordenaré a mis hombres que vuelvan a la orilla a dejar el bote donde estaba.

Mientras esto sucedía en el barco, Remo y Arkane se hallaban transportando a Atino entre los dos, pues herido por las zarpas de un silach, parecía soportar la maldición que emponzoña las garras de las bestias tenebrosas.

El palacio de Okarín escondía trampas, suelos falsos, infinidad de peligros, así que Arkane estaba seguro de que además, en algún lugar, escondería aquello para lo que habían venido desde tan lejos. Su plan era sencillo: intentaría huir de allí y, si en su camino de retirada daba con la cámara de los tesoros, daría buena cuenta de ella. Con tesoros o sin ellos, jamás volvería allí en lo que le quedase de vida.

—Remo, quédate aquí con Atino, protégelo, su sangre parece no ser tan vulnerable a los silach como las de los otros. Si ves que se transforma, acaba con él. Yo entraré en esta sala.

Atino poseía ya los dientes torcidos y se le habían alargado los pómulos, pero seguía sin perder la piel, que acabaría sustituida por escamas. Tampoco mostraba locura devoradora. Como precaución, Remo tenía la espada fuera de su vaina. Cuando Arkane penetró en el umbral, unas puertas enormes se cerraron tras de sí. Remo sintió miedo. Rondaba en aquellas estancias un perfume, una fragancia que animaba al descanso, a abandonarse. Aquellas puertas mágicas que se cerraban solas no ayudaban a Remo a tranquilizarse. Esperó largo rato hasta que comenzó a escuchar, como venido de muy lejos, el fragor de un combate. Tras las puertas se estaba librando un asalto a espada. Empujó las puertas con todas sus fuerzas. Se sintió como si tratase de empujar un muro. Cuando aflojó el empuje de sus brazos, detrás de un ronquido cavernoso, se inició la lenta apertura de los portones. Remo, entonces, pudo ver una escalinata descender. Totalmente decoradas con azulejos y mosaicos, unas ondas de luz danzaban por las paredes haciéndolas brillar. Remo descendió la escalera suponiendo que se encontraría con una piscina de la que procedían esas arandelas de luz.

Apareció en una estancia gigantesca totalmente anegada de agua cristalina. Era poca la profundidad, apenas le llegaba a los tobillos, pero incomodaba. Remo se sintió contemplado por enormes estatuas de mármol celeste representando a la diosa Okarín. Arkane yacía en el suelo y el agua que lo rodeaba expandía veloz un tinte rojo.

—¡Arkane!

La sangre manaba de una herida en el pecho y el capitán trataba de taparla con sus manos.

—Remo…, márchate…

—¿Cómo ha sucedido?

—Márchate —susurró Arkane dando paso a una bocanada de sangre.

—¿Quién eres, mortal? —una voz femenina, severa, majestuosa, hizo eco a un volumen anormalmente alto y sin poder concretarse su procedencia. La voz se escuchaba desde todos los ángulos.

En la espalda de Remo tomó forma una luz que venía flotando en el agua. Una mujer esbelta, de más de dos metros de altura, con cabellos largos, flotaba a una cuarta del agua. En su mano derecha sujetaba una espada de oro decorada por varias piedras preciosas.

—Estás triste por tu amigo…, lo veo en tus ojos. Tienes nobleza en la mirada. ¿Por qué el rey de los vestigianos envía a hombres nobles a hacer el trabajo de ladrones vulgares?

Remo no sabía qué contestar, absolutamente iluminado por la presencia de aquella criatura celestial. No estaba seguro de quién podía tratarse…

—¿Eres la diosa Okarín?

—Esta es su casa…, pero no, yo simplemente cuido su isla y protejo sus tesoros. Soy Ziben, guardiana celestial. ¿Quieres salvar la vida de tu amigo?

—Sí.

La mujer sonrió acercándosele. Con un brazo le señaló uno de los altares de la estancia. Allí, decenas de estatuas con distintas representaciones de los dioses custodiaban en sus brazos piedras de varios colores.

—Tu capitán, Arkane, venía buscando esas piedras. Pretendía robarlas para dar ventaja a tu rey y así vencer la guerra contra Nuralia. Le ofrecí un trato, después de rogarle que abandonase su idea.

—¿Qué trato?

—Le dije que si lograba vencerme en combate singular, le dejaría llevarse una de esas piedras de poder. Ahora a ti te ofrezco lo mismo. Si eres capaz de vencerme en el arte de la espada, podrás llevarte una piedra. Algunas de esas piedras podrían salvar la vida de tu amigo…

Remo adaptó postura marcial. Presentía que no tendría opción frente a la bella guardiana. Si Arkane había sucumbido, ¿qué podía él hacer? Sin embargo, verlo allí desangrándose, con la mirada perdida cercana a la muerte, impedía adoptar cualquier otra opción. Lucharía y, si la muerte era su destino, ese sería el día.

—Eres valiente, como él.

La mujer se abalanzó volando mágicamente a un par de palmos del agua, con la espada de oro enarbolada por encima de su cabeza, las telas doradas y blancas que cubrían flotando su cuerpo se estiraron y sus ojos mostraron la convicción de la victoria. Remo pensó que perdería. No sería capaz de parar ese ataque. Pensó que moriría y de paso entendió que, si debía morir ensartado en la espada de una guardiana del templo de Okarín en la Isla de Lorna, moriría intentando hacerse valer como guerrero. Lo más lógico era esperar su golpe y después contraatacar. Remo pensó que debía hacer algo distinto, algo que jamás nadie intentaría. Así se lanzó hacia su rival en el último momento, cuando ella estaba a punto de terminar su estocada. Así, al variar la distancia en la que la guerrera celestial había calculado su estocada, consiguió dar con su cabeza en el abdomen de la mujer. El golpe catapultó a Remo bastantes metros y estuvo a punto de desmayarse. Cuando se incorporó, miedoso ante la posibilidad de que la guardiana lo rematase, le sorprendió verla riendo. Las carcajadas comenzaron a crecer.

—Antes no me dijiste tu nombre, mortal.

—Remo.

—Estás loco, te lanzaste de cabeza… Reconozco que no esperaba a un suicida. Escoge una de esas piedras y vete cuanto antes de esta isla.

Remo se acercó a las estatuas y miró las piedras; no tenía tiempo que perder, presentía que la guardiana podía cambiar de opinión. Todas eran de color diferente. Alcanzó una verde que llamaba bastante la atención.

—Remo, con esa piedra tus poderes alcanzarán cotas parecidas a las que los dioses necesitaron para construir este mundo. Sin embargo, no podrás devolverle la vida a tu amigo… Tú eliges.

Remo miró la piedra que parecía llamarlo, la superficie pulida en sus dedos se acomodaba a su tacto. Le costó trabajo abandonarla, pero así lo hizo.

—No me equivocaba contigo, mortal; si quieres salvar la vida de tu amigo, ve al final y alcanza la piedra roja mal pulida. Te advierto que no es de las más poderosas, pero salvará sin duda a tu amigo. No es la única que podría hacerlo, pero no me arriesgaré a que te lleves una piedra demasiado poderosa. No te daré más pistas. Si decides arriesgarte y elegir otra, puede que aciertes y, además de curar a tu amigo, tus poderes sean divinos.

Remo jamás podría perdonarse el perder a su amigo por culpa de la codicia. Tomó la piedra roja mal pulida que aseguraba la recuperación de Arkane.

—Bien hecho. Ponla junto al rostro de tu amigo y haz que la mire y así salvarás su vida. La piedra perderá su color. El cómo volver a darle color tendrás que descubrirlo tú solo.

La mujer se deshizo en luz.

—Recuerda esto, Remo —decía la voz mientras la luz se acercaba a una puerta al fondo de la sala—. Si otros mortales descubren el poder de la piedra, no tendrás paz en tu vida. Mantenlo en secreto.

Arkane miró la piedra y se curó milagrosamente. «Sumergíos en la fuente de la sala contigua a esta y saldréis del templo. Después lanzaos a las aguas del río sin miedo y os conducirán al mar». En efecto, al salir del templo se encontraron junto a la ribera de un río.

—¿Y nuestro compañero Atino? —preguntó Arkane.

«Quedará a nuestro servicio como silach, esbirro demonio de dioses. Ahora salid de esta isla y jamás volváis, si no queréis encontrar la muerte».

Se lanzaron al río que, sin un solo roce, los arrastró con furiosas corrientes hasta depositarlos mansamente junto a la playa donde habían desembarcado. Allí Remo entregó la piedra oscura a Arkane.

—Mi capitán, aquí tenéis la piedra que me entregó la guardiana.

El capitán miró en todas direcciones sopesando la piedra.

—Remo, el rey Tendón me envió aquí con el único propósito de encontrar estas piedras legendarias. Arriesgó la vida de hombres valientes sin pensárselo, exclusivamente por perseguir un mito del que no tenía seguridad de su existencia. Han muerto muchos aquí, hombres irrepetibles. Esta joya, en manos de Tendón, provocará una guerra. Lo animará a lanzarse sobre las fronteras de Nuralia con el favor de los dioses… Me has salvado la vida, Remo…

El capitán de los Cuchilleros tendió la mano con la piedra. Remo no entendía su propósito.

—Arkane…

—Quédate la piedra, Remo, úsala con inteligencia.

En el barco celebraron la llegada de Remo y Arkane. Hubo fiesta abordo la primera noche en alta mar lejos de Lorna, navegando con viento favorable. Misteriosamente, el temible Mar de las Tempestades ahora era propicio para su vuelta. Remo miraba la piedra siempre que podía, pensando cuál sería la manera de que volviese a adquirir su tonalidad roja.

—Remo, tendrás que matar para devolverle el color —le dijo Arkane en la soledad de la cubierta del barco, tras la fiesta. Parecía adivinar los pensamientos de Remo. Jamás Arkane hablaría, en cualquier otra ocasión, de aquella piedra, como si pagase su silencio la deuda de sangre que había contraído con Remo.

Remo quedó solo en cubierta. Mirando las aguas oscuras, tímidamente alumbradas por una luna llena especialmente bella. Sentía en el corazón una gratitud enorme hacia la Naturaleza y a lo sobrenatural. Esas aguas oscuras con el viento acariciándole la cara le parecían ahora más misteriosas. Después de aquel viaje, tenía la convicción de que, anudados a la realidad, había poderes que escapaban a su comprensión, lugares mágicos y criaturas fabulosas.

Agradecimientos

Quiero hacer público y notorio mi agradecimiento a las personas que siguen, porque, sencillamente, sin ellas este libro sería un taco de folios impresos y colmados de frustración.

En primer lugar a mis editores, auténticos demiurgos, fantásticos constructores de sueños. Gracias, Raquel, por creer en el libro y ampliar las miras hacia lo que podía ser una colección. Gracias a Ana María, al equipo de Marketing: Fernando y Alicia. También a Nuria, de Imagen, y a Fernando, del departamento de Venta de derechos. Gracias a todos por vuestra amabilidad y buena disposición. En general, extiendo mi agradecimiento a todo el personal de Everest.

También quiero agradecer a Miguel Navia su magnífico trabajo como ilustrador, con esta portada y el material de la web. Me fue muy grato ir descubriendo mi obra en sus dibujos. Su talento salta a la vista.

Por último agradecer a mis familiares. A mis padres que tanto me han dado y han tenido la paciencia exacta que hay que tener cuando te sale un niño diciendo «quiero ser escritor».

A ti Zineb. Sobran las palabras. Tú eres la que me aguanta y soporta la doble vida del escritor, la que me acompaña y me da las primeras críticas, sinceras y tajantes, con las que puedo evolucionar.

En Granada, a 22 de marzo de 2010.

ÍNDICE

Esta obra ha sido publicada con una subvención de
la Dirección General del Libro, Archivos y Bibliotecas
del Ministerio de Cultura, para su préstamo público
en Bibliotecas Públicas, de acuerdo con lo previsto en
el artículo 37.2 de la Propiedad Intelectual.

Dirección editorial
Raquel López Varela
Coordinación editorial
Ana María García Alonso
Ana Rodríguez Vega
Maquetación
Cristina A. Rejas Manzanera
Diseño de cubierta
Óscar Carballo Vales
Ilustración de cubierta
Miguel Navia
Ilustración de guardas
Joaquín Delgado Peralta

© Antonio Martín Morales
© EDITORIAL EVEREST, S. A.
Carretera León-La Coruña, km 5 - LEÓN
ISBN: 978-84-441-4830-4
Depósito legal: LE. 13-2012
Printed in Spain - Impreso en España

EDITORIAL EVERGRÁFICAS, S. L.
Carretera León-La Coruña, km 5
LEÓN (España)
Atención al cliente: 902 123 400
www.everest.es